台灣作家全集

2 珍貴的圖片

台灣文學作家的精彩寫眞，首次全面展現，讓我們不但欣賞小說，也可以一睹作家眞跡。

1 豐富的內容

涵蓋1920年到1990年代的台灣重要文學作家的短篇小說以作家個人爲單位，一人以一册爲原則。

縫合戰前與戰後的歷史斷層，有系統地呈現台灣文學的風貌。

U0084798

榮譽出版發行／
前衛出版社

張文環集

台灣作家全集

短篇小說卷

召集人／鍾肇政
編輯委員／張恆豪（負責日據時代作家作品編選）
彭瑞金（負責戰後第一代作家作品編選）
林瑞明（負責戰後第二代作家作品編選）
陳萬益（負責戰後第二代作家作品編選）
施　淑（負責戰後第三代作家作品編選）
高天生（負責戰後第三代作家作品編選）
執行主編／洪米貞
資料蒐訂／許素蘭、方美芬、洪米貞
翻　譯／鍾肇政、鄭清文、李鴛英
編輯顧問／
（臺灣地區）：張錦郎、葉石濤、鄭清文、秦賢次、
宋澤萊
（美國地區）：林衡哲、陳芳明、胡敏雄、張富美
（日本地區）：張良澤、松永正義、若林正丈、
岡崎郁子、塚本照和、下村作次郎
（大陸地區）：古繼堂、潘亞暾、張超
（加拿大地區）：東方白
（歐洲地區）：馬漢茂（西德）
美術策劃／曾堯生

台灣作家全集

短篇小說卷

一九三四年台灣文藝聯盟發起人之一賴明弘來東京訪問台灣藝術研究會福爾摩沙蘇維熊、張文環、巫永福紀念合照（巫永福提供）

一九四一年元月九日，台灣文學社於佳里合影。前排坐者左起黃得時、王井泉、陳逸松、張文環、巫永福

張文環（右）參加第一次大東亞文學會議，與濱田隼雄（左）、龍瑛宗（中左）、西川滿（中右）合影

「厚生演劇研究會」第一回研究發表會全體工作同仁與演員合影

張文環晚年留影

張文環接受青年訪談的神情

張文環

「閹雞」中的幾場戲

出版說明

《臺灣作家全集》是臺灣新文學運動以來最有意義的選輯，也是臺灣文學出版上最具示範的創舉。全集係以短篇小說爲主體，以作家個人爲單位，涵蓋一九二〇年至九〇年代的重要作家，縫合戰前與戰後的歷史斷層，有系統地呈現了現代文學史上臺灣作家的精神面貌。

在內容上，包括日據時代，由張恆豪編選；戰後第一代，由彭瑞金編選；戰後第二代，由林瑞明、陳萬益編選；戰後第三代，由施淑、高天生編選。全集計劃出版五十冊，後每隔三年或五年，續有增編，一人以一冊爲原則，戰前部分則因篇幅不足，有二人或三人合爲一集。

在體例上，每冊前由召集人鍾肇政撰述總序（文長兩萬字，首冊爲全文，其它則爲濃縮），精扼鉤畫出臺灣新文學發展的歷程、脈絡與精神；並由各集編選人執筆序言，簡要介紹作家生平及作品特色；正文之後，則附有研析性質的作家論，及作家生平寫作年表、小說評論引得，期能提供讀者參考。臺灣面臨歷史的轉捩點，瞻前顧往之際，本社誠摯希望能對臺灣文學的出版、推廣、教育及研究上有所貢獻。

台灣作家全集

短篇小說卷

緒言

鍾肇政

時代的巨輪轟然輾過了八十年代，迎來了嶄新的另一個年代──九十年代。

發軔於二十年代的台灣文學，至此也在時代潮流的沖激下，進入了一個極可能不同於以往的文學年代。

然則這九十年代的台灣文學，究竟會是怎樣的一種文學？

在試圖回答這個問題之前，我們似乎更應該先問問：台灣文學又是怎樣一種文學？

曰：台灣文學是台灣本土的文學、台灣人的文學。

曰：台灣文學是世界文學的一支。

倘就歷史層面予以考察，則台灣文學是「後進」的文學；比諸先進國的文學，即使是近鄰如日本，她的萌芽時期亦屬瞠乎其後，比諸中國五四後之有新文學，亦略遲數年。

只因是後進的，故而自然而然承襲了先進的餘緒，歐美諸國文學的影響固毋論矣，即日本文學、中國文學等也給她帶來了諸多影響。易言之，先天上她就具備了多種特色集於一身，因而可能成爲人類文學裏新穎而富特色的一支——當然這種說法恐難免落入過分單純化機械化的發展論，未必完全接近實際情形。事實上，一種藝術的發芽與成長，土地本身的人文條件與夫時代社經政治等的變易更動，在在可能促進或阻礙她的發展。證諸七十年來台灣文學的成長過程，堪稱充滿血淚，一路在荊棘與險阻的路途上踽踽而行，備嘗艱辛。

職是之故，若就其內涵以言，台灣文學是血淚的文學，是民族掙扎的文學。四百年台灣史，是台灣居民被迫虐的歷史。隨著不同的統治者不同的統治，歷史上每一個不同階段雖然也都有過不同的社會樣相與居民的不同生活情形，而統治者之剝削欺凌則始終如一。七十年台灣文學發展軌跡，時間上雖然不算多麼長，展現出來的自然也不外是被迫虐被欺凌者的心靈呼喊之連續。

台灣文學創建伊始之際，我們看到台灣文學之父賴和以文學做爲抗爭手段之一的筆跡。他反抗日閥強權，他也向台灣人民的落伍、封建、愚昧宣戰。他身體力行，諸凡當時的抗日社團如文化協會、民衆黨和其後的新文協等，以及它們的種種活動，他幾乎是每役必與，並驅其如椽之筆發而爲〈一桿稱子〉、〈不如意的過年〉、〈善訟的人的故事〉等小說與〈覺悟下的犧牲〉、〈南國哀歌〉等詩篇，爲台灣文學開創了一片天空，樹立了不朽典範。

中期，我們又有幸目睹了台灣文學巨人吳濁流之出現。第二次世界大戰進入最慘烈階段之際，在日本憲警虎視眈眈下，吳氏冒死寫下《亞細亞的孤兒》，戰後更在外來政權戒嚴體制的獨裁統治下，他復以《無花果》、《台灣連翹》等長篇突破了統治者最大的禁忌。他不但爲台灣文學建構了巍峨高峰，還創辦《台灣文藝》雜誌，創設台灣第一個文學獎「吳濁流文學獎」，培養、獎掖後進，傾注了其後半生心血，成爲台灣文學的中流砥柱。

七十星霜的台灣文學史上，傑出作家爲數不少，尤其在時代的轉折點上，每見引領風騷的人物出現，各各留下可觀作品。此處暫不擬再列舉大名，但我們都知道，在統治者鐵蹄下，其中尚不乏以筆賈禍而身繫囹圄，備嘗鐵窗之苦者，甚或在二二八悲劇裏飲恨以終者。以所驅用的文學工具言，有台灣話文、白話文、日文、中文等等不一而足，蔚爲世界文壇上罕見奇觀，此殆亦爲台灣文學之一特色。日據時，曾有「外地文學」之稱，晚近亦有人以「邊疆文學」視之，唯她既立足本土，不論使用工具爲何，其爲台灣文學則無庸否定，且始終如一。

不錯，七十年來她的轉折多矣。其中還甚至有兩度陷入完全斷絕的眞空期，其一爲戰爭末期所謂「決戰下的台灣文學」乃至「皇民文學」的年代，以及戰後二二八之後迄國府遷台實施恐怖統治、必需俟「戰後第一代」作家掙扎著試圖以「中文」驅筆創作、接續斷層爲止的年代。一言以蔽之，台灣文學本身的步履一直都是顚躓的、蹣跚的。到了七十年代，鄉土之呼聲漸起，雖有鄉土文學論戰的壓抑，反倒造成台灣文學的欣欣向榮，入了八十年代，鄉土文學不僅成爲文壇主流，益以美麗島軍法大審之激盪，衝破文學禁忌成了不可遏止之勢，於是有覺醒後之政治文學大批出籠，使台灣文學的風貌又有了一變。

八十年代已矣。在年代與年代接續更替之際，正如若干年來每屆歲尾年始，報章上總會出現不少檢討與前瞻的論評文學，也一如往例悲觀與樂觀並陳，絕望與期許互見。有一明顯的跡象是嚴肅的台灣文學，讀者一直都極少極少，在八十年代末期的消費社會、資訊多元化社會以及功利主義社會裏，文學的商品化及大衆化傾向已是莫之能禦的趨勢，於是當市場裏正如某些論者所指摘，充斥著通俗文學、輕薄文學一類作品，純正的文學乃又一次陷入危殆裏。

然而我們也欣幸地看到，八十年代末尾的一九八九年裏民主潮流驟起，舉世爲之震動。繼六四天安門事件被血腥彈壓之後，卻有東歐的改革之風席捲諸多社會主義共產國家，連蘇聯竟也大地撼動，專制統治漸見趨於鬆動的跡象。(草此文之際，世人均看到蘇俄首任總統終告產生。）這該也是樂觀論者之所以樂觀之憑藉吧。

不錯，新的人類世界確已隨九十年代以俱來。即令不是樂觀者，不免也會睜大眼睛看著世局之演變並對它有所期待才是。而九十年代台灣文學，自然也已是呼之欲出！君不見繼八九年年尾大選、國民黨挫敗之後，台灣的民主又向前跨了一步，即令有第八任總統選舉的權力鬥爭以及國大代表之挾選票以自重、肆意敲詐勒索等醜劇相繼上演於國人眼睜睜的視野裏，但其爲獨大而專權了數十年之久的國民黨眞正改革前的垂死掙扎，彰彰在吾人耳目。

在九十年代台灣文學即將展現於二千萬國人眼前之際，《台灣作家全集》（以下稱「本全集」）的問世是有其重大意義的。過去我們已看到幾種類似的集體展示，計有《日據下台灣新文學》（明集，共五卷，明潭出版社，一九七九年三月）、《光復前台灣文學全集》（八卷，後再追加四卷，遠景出版社，一九七九年七月）、《本省籍作家作品選集》（十卷，文壇社，一九六五年十月）、《台灣省青年文學叢書》（十卷，幼獅書店，一九六五年十月）等四種。無獨有偶，前兩者均爲戰前台灣文學，後兩者則爲清一色戰後台灣作家作品。而其中，除最後一種爲個人結集之外，餘皆爲多人合集。値得一提的是後兩者出版時，白色恐怖仍在餘燼未熄之際，前兩者則是鄉土文學論戰戰火甫戢、鄉土文學普遍受到肯定之後，因此可以說各盡了其時代使命。

本全集可以說是集以上四種叢書之大成者。其一，是時間上貫穿台灣新文學發軔到晚近的全局；其二，是選有代表性作家，每家一卷，因而總數達數十卷之鉅，堪稱自有台灣新文學以來之創舉。是對血漬斑斑的台灣文學之路途上，披荆斬棘，蹣跚走過的前輩們，以及現今仍在孜孜矻矻舉其沉重步伐奮勇前進的當代作家們之獻禮，也是對關心本土文學發展的廣大海內外讀者們的最大禮物。

（註：本文爲《台灣作家全集》〈總序〉的緒言，全文請看《賴和集》和《別冊》。）

目錄

人道關懷的風俗畫

——張文環集序

張恒豪

張文環，一九〇九年生，嘉義梅山人。一九二一年，就讀小梅公學校。一九二七年東渡日本，進入岡山中學。一九三一年，再入東洋大學文學部。次年三月，與留日學生吳坤煌、林兌、王白淵、葉秋木等人組織「文化サークル」，發行機關報《ニュース》，九月因葉秋木參加震災紀念日示威遊行而被日警檢舉，張文環、吳坤煌等人亦遭逮捕。一九三三年，與吳坤煌、王白淵、巫永福、蘇維熊、施學習、楊基振、陳兆柏、曾石火等人組織「台灣藝術研究會」，並發行《フォルモサ》雜誌，處女作〈落蕾〉即發表於創刊號。一九三五年，以小說〈父親的顏面〉入選日本《中央公論》小說徵文第四名。一九三八年，偕妻返臺，任職「臺灣映畫株式會社」代理經理，兼任《風月報》日文編輯。一九四一年，與王井泉、陳逸松、中山侑、黃得時等人組織「啓文社」，創辦《臺灣文學》，站在臺灣人的立場，以和日本人西川滿《文藝台灣》分庭抗禮，形成了戰時思想上對立的兩大陣營。次年，與龍瑛宗、西川滿、濱田隼雄被選爲「第一回大東亞文學大會」的臺灣地區代表。一九四三年，以短篇小說〈夜猿〉獲得皇民奉公會文學賞，九月籌組「厚生演劇研究會」，在永樂座演出〈閹鷄〉、〈高砂館〉等劇，因演出成功，佳評如潮，爲戰前演劇界最大盛事。

日據時代日文作家中，創作力最強、作品量最大、水準最高的，當推張文環。在文化參與上，張文環始終堅持民族立場，而在創作實踐上，他則是個人道主義者。在作品表現上，他的人道情懷流露於外，民族意識則隱藏於內，民族精神和人道主義的合流可說是其文學思想的特質。他的小說，多以嘉義梅山鄉的山村爲經，以台灣人的風俗民情、生活習慣及民間故事爲緯，描繪在這個偏僻、幽靜、刻苦、淳樸、自給自足的山村裏，村夫村婦及市井人物的生活態度和道德理念，進而探討人的生存意義，省察人性的愛慾善惡，揭露做人的尊嚴和責任，忠實地呈現日據社會的生活眞相和社會面貌，蘊藏著家道中落、復歸大地、勤勞奮鬥、以重建家邦的思想，在皇民化氣燄喧囂之際，反映出台灣人磐固不移的民族感情，爲台灣文學樹立了保家衛國、愛鄉護土的文學傳統。他的作品，反抗或批判的筆觸較爲隱微，而是植根於人文關懷及鄉土意識，在一系列素朴淳厚的風俗畫筆觸下，溫暖地描繪了庶民階層喜怒哀樂的心靈脈動，以及內心深處儒釋道的潛在信仰，此與軍國主義的激情夢魘，是截然不同的。

戰前的張文環小說，已知的有廿三篇，其中包括長篇的〈山茶花〉。戰後歷經二二八事變、白色恐怖事件的衝擊，他却暫時與文學脫離，在精神上，他自認是「背負著台灣人陰慘的影子苟活下來」。直到三十年後，才以浩劫餘生的心境完成長篇力作《地に這うもの》（《在地上爬的人》），透露了沉默三十年的悲情和憧憬，此作一九七五年九月由日本現代文化社出版發行，入選當年「全日本優良圖書一百種」，一九七六年十二月由廖清秀先生譯成中文《滾地郎》，由台北鴻儒堂出版，爲張文環生前唯一結集出版的作品。一九七七年，他繼續撰寫另一長篇《從山上望見的街燈》，惜未完稿，一九七八年二月十二日便以心臟病而逝世。

在這本張文環集裏，蒐錄了《フォルモサ》時期的〈早凋的蓓蕾〉，此一處女作，可看出其關心主題及文學風格的原型，至於邁向成熟階段的代表性作品〈夜猿〉、〈閹鷄〉，則是張文環最優秀傑出的小說，將這兩篇擺在戰後的台灣文學之林，益能顯現其歷久彌新璀璨不朽的光芒。

早凋的蓓蕾

李鴛英 譯

別離

一

「可是，我是連活下去的力量、希望全都沒有了……」

「義山！你不能這樣想啊。我以前不也跟你說過，我回台灣的時候，好幾次都想縱身躍入那美麗的瀨戶內海，可是，到底我還是沒有往下跳。這又是爲什麼呢，你不是聽我說過我當時的心情嗎？今晚你回家再想想看，說不定就連死的勇氣也沒有了……」

「…………」

「我不僅想跳瀨戶內海，就當我看到那基隆港入口的小島時，我心胸又再次激盪、澎湃起來，險些又想跳下去，幸好及時清醒過來，但背脊已嚇得發涼。啊，那時候眞是危險哪，那苦悶、鬱積的塊壘，就跟一個小島塞住港灣入口的感覺沒有兩樣……」

明仲深深地歎了一口氣。

「義山，在你第三者的眼中看來，我家的生活似乎是蠻富裕的。但事實上又如何呢？你曉得我父親是如何爲一家子的家計用度發愁嗎？可以說我們家的情形已經是一日不如一日，看父親憂愁煩惱，我又何嘗好過？我想替父親分憂，却又一籌莫展，那種精神上的痛苦，又豈是過單身生活的你所能理解？所以有時候我也會感覺自己已經沒有力量再活下去。」

「……是不錯。像你這樣生長在富裕家庭獨生子的煩惱，跟我這種人的煩惱是有些不一樣。……明仲，我們是從小學起就認識的朋友。因此，我跟你講話也沒有特別顧慮彼此的身分和際遇。」

「這樣最好，太拘泥反而見外呢。」

「……當你去東京的時候，我獨自目送著你的背影遠去，那種寂寞的心境，又豈是滿懷希望乘上火車的你所能理解？同樣在一個學校裏並肩讀書，爲什麼你能夠朝著自己的理想繼續向前邁進，而我却不能？我這才體會到：人生中實在沒有比失却希望更悲慘的事情了。而我在某方面所發現有如燈塔般的光明，如今也已經熄滅了。所以我說，你我之間對生活的要求根本是不同的。我只要求能活下去就好，可是你却不一樣，活下去之外，你還得追逐名譽、地位……」

「義山，所以我說你不了解我嘛。眞正的百萬富翁才是這樣。生在一個家道中落的家庭裏，萬一明天破了產，那時候我活下去的意志力就要比你更微弱了。你一直要爲現實生活奮鬥，歷經磨鍊。而我生長在小康家庭，得以免除這種痛苦，但於肉體上、精神上却少了一份因應生活的韌力。光讀書又不能當飯喫，所以，我認爲還是眞正面對生活的種種考驗、接受歷練，才是眞正體驗生活的最佳方式。儘管我是個留學生，你却得像農人一樣下田耕作。在這個世界上，你跟我的階級或許不同，但對社會的貢獻却是一樣的。」

他們倆似乎忘了時間，竭力爭辯、追求所謂生存力的本質。書架上的座鐘擺出一副看他們兩人談話都不耐煩的神情。由窗口瀉入的銀色月光像聽懂了二人的談話似地，愈發皎潔、明亮起來。

明仲對義山的激動情緒似乎心懷諒解。

「你想想看，難道不是這樣嗎？義山，我馬上又要到東京去了。你留在鄉下還是要繼續用功才好。想看什麼書儘管寫信告訴我。別跟我客氣，我會馬上給你寄來。拿出勇氣來好好活下去。因爲失戀就要尋死，你的命也未免太不值了。人活著，不光只是爲了談戀愛而已。爲情尋死尋活，只會成爲女人的笑柄。說不定她就認爲你這樣不如眞死了的好。就好像是拿自己的秘密日記一把火燒個精光似的。恐怖！抱歉！眷戀，這些都會使她像見了火一般感到恐慌。……但以後就會像白紙片沖入激流中一樣，一切感情化爲烏有。她既移情別戀於生活優渥的男人。……義山，與其將心中秘密的日記火化，不如拿到它的另一半主人她的面前讓水沖失，這才更能維護你男性的尊嚴。一把火燒個乾淨或許會讓她驚駭、震怖不已，但可惜那時候你早已死於非命了。……你不認爲這樣做太傻了嗎？」

「是很傻……」

「你既然這麼想，就應該好好地活下去。更何況跟一個還在做夢的女孩談戀愛，基本上就是你的錯誤嘛。」

明仲以熱心的口吻激勵義山。

「謝謝……」

「所以我說義山，你最好再次跟她面對面談談。再怎麼樣都談不攏的時候，最好還是放棄算了。雖然這樣說似乎對你很殘忍，可是她也在痛苦著，不是嗎？所以呀！還是希望你能理智點行事。戀愛往往是一種失去理性的疾病。……結婚不應當只是生理上的結合而已，夫婦必須是相互攜手共渡人生的伴侶。這一點，你必須更愼重考慮才好。不必一味地光責備她，其實她也蠻可憐的。」

義山似乎很感激明仲的熱心及友誼，頻頻點頭行禮不迭。……這時候時間已經不客氣地指出十二點多了。……義山抬頭望見，避免潤濕的雙眼跟明仲相遇，故意將座鐘背轉過來。

「噢，已經十二點過了嗎？……叨擾這麼久，我看我該回去了。」

義山由椅子裏站起來，他一方面感受著眞摯友情的溫馨，一方面有感於自身悲慘的遭際，心裏還是一片激盪、沸騰。

「別急著走，還早嘛。如果不妨礙你明天的工作的話，我倒是無所謂……。」

「……不了，我還是得走了，以後有機會再談吧。再見，晚安……。」

二

他離開明仲的家，躬身走出庭院外門，來到闃無人跡的道路上，穿出巷弄，前面是廟前的大馬路。那裏還是一個人也沒有。只有幾隻狗搖著尾巴尾隨在他身後，其他再沒有一點兒聲息。只有高掛天空的明月默默地凝望著這個世界。——深夜裏冰冷的寒風直往他的背脊裏鑽，他不由得加緊脚步，急著趕回家。碎石路上淸淸楚楚地映著他孤單的身影，緊隨在他跟前挪動著。那隻狗不斷地吸著鼻子，在他面前穿梭而行。有時爲他的脚踢到側腹，發出狺狺的悲鳴，使寧靜的夜晚空氣爲之震盪、波動。

在這個闃靜的空氣裏，以往明仲所說的話有如空中的風箏般浮現腦海。

是的，明仲說得對。他的煩惱要比我大得多，可是他爲什麼還捨不下無味的人生，跳入瀨戶內海以求一了百了呢？——是了。他一定是在面對死亡的瞬間，還指望能獲得關於死亡的最後結論。但不知他在那冷靜的最後瞬間心裏有何感受。痛苦掙扎、奮鬥過來的人生最後一瞬間。難道這一定是最後眞正的瞬間嗎？他以冷靜的眼神諦視著這冰樣白色塊狀的瞬間。

船一路曲折疾駛前行，漆黑如墨的海水便濺出一路的泡沫。

他極渴望見到這好友在最後瞬間想縱身躍入其懷抱的大海景象。像凝視自己要永久安眠的臥牀一樣。然而，那景色如畫的大海難道眞就是自己最後安息的所在？那蒼茫如淚的海水。不是正張開惡魔般的大口在打著哈欠嗎？就在那裏面，我的生命像冰一樣溶化。噢！魔鬼。大海呀。你眞的吞噬得了臨終的狂暴力量嗎？海魔、水魔，盡情地、瘋狂地吞噬吧！把我也吞噬吧！

但是海並沒有瘋狂。就像明仲反抗的心臟又再度堅實地跳動起來一樣。——安靜的紅色篝火正逐漸向對岸的小島挨靠過去。這華麗的帷幕是誰放下的呢？我的雙脚爲什麼還沒有離開甲板？是正在等我跳下去嗎？啊，可惡！可……可惡！

他震怒起來，一顆心突突地猛跳，彷彿要躍出胸口似地，立刻逃也似地離開那裏，回到船艙。

義山想到這裏，也不禁打了一個寒噤。

是的，單爲失戀而尋死，實在是懦夫的行爲。我應該再站起來，好好地活下去。地球是人生的舞台。還沒有演完自己的戲份便擅自下台，當然稱不上是一個好演員、好藝術家。舞台上演出的，當然有喜劇也有悲劇。

海洋這片死亡之所望去是無盡的蒼茫、空濛，像在等著有人投向他的懷抱。只有波濤在他的視網膜上不停地翻捲著。耳際隱約還可以聽到海鳥啼鳴的聲音。

義山這樣胡亂想著明仲逃過死神魔掌的場面，直到走到自家門口方才清醒過來，深深歎了一口氣，邁入自家門檻。

屋頂上的月輪像冰上泛起煙霧般，蒸散出白茫茫的暈光。

三

第二天。義山到外面工作時，一群挑著香蕉、鳳梨的莊稼漢正從山上下來，他們像搶時間似地，邁著沉沉的步伐急急往市場趕去。他們的背上像汗巾般披著的衣服已經完全濡濕了。

義山漠然地看著這鄉村永恆不變的單調風景，自己也急著往山林裏走去。只是心中在想：這些人的生命終將要跟他們身上的汗水一樣蒸發、溶化掉。他們註定要這樣把一生交付給漫無意義的揮汗如雨。這樣杳無希望的愁慘，隨著那一聲聲透入地底的步履聲沉沉地擂上義山的胸膛。一股深沉的悲哀緊緊啃噬著他。啊！一個悲情的農村早晨！

所謂農民，便是一個天亮即起耕作、操勞，直忙到天黑方休，像牛一般勞苦的階級。他們的頭上、臉上、身上永遠不停地冒著汗水。每個人都是過一天算一天，他們的日子似乎永遠跟歡樂絕緣，現實生活裏看不出絲毫希望。

四

時值仲夏，太陽一落了山，不論是山裏的人或來自外庄的人都紛紛踏上了歸途。而這也是到田野間耕作的村人收工返家的時候。家家戶戶都在忙著準備晚飯而顯得生氣蓬勃。一喫飽飯，男人就紛紛走到走廊或院子裏，一面用扇子驅趕成群聚攏過來的蚊子，一邊談著今天在田野裏工作的情形。——時間悄然流逝。九點左右，整個村中已是一片闃寂，除了豬圈裏豬的鼾聲之外，聽不到一絲聲息。萬籟像服了催眠劑一般，沉入無邊的靜謐裏。

然而，今天是一個有月亮的晚上。只有在這一個月夜裏，這個寂寞的農村才會像都市的定期市集一樣，呈現熱鬧的景象。

村裏的年輕人各個在向自身體內噴湧的青春熱血頑強抗戰。雖然想讓疲倦的身軀早早休息，但是這美麗的月夜却鼓動著某種情緒在他們的胸膛裏沸揚、澎湃。

這些年輕人各自攜帶各人所擅長的樂器，聚集在廣場或大稻埕上，以各種方式加入合奏。——他們抑鬱的樂聲藉夏夜的晚風傳送開來，響遍村中各個角落。

村裏上了年紀的人認爲這些小夥子是在製造噪音。

年輕人總是精力過剩，總不肯早睡，要鬧上一陣才……，老人家的話，替村中青年所唱的歌曲內容做了最好的詮釋。

他們痛恨自己有一個感情泥鈍的老爹。——這是村中年輕人一致的喟歎。

然而，村中的那些士紳先生、太太們，却把年輕人這種月夜聚會、歌唱解釋做發情野狗的狺吠。

這種解釋毋寧也是正確的，說起來，還是這些具高尙教養的先生、太太們才能透徹了解人心之謎。

——要是能生爲他們的兒子——

明知這是不可能的事，還是忍不住要想。一切前生註定，還是死了這條心吧。除了反求諸己，再沒有別的方法。

不過，眞正了解青年們心理的，應當還是村裏的姑娘們。

她們也都各個心懷相同的情緒，凝神屏息諦聽晚風所捎來的歌聲絃音，聽得悠然神往、如醉如癡。……在人不注意的當兒，幽然輕吐一聲歎息。

但，義山的聲音並不在這裏面，他正急著趕去跟她見面。——時間已經九點多；說不定已經過了十點了。月亮已經昇得很高。

五

蒼莽莽透著寒意的月光照在甘蔗田上，白天下的雨水還留在甘蔗葉上發出瑩瑩水光，懸在葉末端像淚珠般的夜露飽吸月光而愈發顯得晶瑩透亮。每當晚風拂來，便帕答、帕答落到地面。二、三點飄忽的熒熒螢火，像替他引路的鬼火。這樣令人不快的陰慘空氣，令原來就抑鬱不快的義山愈發氣悶鬱結。

他的影子清晰地映現在牛車道上，宛如幽靈般緊隨著他的脚步不著力地挪動著。

走過迂迴曲折的田間小徑，穿過椰子跟玉蘭花樹的林蔭道，走出前方一條窄巷道，一眼就看到秀英正東張西望地在那頭候著，她看到他，便急忙跑了過來。

義山見她跑過來，便跟往常一樣，轉身折入甘蔗田與甘蔗田間的小路徑裏。她尾隨在後跟入。

「怎麼了？義山！」

「沒什麼……」

嘴上這麼說，可是他銳利的目光卻緊緊盯著她，似乎想從她臉上讀出今晚的答案。

「到底怎麼了麼？那樣緊盯著人看，怪駭人的！」

直到他的視線略略緩和下來，她才放了心似地說下去：

「你們男人實在太霸道了。義山！你恨我背叛你嗎？……」

「不恨你，恨誰？」

「這雖然不怪你，但也不能怪我。」

「那妳是說要怪環境囉。」

「難道不是嗎？」

她略略偏了偏頭，注視著他的臉。

「哼……妳這話我已經聽膩了。起初不是說好二人要同心協力一起來克服逆境的嗎？怎麼，如今你却抽身想逃避責任嗎？」

「我想逃避責任？這種話虧你說得出口？你想想看，一旦我們結了婚，你還能繼續讀書嗎？如果跟我結了婚，你還是能繼續讀你的書，又能兼顧到家庭經濟的話，我又何必要這樣自苦呢？可是萬一做不到，事後你一定會後悔。要是只有你我兩個人，你繼續讀你的書也許還沒有什麼問題，可是我還有父母跟弟弟。能跟你結婚，我當然是什麼都能忍受，可是你的前途……」

她喉嚨哽住，低下頭，再也說不下去了。

「秀英！那妳是認爲我們應該分手囉？」

他爲自己的孤立無援感到難過。話中可以聽出有幾分責怪的意思。

「……那你要我怎麼辦呢？義山！你的意思是要我去嫁人嗎？薄情寡義的人！若不是我愛你勝過自己的生命，我當初就不用凡事都爲你著想了……」她始終垂著頭，兩手使勁地搓著衣角，却不去擦拭那滾落如雨的淚水。只是全身激動得顫抖著。

「我很難過，秀英。過去我總認爲沒有妳，我還讀什麼書呢？對於我們之間的戀愛；或者說結婚的問題，我也經過審愼考慮。當然妳說的也對。就像明仲君所說，妳之所以要跟我分手，完全是爲了雙方的利益著想。過去的感情，都要因生活的算計一筆勾消。……但是抹不去的是胸口的傷痕。如果這傷痕未擴大，或許還有希望重新過幸福的新生活，但萬一心傷抹不去，秀英，妳我今後的生活不就是全無意義了嗎？」

義山以哀懇的口吻說到這裏，在她毋寧是聽了一場理論，她以更冷靜的態度抬頭望著義山的臉。

「但是，義山，心傷可以忍受，生活上的拂逆却不好應付。你難道不曾看過許多實例嗎？許多結婚之初甜甜蜜蜜的家庭，曾幾何時有了孩子，生活也陷入了困境。……有前車之鑑，我們還要步上他們的後塵嗎？……人每天的精神情緒不都是受生活操縱、影響嗎？」

「現實生活當然會影響精神生活。但難道妳不以爲沒有精神的生活是個矛盾嗎？」

「這我當然明白……」

「既然明白，那妳爲什麼不反抗呢？」

「……我那有什麼力量反抗？你希望能讀更多書，沒有錢也要自修，你不是接受明仲的勸告，下定決心朝這方面努力嗎？相反地，每天的生活卻讓我在精神、肉體上備受磨折。你却叫我拿出力量來反抗社會？我置雙親及弟弟於何地呢？……」

她的口氣激動起來。

「妳誤解我的意思了，我當然不是要妳在這方面反抗，……這些情形我都了解，只是，秀英，請妳冷靜點聽我說。……妳的父母，即使是別人的父母，我也同樣會視同自己親生的父母親一樣看待。妳只是考慮家庭跟妳的關係，但也許沒有想到妳的家庭跟社會這一層的關係吧？離開社會，還會有家庭或個人的存在嗎？這一點妳想過了沒有？」

他的口氣緩和下來，一半是在撫慰她。但是她一點也聽不懂他在講什麼。感覺上是生活中冥冥有一股力量不知要把她推向何方。這是說，如果是以前的她，或許會拿他的話照單全收，言聽計從。可是，今天義山這番話在她聽來却像是在嫉妒有人來向她提親這回事。……但馬上她又想到義山就是愛她才會嫉妒，到底她並不是水性楊花、見異思遷的女子。這讓她能更退一步，豁出一點餘裕來思考這件事情。

他所說的話或許並沒有錯。可是，我如今還是深愛著他。既然愛他就應該嫁給他做妻子。可是他也愛學問，而我也愛家庭跟自己。就這一點，我們的婚便結不成了。啊！何以我的命運要陷我於這樣寡情的不義之地呢？我還深愛著義山呀！他雖然是農村出身的青年，但却是那麼的善體人意。談話之間便能把自己的想法掌握得一淸二楚。所以每次跟他講話自己都要居於敗勢。而且敗後的心情並不存絲毫反抗的意念，而是淸明如黃昏陣雨後不著纖塵的空氣。相反地，要是跟那個大雜貨店老闆的少爺K在一起，她反而要占了上風。不肯讀書的K跟……唉，她究竟該怎麼辦才好呢？……男人指望蓄妾的心態大概就跟我現在的心理相似吧？……誰知道呢？

她想到這裏，不覺深深歎了一口氣，一副茫然、迷惑的表情。

「義山。即使我跟K結婚，我的一片心還是完全在你身上。」

這話一說出口，她自己都嚇了一跳。

啊，自己到底是怎麼啦。說這樣的話，義山不是太可憐了嗎？置這位有志青年於飽受傷害的陰影之下，自己的行爲是多麼的卑鄙、可恥。天啊！她絕不是卑鄙，只是因爲愛他，才會說出這樣的話。可是教他怎麼回答才好呢？難道是說她結婚後，兩人還可以繼續像現在這樣交往下去嗎？

「秀英，妳胡說些什麼？一個女子怎麼可以同時愛兩個男人？」

義山的語氣裏透著憤怒與責怪。

冷酷、無情。難道農村女孩的心都是如此嗎？說起來她的理智還是勝過感情，對富裕的生活仍免不了有憧憬、好奇之心。她的心理他是摸透了。沒有生活能力的愛人。這是她最悲哀的一點。如果沒有父母以及弟弟拖累的話，她或許不會這麼無情。但是怎麼說呢？孝順的女兒跟無法提供生活保障的青年之戀。

在這方面，義山毋寧是同情她的。

即使在秀英，她也是不忍心辜負這麼愛她的人，不忍誤了他的前途。只因爲愛他、爲了對父母盡孝，不得不犧牲自己的愛情。啊，或者這就是東方女性的婦德吧？或者全世界的女性都應扮演這樣的角色？還是這原就是這個社會的副產物？……啊，「山神」喲！爲什麼這樣的不幸會發生在我身上，讓這蕞爾小島沉入太平洋裏面去吧。

——兩人不約而同地歎了口氣。彼此之間似乎都了解了對方的想法，也就不再互相譴責、挖苦。但話似乎也都已經說盡，兩人之間的空氣也就僵持住了。寧靜的晚風把亂人心意的氣息吹入甘蔗田中。吹得甘蔗葉沙沙作響，彷彿是在催迫時光流逝。夏夜已闌。月華的冷冷清光撩人心慌。

兩人這下該說什麼好呢？話題好像全都斷了。責備的話、安慰的話、或爽快分手的話、互道愛慕的話，居然一句都找不出來。只有靜默、墳場般的死寂封鎖住兩人的意念波動。——突然，秀英撩起衣角擦拭眼睛，然後一發不能收地啜泣起來。那楚楚可憐的模樣，宛如受風雨凌襲的小鳥。她豐美、姣好的容顏在月光中清晰浮現。多麼可愛、惹人疼憐的一張臉。恰似暴風雨前的白色薔薇在爲即將來臨的悲慘命運震悸著。——義山看著眼前的她，就像被灌了熱開水般，由胸口到喉嚨都被堵住了。驟然間，他也熱淚盈眶。

他把手搭在她豐腴的肩上，哽咽道：

「我……我……我說什麼都不想離開妳。」

他激動得上前一把擁住了她。——啊，在這瞬間，如果地層就此下沉的話，那這二人就能獲得眞正永恆的幸福了。——但是站在那不曾沉沒的田埂上的二人却仍得面對離別的破滅命運。

「義……義山……」

秀英以行將窒息的顫抖聲音，仰望著義山的臉呼喚他的名字。滾熱的淚水滾落她的臉頰。一雙熱唇緊緊吻在一起。——離別之前難分難捨的擁抱……。

——…………——。

月淡星稀。甘蔗葉發出窸窣的聲音。

兩人站了起來。義山爲她拂去背上的塵土，感覺腦袋比以前更混亂了。即使已經發展到眼前的地步，終還是得面對分手的命運。

「秀英。妳打算怎麼樣？」

「……」

她此刻更是心重如鉛。

……女人、女人，女人爲什麼是這個樣子呢？肩上扛負著沉重的義務，自由完全被束縛住了。難道世上所有的不幸都是女人帶來的？所以罪罰也得全由女人來承受？一切爲了父母，但父母已經是風燭殘年。而我的一生……我的一生難道就這樣葬送了？

她的頭腦比先前清醒許多，正努力清理思路，盡可能想出一個能跟義山長相廝守的方法。

二人相依偎著朝回家的路上走去。

出了甘蔗園，爲了避人耳目，兩人只得分手各走各的，但這一次分手對她來說，卻不啻是生離死別，她的心碎了。

他們的相遇難道是罪嗎？如果是，那又是什麼噩運在撥弄著他們呢？

她回到家裏，躺在牀上還不斷地在想——跟義山結婚。是的，這是理所當然的，只因爲他是自己已經以身相許的最愛。……可是，一旦組織了家庭，他會不會就變了呢？那答案也必然是肯定的，只因爲他是他。他能不能負擔得了這個家庭呢？可憐他的前途就要因此斷送了。……我這樣對他算是眞愛嗎？這樣做不啻是要他馱負重軛，父母、弟弟也必將爲她的這份愛吃足苦頭。難道她的愛就是要讓大家受苦嗎？如果弄不好，必然是全盤皆輸。想到這裏，她眞的是愁腸百結了。

等吧，等到義山能眞正獨立的時候。先拒絕了那雜貨店小開K的提親再說。可是這樣做爸爸會原諒我嗎？更何況我們欠他家一大筆錢……。

說起來她還是跟普通女人沒什麼兩樣，左思右想，總無法拿定主意。在這鄉下單調的環境中成長，說起來，她還不曾遇過一樁比一個身分懸殊的有錢人家來向她提親更刺激的事兒。更何況她從小受的又是舊式家庭教育，難免還抱有婚姻應由父母作主的觀念。如今只因她有了義山這麼一位戀人，才會空惹這許多煩惱。他們倆原是公學校時代的同學。當時義山在班上是級長，明仲是副級長。由於她跟義山的環境背景相似，比起跟身分懸殊的明仲，她的心自然更傾向於義山一些。所以他們的愛情毋寧是本能、自然的發展結果。

一旦喪失處女，她的心理馬上起劇烈的變化。只一心一意想能不能馬上結婚。她也想反抗，可是却不斷地有阻撓她反抗的要素在淬灼著她的心，幾次紅著臉跟義山商量，總也商量不出一個結果來。義山在失去相依爲命的母親之後，他的家就像沉入海底一樣的死寂。但是他還是絡終忘不了繼續進修。

可是，她想到要是不馬上跟義山結婚，這樣拖下去，那一天懷孕了可怎麼辦？這個念頭讓她駭怖、顫慄。

爲什麼我當初要輕易地許了他？如今她還不停地問自己。她的心在顫抖，臉紅上耳根子。

這樣輾轉反側了一夜，想到東方發白。

六

第二天晚上。就在明仲到義山家找他的時候，秀英弟弟替她捎來了一封信。

我心摯愛的義山：

無論如何請你原諒我，也請你聽我說。我絕不是那種能背叛你的剛強女子，我如今仍深愛著你。可是，可是你當然也知道這一份愛會誤及你的前途。所以我也跟你一樣，始終做不了決定。我寫這封信，我的心已碎成片片。求你，求你，求你原諒我。今後我恐怕不能再跟你見面了。再見面，只有更難分難捨。義山，我求你以後別再爲難我，我也不會再爲難你。也許你要罵我是個無情的女子。可是總有一天你會明白我的心意。你務必要相信我，我是到死都不會忘記你的。明天起我就離開村庄到別處去了。留在這裏我如何能忘記你？原諒我。啊，我的淚、永遠乾不了的淚。

義山。萬望多保重。並預祝你早日功成名就，我會隨時隨地爲你禱祝。再會。

秀英　敬上

義山展讀秀英的來信，雙手始終顫抖不止。

「怎麼了，義山？」

「………」

義山默默地將信遞給明仲。明仲接過來讀了。

「義山，看樣子她也很苦惱。公學校畢業能寫這樣的信，倒不愧是個文學少女。」

「……義山，事到如今，你也應該趕快拿定主意才好。不要再作繭自縛了。不過話說回來，你還是很幸福的。有個台灣女孩以這樣偉大的方式背叛你，如果是普通女孩的話，早就乾淨俐落地一刀兩斷了。遇到嘴巴厲害些的，還不是三、兩下就被拐跑了。」

「………」

「別那樣愁眉不展的，身爲台灣青年，沒有錢而奢想談戀愛，那來這樣的運氣？拿出精神來吧！」

「……」

義山仍舊垂頭喪氣。

「喂！你跟我一起到東京去好不好？」

「什麼？到東京？」

「你別擔心，到東京我們倆人自理伙食。……你呢，你明天就先動身到台中去等我。……你現在身上一個錢也沒有嗎？」

「唔，我是存了一百四、五十圓左右……」

義山興奮得眼睛都亮了，只是難掩不安。

「是嗎？這樣就好辦了。沒問題，事情就交給我來辦好了。去了自然會有辦法，只要有喫苦的決心……」

明仲的表情似乎也充滿了希望，他緊握義山的手：

「……但是我不希望我父親知道是我勸你走這條路。所以請你先到台中金發號旅館等我，別讓人家起疑。原當是我先去等你才對，可是時間緊迫，就只好先委屈你了。我們搭乘大和丸。……這間屋子我看就等我們到東京以後，由我再拜託我父親來處理好了。

我父親過去也常誇獎你，我想到時候他一定肯幫這個忙的。」

「謝謝你。」

二人的手緊緊地握在一起。約好第二天的事宜後分手。

墮胎

一

這是秀英到舅父家數週以後的事。時間是第二個月的十號左右。

清早坐在梳妝鏡前梳理頭髮，不知是不是睡眼朦朧的關係，鏡子裏的人看來居然是一片模糊。揭起衣角想擦拭眼睛，整個人竟顫巍巍地要向前倒。只覺得胸口漲悶、想吐，急忙回牀上躺著。

直到表嫂進來，她都還沒有醒過來。

「怎麼啦？秀英。飯也沒吃，那裏不對勁嗎？」

「沒什麼。只是有點兒頭昏眼花……或者是感冒吧？」

「可是妳臉色不對，到底是那裏不舒服呀？」

「嗯。我想沒什麼關係的，表嫂妳別擔心。」

「嘻、嘻……」

表嫂似乎想到什麼似地，發出不懷好意的怪笑聲。秀英被她笑得不好意思，臉都紅了。

「少討厭了，什麼事讓妳笑成那個樣子？」

「嘻……妳怎麼不嘗嘗這些糖？……喫了包妳百病全消。大家都這麼說哩……這是專治訂婚期間心情不好的靈藥。」

表嫂有意逗她，故意把秀英訂婚的喜糖推到她面前。

「妳這樣欺負人，那裏像嫂嫂嘛。」

「呵，我的小姐，我那敢欺負妳，不過是要妳喫幾顆糖罷咧。」

表嫂故意裝出不平的表情，擠著眼睛笑她。

「不理妳了，壞嫂子。騙人說想喫糖，結果是嘗都不嘗，倒來捉弄人。」

「嘿，這就更過分了，是誰想喫又不喫的？少在我面前裝模作樣啦。」

「唉呀！算我服了妳好不好？什麼裝模作樣，狗嘴吐不出象牙！」

秀英也忍不住嗤咪一笑。

二個人捧腹笑成一團。——而就在這時候秀英的臉色又立刻轉白，整個人撐不住地要往前傾，表嫂慌忙扶住她。

「妳到底是怎麼了，秀英？都是我不好，我看情況不對。你到底有什麼毛病啊。」

表嫂這麼一說，她心下就有點慌，但她還是儘可能不動聲色。

「嗯，眞的沒什麼。」

表嫂拿起桌上的鏡子讓秀英看看她自己的臉，秀英好像怕看到什麼恐怖的東西似地只朝鏡中覷了一眼。她的臉色的確白得可怕，眼眶呈紫黑色凹陷。某種可怕的預感在她心中響起。可是這件事能跟表嫂談嗎？而除了表嫂之外，她還能跟誰談這種事呢？表嫂是她最親密、信賴的人了。跟她談應該沒有問題才對，但話到嘴邊却怎麼也說不出口。

敏感的表嫂似乎注意到這一點。

「究竟是怎麼回事？秀英。如果妳有事瞞著我，那妳就太見外啦。」

「表嫂就是我最親的人了，我那會有事瞞著妳。」

「可是妳的臉色那麼壞，一定是那裏不對……。是經期嗎？」

「……月事沒來……我就是擔心這個。」

「原來如此……妳患了感冒是吧？我以前生病的時候也曾經慢了十幾天。……那是去年剛生產完以後不久的事，當時我才要急壞了呢。……做女人就是這麼多煩惱。」

表嫂露出那種煩不勝煩的表情。

「想起那東西初來的時候，如今我還心有餘悸。而且正好碰到上學的時候。剛走進校門，我就發覺情況不對……心下一驚，趕緊往廁所裏跑，幸好廁所裏沒人。我那時心慌意亂，一時也不曉得怎麼辦才好。當時的狼狽、驚駭，眞的是畢生難忘。後來我發現了包書的布。解開書，就用那塊布解了圍。要是晚了一點在朝會的時候，一定會弄到不可收拾，被那些好惡作劇的男生取笑。」

表嫂臉上時而吃驚、時而鬆一口氣的複雜表情，秀英聽她這麼說，喉嚨裏的話硬生生又嚥了下去。

「妳這回慢了幾天了？」

「………」

被這麼直截一問，秀英的心不禁咕——咚一跳。眼睛再不敢面對表嫂。她的視線落在庭院另一頭，整個人畢挺地站立地面上，力持鎮定。

「嗯，是上上個月到現在……。」

這是她使盡全身力氣擠出來的一句話，說完，力就幾乎竭了。只見她的手簌簌地顫抖著。——表嫂沒注意到她的手在抖，可是却覺得事有蹊蹺。她強抑驚疑之色，力圖用較冷靜、緩和的口吻來解釋秀英臉上表情的含意：

「咦？上上個月開始……到底是那裏出了毛病？服點藥說不定馬上就來了。」

表嫂竭力在安慰她，可是她萬萬沒想到秀英竟然是懷孕了。這樣聰明、乖巧的秀英，怎麼可能糊塗到這種地步，做出這樣要不得的事情？只是聽秀英說她每月應來的好朋友居然二個月沒來，她心裏才猛然想起什麼似的。——這麼說事情的確有些兒怪。秀英這般豐滿、健康的身體爲什麼會有這種疾病？尤其是最近，那臉色尤其蒼白得離譜，眼眶也總是呈黑紫色凹陷，而身體倒是較以前肥胖了些。——她最先注意到秀英的腰部。較以前豐腴的腰部，就像開到巔峰期的牡丹一般。風啊，你可要輕點兒吹，蜂蝶、鳥兒呀，別再去狹弄它。那嬌艷脆弱的花瓣，再經不得狂風、驟雨凌襲。秀英腰部的略顯臃腫是跟以往不同，有點像盛開的花朵在行將凋落前瞬間，呈現一種韻味特殊的淒美。——表嫂暗中觀察秀英發覺到這一點……她一時也忍不住臉紅心跳起來。多愁善感的表嫂追憶及自己的過去，也不曉得是惆悵還是感傷？

「秀英，我看妳還是躺著休息吧。」

表嫂上前去攙扶她。

「瞧妳，身上還抖著呢？怎麼會這樣？」

表嫂就像呵護自己的孩子一般，扶她躺上牀，掀起被子輕輕爲她蓋上。自己也在牀頭坐了下來。

「秀英，怎麼回事？難道連表嫂也不能說嗎？……」

表嫂輕聲細氣，像慈祥的母親一樣溫和。

「表嫂……我……」

秀英忍了半天的眼淚，這回像決了堤一樣一發不可收拾。她把頭埋在表嫂身上哭個不止。表嫂親撫著秀英的頭髮，焦灼地等著她的答案。

「我……我懷孕了……」

「懷孕了？……」

這個意外的消息如石破天驚，嚇得表嫂都變了臉色。

「對不起……嫂嫂。」

秀英哽咽著，泣不成聲。

「噢，噢……秀英妳不要哭。這樣哭會把身子哭壞了。好了，不要再哭了吧。……妳現在是身體最重要。哭對身體不好，又解決不了事情。」

表嫂自己也忍不住陪她掉淚，但是語意堅決，像在勸慰做錯了事的女兒。

「秀英，好了，別哭了。給人聽到了不好。」

剛好這時候對面屋裏的外婆隔著大廳在呼喚表嫂，表嫂揭起衣角拭了拭淚便匆匆出去。

表嫂出去，秀英像是被遺棄了似地，但也等於是暫時解了圍，一個人又胡思亂想起來：上個月沒來的時候，她心裏雖暗叫不妙，但總還存了僥倖的心理，想說那會這麼巧，沒想到眞的沒能逃過這一關。要不是懷孕，自己從來不曾出過狀況的身體怎麼會突然三個月沒有月事？要是眞懷孕了又該怎麼辦呢？未嫁的女兒挺了一個大肚子，……以後還要怎樣見人呢？

她想，想得愁腸百結，忽然死的念頭在她腦海一閃。死了就可以一了百了……。

她下定決心，咬緊牙關用兩隻手緊緊按壓腹部。這時候表嫂進來了，臉上是若有所思的表情。她坐回牀頭，用手去扶秀英背部。

「秀英！」

聽到這一聲呼喚，秀英勉強睜開眼，微弱地應了一聲：

「表嫂！」

「不得了，妳的臉色怎麼愈來愈蒼白了！」

表嫂被她嚇住，可是她知道這時候應該先安撫秀英的情緒才是最重要的。有過一次生產經驗的表嫂力持鎭定地安慰她：

「秀英！妳外表堅強，實際却這般軟弱！其實，天大的風浪也終會過去的，對不對？」

這番話連她自己都懷疑具有任何安慰作用。

「表嫂！妳說我該怎麼辦？」

「怎麼辦？還不簡單！把它……」

把一件棘手的大事說成這麼輕而易舉，表嫂自己內心裏都覺得有點發毛。

「表嫂！如果，如果要把它……的話，該怎麼辦呢？」

儘管是不受歡迎的胎兒，要拿掉它這句話，她無論如何還是說不出口。

「……怎麼辦？妳是說拿掉？還是……」

秀英重重地點一個頭，在這同時，她似乎聽到震耳欲聾的殺人槍聲，穿透她的心臟。

「服草藥好不好？」

這幾個字由表嫂嘴裏迸出，她可以感覺出自己雙唇在顫抖，背脊一陣冰冷。

二

幾個禮拜後的某一個深夜。秀英的表嫂神色倉惶地來到一位邱姓老人家裏。

「老伯！事情不好了。『生門』半天就是不開，產婆也是愛莫能助，在一旁乾著急。母體已經虛弱得奄奄一息……愈使不出力氣來，生門愈難開，怎能辦好呢？」

「哦，這就糟糕了。……要不然妳先把這個帶回去服用看看。」

老人把一包漢方藥交給她。

「這個藥對身體不會起什麼副作用，可是非常的難喝。一喝必吐，喝這個就是爲了要讓她吐，藉吐的力量讓胎兒出來。所以請安心讓她喝。除此之外沒有別的方法了。」

秀英的表嫂如獲至寶似地，取了藥便急急告辭出來。

藥果然一服奏效。

黑暗終於熬過，黎明重新降臨。

這一天，秀英陪著表嫂在稻埕裏曬穀子，兩人趁空檔在玉蘭花樹蔭下修補衣服。

「嫂子，這回都是虧了妳，我才能撿回一命。」

秀英抬起那張大病初癒似的蒼白臉孔，幾分靦腆地望著表嫂向她致謝。

「那兒話，不是我的關係，是秀英自己運氣好。不過，這樣對待妳跟妳所深愛的義山之間的愛情結晶，說實在也有些對義山不住。但顧不讓K的家人知道也就罷了。我已經特別關照過產婆，那人大概還牢靠。」

過去的事情表嫂何以還要重提，讓秀英心頭又籠罩上一層陰影？實際上她這麼說也不是故意要讓秀英不安，只是她一個沒受過什麼教育的婦人家，這樣做總算替秀英分擔了大半的煩惱，在她已經是盡心盡力了。秀英自然領情，衷心感謝表嫂。……就在這時候，她不經意地回頭一瞥，竟看見自己的母親屈著身子邁進庭院大門。——秀英這一驚非同小可。一種不祥的預感像觸電般殛襲她的神經。母親蓬亂的頭髮似乎已經向她宣告了噩訊。

「姑媽，眞難得呀！稀客、稀客。請進。」

表嫂忙起身招呼著，秀英也緊隨在二人身後跟進。走在前頭的秀英母親跨入客廳，坐也不坐便逕轉入表嫂房間。表嫂在廚房裏準備茶水，秀英便跟母親面對面地坐下來。室內的空氣遽然僵住，不祥的預感籠罩著她。母親終於開了口，是那種審判官宣告死刑的聲音：

「秀英！爲什麼妳……」

母親才開口，喉嚨就哽住說不下去了。淚水却已經撲簌滾落。

「……爲什麼妳做了這般見不得人的事還要讓K家知道？一定是那產婆的媳婦走漏的風聲。……今天K家來退婚了。……」

表嫂端了茶進來，感覺母女間的空氣不對。

「怎麼了？姑媽。」

她的口氣透著不安。

「……呃……對方來退婚了。」

「嗄！退婚？……」

「說什麼他們家可不願意娶被人睡大了肚皮的媳婦……」

母親大概氣瘋了，顧不得話是不是傷了女兒。——秀英只是木愣愣地呆立著。表嫂也被這個意外嚇傻了。茫然地看著呆若木雞的秀英跟她悲傷的母親。

「那麼……」

「他們今天早上來退婚，而且還驚動了警察，指秀英犯了殺人罪，說不定還要抓去坐牢呢。」

這回母親一口氣說到這裏，倒是一滴淚也沒掉。她接著說，對方解除了婚約，她們家就必須賠償訂婚禮餅及聘金等大筆費用。

當然，可憐的母親並不是故意要責備秀英。事實上，她內心裏毋寧是寧願義山做她的女婿。只因爲他家貧無立錐，才犧牲了他，把女兒另外許配給有錢的K，其理由不外是希望女兒嫁個金龜婿，終身可以不必爲吃穿用度發愁。沒想到孝順的女兒眞的就聽她的話，以致演變成今天這個局面，事到如今，她甚至想跟女兒同歸於盡。

而在秀英，這回更宛如墜落了萬劫不復的深淵。死亡的意念再度襲向她。但是滿腹的辛酸、委屈却反而促成她反抗的意識。

她忍不住又思念起義山。但義山跟自己之間的關係却已經隨著胎兒死亡的刹那恩斷義絕。——對不起，義山。原諒我！原諒我！那最後一晚義山所說的話像浮標一樣浮現在秀英腦海……。她似乎想起了什麼。整個人像冰一樣僵住的她猛抬起頭，凌厲如矢的目光掃向母親跟表嫂。

兩人像受了電殛一般吃驚地瞪大了眼睛。三人的視線化做一道精光猝閃。

——本篇作於一九三三年六月十一日，原載《フォルモサ》（即《福爾摩沙》）創刊號，一九三三年出版

重荷

李鴛英　譯

母親說：反正是掛國旗的假日，不去算了。但是健認爲掛國旗的日子去學校才是最快樂的一件事，說什麼也要去。

「要去的話你就替我挑這個，可以嗎？」

健望望那看起來不輕的香蕉擔子，想了一下，才朝著母親點個頭，「嗯」了一聲，身子一屈，挑起滿滿兩米袋的香蕉就邁開大步先走了。

「在市場旁邊等我，知道嗎？小心，跑那麼快多危險啊。」

健嘔氣似地，嘴裏答：「好。」脚下却故意跑得咚咚作響。母親也急急拿起背帶套在才剛兩歲的弟弟腋下，用力往肩上一帶，但是因爲肩上還要擔扁擔，所以孩子就像一只布袋似地鬆懸在背上。背帶纏了幾圈，然後牢牢在胸前打了一個結。隨後拿起扁擔，彎腰挑起裝在二只甘藷籃裏的香蕉。估量大概有六十來斤重吧？加上健所挑的那些，合起來少說也有八十斤左右。母親挑著重擔，步履艱難地走著。晨曦才剛爬上蕃薯田，停在紫色蕃薯花上的蜜蜂彷彿還在睡夢中。花葉上的露珠提醒了母親，教她後悔不迭。

「早知道該把汗衫給脫了。」扁擔沉沉地壓在阿春嫂肩上，她縮縮脖子，想換個肩膀。也趁這時候把額上的汗擦了擦。心裏盤算著上了坡就要把汗衫脫掉，可是抬頭瞥見坡上一夥男人在那裏歇息，只好打消了這個念頭。但不知健跑到那兒去了？健爬上坡以前並不知道自己背部已經完全汗濕。他一面走，一面胡思亂想著母親從來就只知道要他幫忙做事，却不曾買過一件漂亮的衣服給他。她會不會是後母呀？要不然怎麼……

「什麼東西都只給源仔！」有時他也會跟弟弟吃飛醋，爲自己打抱不平。母親有一次就故意逗他：

「是呀，源仔是我兒子，你又不是我親生的，是收養來的喔。是由石頭裏蹦出來的。」

偶爾回想起這件事，他心裏就有疙瘩。或者是眞有其事呢！典禮會場已經佈置妥當了吧？主要的工作大都昨天就做完了，今天所要做的，不過是在花瓶裏插插花而已。要站在那些美麗、可愛的女孩身邊，如果沒有體面的穿著，那該有多窘、多不相襯啊。唉，說不定還是不到學校去的好。想到這裏，他忍不住要抱怨自己爲什麼不生長在城裏富貴人家家裏，而要做窮鄉下人的兒子。健一路走一路想，幾乎把後頭的母親給忘了。上了坡，得卸下擔子休息一下才行。卸下擔子，朝山脚下望了望，原想要是看到母親跟上來的話，就要繼續向前趕路的，可是母親居然還不見蹤影。這麼說，她是還沒有過橋囉？看樣子是可以好好喘口氣了。他解開上衣的釦子，敞開胸膛，一陣涼颼颼的冷風吹來，背上好像黏了一塊濕答答的布在上頭，怪難受的。或許還是繼續向前走吧？這時，他卻一眼瞥見被香蕉擔子壓駝了背的母親從山坡下喫力地走上來。健的腦子立刻陷入混亂，走吧，可是母親究竟爬不爬得上這個坡呢？看母親喫力費勁的樣子，健突然心疼起母親來，覺得母親好可憐。

「好哇，健。如果你眞那麼討厭娘的話，我就死了算了。死了你就知道了。現在你不聽我的話，我死了，你或許就會懂事一點。」

健想起有一回在田裏跟母親頂嘴的時候，母親這麼說過。

「媽媽！媽媽！走得動嗎？」健忍不住朝著山坡下的母親大喊，眼淚差一點就流了下來。搞不好母親就眞的在這半坡上喘不過氣來咯血死了。健想著，迫不急待地便往山腳下疾奔過去。

「健，你好不容易才爬上坡，又跑下來幹什麼？」母親氣喘呼呼地說，健看母親開了口，這才鬆了一口氣。

母子倆一步一趨地上了坡，找一塊平坦的地方休息。幾個莊稼漢打從他們身邊走過。

「母子倆一塊幹活呀？辛苦囉。」

「女人跟小孩子，沒辦法，簡直要命哩。」

莊稼人跟母親寒暄了幾句便走了。直到完全聽不到脚步聲，也確定沒有人再走近，母親才再開口：

「健，你在這裏替我把風，娘很熱，要脫掉一件衣服。小心，要牽著源仔，別讓他跌跤了。如果看到有人來了，你就咳嗽知道嗎？」

母親撥開草叢，走進裏面。健正在替弟弟擦鼻涕，母親就挾著父親的一件針織襯衫走出來了。

「好了，繼續趕路吧。衣服脫了，小心著涼喔。」

母親彷彿是自言自語，說給自己聽似地。她急急忙忙背起弟弟，擔子上肩便再往山坡下走。這回健再也不肯撇下母親一個人獨自走了。太陽已經昇越右側山峰，照得四面原野一片耀眼的金光。下了這個坡還得攀越另外一個山坡才能走出平坦的道路。健的家跟R鎮相去有一里半的路程，因爲路途遙遠，所以健一直等到九歲才開始唸一年級。如今他已經是三年級的學生了，這條路雖然來回走了幾年，只因爲今天肩上擔了東西，所以格外覺得長路迢迢，沒個盡頭。走過合歡的林蔭道，再穿過相思步道，路就平緩了。剛才所想的事情已經一股腦兒拋在腦後。因爲公學校就在這附近，林蔭深處隱隱傳來孩子們喧騰的鬧聲。一下了坡來，兩隻膝蓋已經僵硬得不聽使喚。彷彿就在原地踏步似地，也跟上、下坡時一樣，身體好像根本未向前進。因此踩在地面的聲音也就特別響。事實上，下坡時也像在跑步，身體往前傾。只是挑著擔子的人本身感覺不像旁觀者那麼明顯罷了。走到學校前面，健不時要脫帽子向路過的老師行禮。老師的金質杓形肩章在陽光下閃閃發光。連腰際的佩刀也燦然生輝。跟平日所見的老師、跟教他讀書的老師似乎不一樣。就像老師有一次指著身上的佩刀，說：

「你們看這個，肯用功的人就可以獲得這份榮耀。」

健始終把這句話牢記在心裏，可能的話，他也想去讀師範學校。可是想想那樣出人頭地、衣錦還鄉的日子畢竟離自己太遠，內心又不免有些遺憾。啊，那金質肩章、那金色的紋理，健摒住呼吸，竭力避免扁擔下滑，脫帽向陳老師行最敬禮。那樣畢恭畢敬就宛如自己是偉大人物的僕人。——那把佩刀不知道夠不夠快，那天試拿來削削竹筍就知道了——他想起這個笑話，心下不覺快活起來。啊，還得再來一個最敬禮。這麼麻煩，乾脆帽子不要戴算了。——雖然警察先生也配掛肩章，可是那花紋却有點像拉麵，而且老師的肩章看起來要閃亮、神氣多了。所以當然是老師的比較好，對老師自然也就更尊敬些。但是警察很可怕，老師却一點也不，究竟以後自己要當什麼好呢？健愈想愈複雜，愈想愈遠。母親看到他頻頻彎腰敬禮不迭，似乎自己也覺得不好意思，便提醒兒子：

「小心走啊，別摔跤囉。」

健幾乎忘了肩上的重擔，全神都貫注在那金質肩章的事情上。大體這樣的日子裏自己都得這樣挑著擔子。不敬禮應該也沒有什麼關係。因爲敬禮時失去平衡，可能就會重心不穩跟蹌跌倒，要做出完美的鞠躬姿勢是不可能的。或者，老師應當也會留意到他肩上的擔子，體諒著他一點，不會責怪他才是。可是想到自己的操行，就不知道老師還會不會再給他一個甲？三年來，自己一向是規規矩矩地鞠躬、行禮，但是關於禮節，似乎還是很難做到盡善盡美、合度得體，或許該學習的地方還多著呢。是不是因爲自己是鄉下人的孩子，就連骨氣也沒有了，才會這樣膽怯、畏縮；見不得人似的？就連有時候進辦公室，也總是顯得侷促不安，連手脚都不曉得往那兒擺才好。或者這跟自己不曾當過級長也有密切的關係？以後還得更用心學習才好。唉呀，現在大概已經九點過了吧？健一路想著，脚下已經跟母親來到了市場邊。母親卸下肩上的擔子，來自城中的商販便一起擁到面前，跟母親討價還價起來。

「這位大嫂，今天到處的行情都是百斤六十錢。怎麼樣？這個價錢我就買下來了。」

「沒多少東西，再多算五錢罷？」

「我多給妳五錢，妳或許又會要求再多五錢，給再多，妳也還嫌不夠。」

「六十錢實在太便宜了，這位大叔。」

「妳說便宜？我還嫌貴呢！」

這些商販一副要就來、不要拉倒的盛氣，談不妥，掉頭就走了。健看到一連來了幾個商販都是這樣。

「媽，我可以去學校了嗎？已經遲到了。」

「再等一下吧，你沒看到媽媽在跟人談價錢，一個人應付不來？」

商販又來了，這已經是第五回了。說的還是同樣的話。健悄悄地扯了扯母親的衣角。

「好吧，就六十錢吧。」

健跟母親把香蕉挑到市場稅務所前去過磅。

「八十二斤半，扣除籃子正好是八十斤。」

市場秤量索費三錢，這是由商販負擔的費用。然後稅務員開給母親一張稅單，要她支付十錢稅金。

「一百斤才十錢吧，所以請高抬貴手，就算五十斤的數吧，香蕉價錢實在太賤了。」

「那不關我的事，這位大嫂，五十斤五錢，超重一斤也要以一百斤繳稅，這是規定，所以一定要收十錢。」

「這不講道理嘛，只賣了四十錢就要繳十錢的稅。」

「不繳嗎？簡直是生番嘛。」

「我沒有說不繳，只是說香蕉還不到一百斤。」

「妳這個人煩不煩？難怪人家說山裏人野蠻，像生蕃！」

「什麼生蕃？說得這麼難聽，喏，拿去吧！」

母親一把搶過稅單，把一個五錢硬幣硬塞過去。母親也是要拿、不拿隨你的神氣，轉身就要離去。

「開什麼玩笑？」那稅務員一把揪住母親的背部，暴喝道。母親猛回頭，健發現她額頭上青筋暴起，可以看出這回她是眞的被激怒了。

「你想怎麼樣？」

「妳還不明白嗎？到派出所去呀！到那裏我看妳是講不講理。」

「這位大嬸，」一旁邊賣豆腐的小販插了嘴：「不要自找麻煩，還是乖乖付了罷，這也是上頭規定的。」

健已經忍無可忍，他又拉了拉母親的衣袖，母親這才發覺事情果然麻煩，但也可能是她認爲豆腐攤老闆講得有理，最後還是付了十錢。

「健，我們回去吧！」母親用力地拖著健的肩膀，邁開大步。

「多拿我的錢，小心吐血拿去買藥喫。」母親雖是自言自語，但故意說得很大聲，讓大家都能夠聽得見。那稅務員取過十錢，似乎有些尷尬、下不了台似地，一溜煙就混在人潮中溜走了。也不曉得有沒有聽到母親的話；即使聽到，恐怕也只能裝聾作啞吧？

健認為母親是白費口舌，可是那稅務員剛才的態度、說那種話，實在也教人一口氣嚥不下。

「健，回家囉！」母親再次抓住健的肩膀拖著他走。並沒有注意到弟弟不知什麼時候居然哭了起來。走到學校的時候，國歌的合唱已經像寧靜的湖水般漾了開來。——到了這個時候，健連說要上學的力氣都沒有了。

「走快一點，家裏的豬一定在叫了。」母親急急趕路，健想起那一天早上的父親，腳步不得不也跟著加快。彷彿後頭有人在追趕著他們似的。將來，母親是不是也會跟父親一樣被奪走呢？健默默地一言不語。

「健啊，上學還來得及嗎？現在去還行嗎？」母親心疼地望著兒子，可是，可是她又能怎麼樣呢？

「健，你要去就去吧？」

可是健臉抬也不抬，只是一個勁兒搖頭。

「好吧，那我們就回家吧。回去煮隻雞蛋給你。」

母親眼前舖展開來的平坦路面像籠上一層霧的夢景，霎時間模糊起來。山谷間傳出牟——牟的牛叫聲。

她悄悄拉起衣袖拭淚。前方是一個陡坡，母子倆很快又氣喘呼呼起來。

——本篇作於一九三五年十一月廿九日

辣薤罐

廖清秀　譯

山脚下的市場，一到下午，顧客就稀疏了，連裏頭洗碗筷的聲音都傳到村子裏的街路上來。山上農民們互叫的嗓聲，漸漸地消失在林子裏，住在村子裏愛聊天的人們正聚在攤子前或理髮店。有的舒舒服服地靠在理髮椅上被挖耳垢，拉胡琴或弦仔的年輕人上氣不接下氣地大聲唱著歌。市場裏最能幹的女人大概要算是阿粉婆了。她在市場擺攤子，攤子上放著香蕉以及裝在玻璃罐內的梅子、李子等蜜餞。

照阿粉婆的家庭環境來說，她是用不著在市場擺這種攤子，而跟山上的農民擠成一堆的——很多人都這樣向她說，但阿粉婆的說法：我是在賺自己的零用錢呀。

「您客氣了，阿婆不必到這裏拋頭露面的，祇要在家裏一躺，錢就會滾滾來的呀！」

「你這個缺德鬼！說話可要當心落了下巴，你說在家一躺是什麼意思呢？」

「這是什麼話，連一躺的意思也不懂麼？」

阿粉婆凜然的臉孔一繃向他逼近了。男的一慌說：

「阿粉婆，您誤會了！我的意思是說：您就是在家午睡，也不愁沒飯吃，爲什麼要操這種心呀！」

阿粉婆「嘻，嘻」笑著不理他。她採取如此大膽的態度，處世就意料之外地會順利的。跟男人開如何露骨的玩笑，她都不在乎。即使丈夫在身旁，阿粉婆也一點兒都不在乎。她丈夫范老頭也似乎認爲與他無關的樣子，有時雖也加入談話，但平常都忍不住好笑，用煙斗一邊敲洋鐵製的煙盒，一邊走開。

這時旁邊的男人又取笑：「這樣的阿婆，老頭也吃不消的吧？」

「是的，他是吃不消的呀！你如果那麼擔心，今晚躲在我家牀下看看好麼？」阿粉婆不認輸地回報著。

這麼一來，男的也就招架不住了。

「請早起來，啊，請早起來一看……」

阿粉婆傾聽年輕人所唱的鄙俗的歌，她的臉上安詳得很，年輕人和著胡琴，繼續唱著歌。阿粉婆坐在攤後的一只椅子上盤著腿，將長長的煙斗向攤前伸出去，舒適地細著眼，對年輕人的歌似乎聽得入迷一般。

「買一斤香蕉！」

阿粉婆看見顧客站在攤前，她就從嘴裏拿開煙斗，向隔壁的菜販阿九喊：

「九仔！幫我秤一斤香蕉給他……」

阿九急忙站起來，跑到阿粉婆的攤子來。阿粉婆在抽煙的時候，總是懶得站起來。

阿九不在隔壁的時候，他便向顧客說：

「秤子在那裏，你自己秤好麼？」

阿粉婆就是這樣能幹咧。阿九因自己忙時阿粉婆也要使喚他，所以禁不住生氣而想拒絕她。

「老闆娘，我可沒有欠妳的啊。前世欠也說不定……」

「對啦，的確是前世欠的。要不然我怎麼會看中你呢？」

「別開玩笑呀，老闆娘！我連妳的髮香也沒有聞過一次啊。」

「這有什麼關係呢！只要你想聞，隨時都可以讓你聞的。」

「噢！眞大方。大家聽見了，我可以不幹工作了！」

「對，明天起就不必擺攤子啦。」

站在攤前的人們笑出聲來。

「阿九！明天起不用做買賣啦！」

「對！當個小白臉，多舒服哇。」

大家打趣的話語像雨點一般降下來。

「過了一個月，阿九會變成魚乾囉。」

這位中年男人阿九仍然說笑著，把這近五十歲的阿婆所吩咐的事情做完了以後，回到自己攤子後的椅子上坐下來，再開始閒聊著。

阿粉婆舒適地一邊響著聲音抽香煙，一邊却時時墜在沉思中。她常常把自己打扮得清清爽爽，以鄉下的老太婆來講，雖嫌太愛打扮了一點，但倒也適合她的個性，所以沒有人責怪她。阿粉婆命中註定是個使喚別人的女人，所以市場裏的男人雖然跟她說說笑話，却沒有人敢存心戲弄她。連村子裏的流氓都對阿粉婆另眼相看。如果有人向她開玩笑開得過分，阿粉婆會順手抓起手邊拿得到的棍子突然給對方一棍的。每逢這樣的時候，大家多半站在阿粉婆這一邊，挨打的還有得麻煩哩。稀奇的是阿粉婆雖然是這樣潑剌的女人，却能贏得村子裏主婦們的好感。這就不得不說她確實有她了不起的地方了。如果有那個男人的太太在場，她便會說些合太太意思的笑話，所以太太會說：只要我家丈夫合用，請不必客氣地使喚他……。由此可以看出：阿粉婆的言行，的確能表現出被横暴的男人壓迫而痛苦的女人反抗的一面，因此村子裏的主婦們才會對她發生好感。不僅如此，阿粉婆對裏裏外外的事，料理得很清楚，對沒有法律顧問的村子裏的主婦們來講，她是受器重的女人。阿粉婆的法律是先天性的，因此沒有一項事情不可以跟她商量。阿粉婆又富正義感，必要時她會幫她們跟男人攤牌，一點也不讓步。阿粉婆還很會做媒，只要她提起，整個村子裏的人都可能變親家，甲家的兒子跟乙家的女兒便可眞正成天作之合的一對。阿粉婆的髮髻上插著一朵小小的大紅薔薇花，看來眞像一個道地的媒人婆。她從轎子下來，指揮婚禮的場面的幹練模樣，眞叫人佩服得五體投地呢！更奇怪的是由阿粉婆做媒結成的夫婦，都組成恩愛夫妻的好家庭，所以更受到好評。偶而也會碰到愛吵架的夫婦，這時阿粉婆站在中間，巧妙地評斷是非，使當事人心服口服。大家都說阿粉婆如果是男人，即使當上州知事，也準能勝任愉快。

她的家開雜貨店，但阿粉婆却把店交給兒子和媳婦去經營，自己單獨在市場擺攤子。不過晚上她一回到店裏，就坐在賬房的桌前，畢畢剝剝地打起算盤來，因此一家的經濟大權還是掌握在阿粉婆手裏似的。

兒子稍微軟弱，不像母親而像父親。大家都說如果他像母親那就不得了，但連阿粉婆的女兒都不像母親，是個溫柔的姑娘。她是個不胖不瘦的女孩，長得人見人愛，雖頗有魅力，親事却不容易談成。阿粉婆曾經認眞地表示過：希望招個女婿來幫助兒子。她名字叫阿花，常代替嫂子到村尾的小河去打水。

「老闆娘，妳別只顧自己，也應該替女兒考慮考慮吧。」

愛開玩笑的一位山上老農偶而也會跟阿粉婆閒聊這種話。阿粉婆却說我女兒還是個孩子，請別擔心好了。老農聽了，却不以爲然。

「妳這種話眞叫人吃一驚！那是不知孩子心理的父母才這麼說的呀！老闆娘！妳看看女兒走路的樣子吧，身材很好不是麼？尤其圓溜溜的屁股，怎能說她還是個孩子呢！」

「老伙仔！你的眼睛花了，靠不住呀。你還是先刮刮自己的鬍鬚再來開玩笑吧。」

「別管鬍鬚好嗎？這個媒人紅包，我可是賺定啦。」

「好啊。」

阿粉婆一切如往常地吸著香煙看攤子。

她生來就使喚慣了別人，因此她最忙的時候只有上午罷了。上午她不僅賣東西，還得從山上的農人購入香蕉，所以特別忙碌。不但如此，左右兩邊的攤子都擠滿著顧客，阿粉婆臉皮再厚也不好意思把自己的工作託人做的。這時，她却勤勤快快地一會兒走到攤前，一會兒走到攤後忙個沒完。只有進貨的日子，她丈夫才到攤子來幫忙。這時阿粉婆便會向他說：

「你幫我看一下……」

他點點頭，像龜一般縮著脖子看攤子。當他坐在她身邊時，看來夏天也好像冷颼颼的樣子。村子裏的人說那是因爲背駝了，但從山上來的農人們却有不同的看法，譏諷那是因爲怕阿粉婆才會有那種姿勢。不管人家怎麼說，他不認爲自己怕老婆，只是家中的事自己沒有干涉的必要，所以保持沉默罷了。他覺得別人太愛管閒事了！就算怕吧，不也是自己的老婆麼？其實整個村子裏人都被老婆使喚著，這又要怎麼說呢？他在內心裏覺得可笑起來。

阿粉婆的進貨很不簡單，說話粗暴且露骨，第一次跟她打交道的農人總不免為此瞠目結舌，這時她便繃著臉說：

「你不認識我麼？不認識的話，叫我姑婆好啦。」

農人聽了，張惶失措著，稍稍憤怒起來。阿粉婆看了，冷著眼逼近他，使農人不由得往後退了。

「你到底賣不賣呢？難道你沒有見過女人麼？用不著頭昏眼花的呀。」

農人這時才對妖艷的阿粉婆的瞪視，禁不住笑出聲來。

「不賣的話，幹嗎從山上挑到這裏來呢？」

「當然賣啊。」

「那就是了，照時價來說我出的價錢是不壞的呀。」

「好吧，老闆娘，反正東西也沒有多少……」

於是，農民把阿粉婆買的香蕉抬到她店子裏去，然後又回到攤子上來拿錢。

阿粉婆雖然這樣厲害，對村子裏的應酬却從不後人，無論那一家的紅白宴事，一定都會看見她參加，如果不像阿粉婆那樣會賺錢的話，是無法應付的呀，村子裏的人們異口同聲地這麼說。但阿粉婆的應酬或許不要花太多的錢也說不定。不過，這是屬於阿粉婆的訣竅，別人是無法知道的。也有人說她自己的收入不多，但一般村人都認爲：她的家本來就有幾個錢。小富婆，敢說敢做，又成村婦們的顧問，縱令自己的丈夫跟她開露骨的玩笑，也沒有人會恨阿婆。事實上，女人的作風像阿粉婆那樣的話，即使有情夫，似乎也不會被發覺或被怨恨的。這是因爲阿粉婆沒有秘密的緣故。事情一到阿粉婆的嘴上，沒有一項不能直截地說出來。

有一段時期村人懷疑她跟隔壁攤的阿九有什麼曖昧，但很快地人們便忘掉了。阿九大約比阿粉婆年輕二十歲，曾被人家說他或許成了阿粉婆的小情夫也說不定。但如果那是事實，即令阿粉婆會保密，阿九也會洩漏出來——大家這麼想著，覺得那謠傳是靠不住的。

據山上來的農人說：有一個夏天，阿粉婆到鄰村看迎神賽會時，她跟阿九一起在路上看守鳳梨的小屋子裏。但那是在躲雨，所以並不稀奇。在那小屋子裏，跟像阿粉婆那樣的女人只有兩人在一起而不發生什麼，農人說那是無法了解的。不過，村民都認爲：像阿九那樣狡猾的人，想要的不是阿粉婆，而是她女兒吧？

阿粉婆雖直接或背地裏聽到這些風聞以及批評自己的品德言行，但她既不想辯白，也不在乎這些，她仍然任意使喚著阿九。

這是因阿粉婆把握住了市場的男人心理的緣故。男人們爲了尋開心，希望當著女人面前開開葷玩笑。她認爲如果能讓他們滿足這種慾望而好好應付的話，男人們都簡單地就能統御的。你或許認爲阿粉婆這種做法是一種賣笑性的行爲，但喜歡她這種言行的男人又怎樣解釋呢？因此，不能只怪她言行露骨。

總之，阿粉婆跟阿九之間雖受人譏評過，但在市場裏兩人却是交談的好對手。阿九稍滑稽而像小丑，阿粉婆却把這小丑的頭當做鑼鼓一般敲著，兩人在開玩笑的時候，像相聲一般有趣，足夠使看的人捧腹大笑。

阿九自從妻子死了以後，既不想續絃，也不去物色對象。老是在阿粉婆旁邊擺攤子過活也不是辦法——也有愛管閒事的朋友擔心他的將來而這麼說，但在阿九來說，所看到的一切都是滑稽的，所以他一點兒都不感謝這一類忠告。

他跟阿粉婆聊著的時候，常常不自禁地心旌搖曳起來，有時覺得她變成自己老婆，有時只是一個普通的阿婆，或者有時還成了某個愛人的親戚，一會兒遠一會兒近，使阿九陶醉在迷迷糊糊的境地中。

「他媽的！現在年輕學生所說的什麼戀愛，是指這種心情吧？」

阿九有時會突然想起來似的猛拍自己的攤子人叫，使得攤子幾乎翻了。

「或許是……」

攤子震動的聲音使阿九嚇了一跳，睜開眼睛一看，市場裏靜悄悄的，已是閒聊的人差不多快來集會的時候。陽光的影子已經伸到屋簷下面，夏天快完了。

「阿九怎麼了？你在發神經麼？」

隔壁的阿粉婆用不客氣的視線，射住阿九似的向上翻弄眼珠瞪視著。

「別向我送秋波吧，老闆娘，會使我興奮的呀。」

「你好純哩，阿九哥。」

「喊起我哥哥來啦！你還沒到喊我哥哥的歲數哩，你只有十八歲呀，阿粉姐！」

從遠處很快地聽到他們在鬥嘴，人們便三三五五地集中到阿粉婆攤前來。人們成群地包圍著阿粉婆的攤子，每當話題中斷時，觀衆便要賭香蕉。像賭一刀能不能將一根香蕉切成三塊？如果能的話，賭三個香蕉，或做種種的賭，使旁觀的人發生興趣。但無論如何，阿粉婆總是佔便宜的。

這時阿九便不免吃虧了，因爲他的攤子賣的是醬菜，即使人們擁擠在攤前，對他也不會有什麼好處。醬菜太鹹了，不配飯便不能吃，買也無用。了不起在人群散去時，有些想起明早稀飯的人會買下十錢的什錦醬菜，用山芋葉包著提回去罷了。雖然這樣，在阿九來講，這種生意還是不壞的。

但這一天傍晚，阿九完全感到憂鬱起來。

這是因阿粉婆如往常那樣一邊送秋波，一邊開始開阿九的玩笑。阿九又如往常那樣做些滑稽動作，開始逗阿粉婆了。阿粉婆今天比往常更露骨地嘲弄阿九，使阿九這一次演退縮的角色。於是，阿粉婆細著眼，一邊吸著煙一邊說：

「你既然用這種口氣，那就到這兒來吧，阿九！」

阿九恰巧有顧客來，跑到攤前去，一邊包醬菜一邊說：

「我不想過去，阿婆，你的臉孔眞像這只罐子裏的梅干，使我厭煩透了。」

「你這個夭壽仔，竟敢說這種話，以後別跟我講話好啦！」

雖是開玩笑，但稍帶著認眞的樣子，旁觀的人期待著下一幕。

「笑死人啦，我還能跟你講話呀？」

「好笑麼？比起你這種軟趴趴的男人……」

阿粉婆從嘴裏拿掉煙斗。阿九不知再說什麼好，他好像意識到周圍的氣氛不再滑稽了。忽然拿起不知是誰放在攤子旁邊的一根扁擔，裝出要打阿粉婆的模樣。就在這個時候，阿九不小心將放辣薤的玻璃罐碰翻掉到地上，罐子破了，辣薤散落一地，大家笑出來了。阿粉婆如打破碗般的大聲笑著，使阿九面孔轉白，「害我把放辣薤的罐打破了，妳這個臭婆仔！」阿九在心裏咒罵。但她並沒有碰到他的玻璃罐，所以想跟她吵架也吵不起來。

「阿九掉進樂境〔樂境，與日語辣薤諧音〕的罐子呀！」

市場裏的人都笑阿九。

但阿九從這一天起就不再笑了。

——本篇原載《臺灣藝術》二號，一九四〇年四月一日出版

藝旦之家

鍾肇政 譯

一

在臺北車站下了車，先在旅館裏安頓下來，楊便覺得自己的樣子好慘好慘，他禁不住想：還是不要去看那個女人了吧。透過玻璃窗，可以看到雨脚還在忙碌地踩在地上。這陰鬱的天氣，還要繼續多少天呢？楊有點自暴自棄地把身子擲在牀上，藝旦當然不會有處女，這一點從一開始便知道的，然而一旦下定決心娶她，便不由地覺得往後做爲一個妻子的她，多少會有教人疑惑的吧。當楊設想到這裏，禁不住地爲必須娶這樣的妻子而感到洩氣了。當然啦，如果把藝旦當做對象來考慮，那麼自己的煩惱的確是個怯懦男子的態度，然而到頭來總覺得無法釋然於懷。在這種心情下，可以結婚嗎？楊定定地盯住天花板思索。下女們拍達拍達的拖鞋聲與洗盤碗的聲音，通過走廊響過來。假使她過去曾經有過失戀的創傷，或者是為了雙親，才被比她自己更有教育，並且也有道德觀念的男人買去，那就還可以忍受，但萬一成了自己的妻子以後才發現到她曾和卑劣的傢伙一起過，那可怎麼辦呢？楊認識一個卑劣的傢伙。有一次，那傢伙得悉他曾經欺騙過的女人結婚了，便嘿嘿地鄙笑著把她的情書取出來，得意洋洋地談起了與她相好時的情形。碰到這種事，楊是比那女人更憎恨那男子，可是不免也覺得，連這樣的男子都可以騙去她的貞操，那就實在不能夠娶她為妻了。楊恰似誤中蜘蛛網的蒼蠅，為了從這種令人胸臆發脹的思念脫離，而斥罵自己，為發現女人的缺點而焦灼，結果還是什麼也沒能發現出來。如果勉強找出缺點，那就是曾經當過藝旦這一點了，此外實在沒有應該提出來的。他想，只要忘却了當過藝旦，她該是可以做一個理想的妻子吧。咚！的一聲，楊用力地踢了一脚牀，長吁一口氣，忍不住地讓眼淚沿頰滾落，掉在耳畔。都是我不好。她從未央求我娶她。兩人落入情網時，楊這才察覺到采雲並沒有刻意地榨取他的金錢。采雲彷彿前世欠了楊秋成的債似地表現得那麼溫柔馴良。除了要他的愛情以外，她從不想從他索取值錢的東西。當然楊這邊家境是不錯的，不過財產還在父親手上，所以她從不讓秋成在這方面困窘，以致造成父子間的裂隙。采雲與他交往，都是為了愛情的。在秋成這邊，墜入情網固然沒錯，但這種情形在他毋寧是正中下懷，於是自從認識了采雲之後，他的生活忽然有了活力。不過采雲還是走過了一個藝旦必須走的路徑，從臺南回到臺北。

到了贖身與否的當口，秋成的腦子裏響起了種種雜音，使他不知所措。

「對人家的過去耿耿於懷，未免卑鄙吧。」

「當做娶了再醮的女人不就結了嗎？」

「才不是這個問題啊。我是在擔心，如果她曾經受卑劣的傢伙欺騙過。」

「這又怎麼樣？現在，只要即將成爲你的妻子的女人愛著你，不就夠了嗎？」

「愛我？嗯，但是，那女人現在還是個藝旦呢。」

「那就更應該去開拓自己的道路啊。」

秋成的耳畔響著這樣的自問自答。

「對，我就不客氣地去吧。」

他霍然從牀上彈起來，換上了西裝。去看看吧。八點，她一定還在睡著。打領帶的手也微微地顫抖起來。從臺南出發時忘了打電報，凌晨抵達了臺北，人家還睡眼惺忪的，這樣的時候去看人家，總有點不妥吧，於是他決定在旅館裏稍候。然而另一方面又想到，只因她是一名藝旦，所以不得不顧慮這些，這又使他感到寂寞了。這份寂寞長出了翅膀，使他迷惑，也使他有面臨人生歧路的徬徨而左右爲難。在雨聲淅瀝中，楊在人力車上設想：她昨晚醉了，那位常客便趁這機會爬進了采雲的牀裏一覺到天亮，就在這當兒我闖進去了。一時冒起火來撲向那個人，却反而遭了一頓好揍，穿上白制服的醫生與護士在身邊出現。這就成了爲自己的昇天送行，好不容易地才從這環境裏解放出來。且不談這是不是眞正的昇天，不過從這環境裏被解放出來，這一點是錯不了的。楊在心中那麼鄙劣地這麼冀求著。來到港町〔即今環河北路〕，淡水河在水門外的濛濛煙雨中。看到這光景，楊覺得自己的諸多思念都顯得縹緲起來，采雲那纖柔的身影也在眼前出現了。胸口突地悸動起來，覺得自己實在是很糟糕的。人家采雲正堂堂地面對環境與生活力戰不懈，眞是可敬可愛，而自己却是低賤的，只懂得盤算的。

「就這裏，就這裏。」

車夫忽然給叫住，使勁地撐住脚停了車子，轉過身推了五六步。他避著淌落的簷滴下到亭仔脚上，忽又覺得膽怯了，交錢給車夫的手都微抖起來。臺北特有的樓梯蓋子還蓋著，可見這一家人還沒有起來準備早餐。他猜想，也許采雲的父親是早起的，已經出到外面去了，否則入門還不會打開才是。楊輕輕敲幾下並叫了采雲的名字。馬上有應聲，蓋子被掀開了，好像是下女。

「是楊先生。」

采雲的母親也笑容可掬地從廚房出來，楊這才猛憶起在臺南車站買的土產，放在旅館裏忘了帶來了。於是他便囁嚅地在嘴裏說匆匆出門而來，忘了小小的禮物，采雲的母親還沒等他說完就打斷說不必這麼多禮。

「采雲。」

聽到母親喊采雲的嗓音，楊忽又洩了氣似的，覺得自己更是下賤。采雲披上了男用晨袍，微羞著臉站在楊的身旁，默然地掠了掠髮脚。

「搭早上的快車來的？」

片刻後采雲才說。楊要掩藏自己般地閃過了身子，望著窗外在椅子上坐下來。

「臺北每天都下雨嗎？」

「嗯。」

采雲移步到窗邊往外頭看過去。母親急急地叫下女把開水提出來，知趣地叫采雲沏茶，並風趣地說女兒晏起，客人都來了，臉也還沒洗。看到母親進廚房去了，楊便說在車上的餐廳用過早點了，所以不必再麻煩，可是碰到采雲的眼光，便緘口了。

「不，沒什麼麻煩的。看那一天我們也要再到臺南去打擾你們，那時我可不會在車上的餐廳吃呢。」

楊實在招架不了母親的這種話，便笑著瞧了瞧采雲。采雲好像沒留心母親的話，在想別的心事。

「近來，生意還好吧？是嗎？可是您看來瘦多了。」

采雲瞥了一下楊，這才把眼光岔開，在煙雨裏，淡水河好像浮在雨絲上。

看著釆雲的樣子，楊彷彿忽然從遠地回到家似的。剛才的那些無中生有的想像翻了個大觔斗，自己的下賤徹底地把他打垮了，好像身體就要癱瘓似的。釆雲——他終於在心中叫了，如坐針氈般的感覺使他幾乎喘不過氣來。可是釆雲一點也沒察覺到這些，告訴他坐了那麼久的火車，一定很累了，還是上牀休息休息好。她又說，她可以趁這當兒洗漱一下，一起用過早餐便可以出去。楊聽著聽著，胸臆裏一陣感動，使他想早些回去旅館。連釆雲的母親的那種殷勤，好像都是爲了預防女兒被搶去，煩惱生出了脚，這裏那裏地跑個沒完。

「釆雲，我還是在旅館等妳吧。妳早餐後過來好了。而且我又忘了小禮物，吃兩次早餐也是不必的。如果餓了，我會隨便找個地方吃吃。妳就幫我向阿母說吧。」

「不吃也沒關係，可是你還是坐在這裏吧。」

楊不是不知道釆雲是熱愛家庭的，可是楊有點神經質了，深怕自己的感情迸發傷害了她，便決定特意地進去廚房道一聲好，以免叫釆雲不悅。還在下著雨的。不，沒關係，馬上可以叫到車子，他不聽大家的挽留正要下樓梯，剛好與釆雲的父親碰上。

四下有點陰暗，所以對方好像沒看出來，就要擦身而過，這時釆雲的母親提醒了一聲，他這才慌忙地要留住他。

「我還會來的。」

「是吃飯時間哩，用不著避開呀。」

「不，不是避開，剛吃過了。采雲，妳可以來一下吧。」

楊回過頭看了一眼采雲。采雲點點頭，用晶亮的眼光看看楊。

因爲叫不到車，楊便沿亭仔脚回到旅館。也許是淋了一點雨的緣故吧，微感寒冷，先洗個澡，決定在采雲來以前躺躺。可是楊洗完澡不久她就坐著車來到。進了房間，楊不知是采雲，還以爲是弄錯了房間闖進來的女孩，爲之怦然心跳。

「怎麼啦？無精打采的，好像茫然的樣子——」

「嗯，是看錯了。」

「哎唷。」

采雲歎口氣坐下，問起了楊別後的生活情形。

「我是一點也沒變。采雲，我受不了啦。這樣的日子能繼續到什麼時候，我一點自信也沒有，不，我不是這個意思。不是信得過信不過的問題。這樣子，好像在我們兩人之間故意地弄個好寬的空間，叫我受不了。」

楊亢奮起來。如果不是已經去看過一趟采雲，楊可能沒辦法用這種穩重的口吻來表達出自己的心中。然而，一碰面便遇上了楊這種亢奮，采雲禁不住地懷疑楊是不是受了別人的挑唆才飛馳而來的。不過采雲倒是靜默著，看住楊等他說完。

「妳一直都還是個藝旦，那——」

「阿成！」

采雲要壓抑楊更亢奮起來的神經般地喊。

「我相信這痛苦的山頂，我們必須爬越過去，才會有堅固的愛。所以我得說服我阿母，爲了使問題不致更複雜，我想我們的態度要更溫和些。您說是嗎？因爲我是長女，您也是長子。」

「我不想聽這種話。妳的意思，難道我如果不是長子，便要我來入贅？」

采雲一時答不上來。她倒也不是感受不到他的痛苦，所以也就不想反唇相譏。

「請不要說得這麼難聽。我也好痛苦的。您是個男子漢啊，不是嗎？」

采雲的嗓音微顫著。楊覺得什麼也不用再說了。事實上，采雲非得比他更痛苦不可。她把一手扶在椅背，面孔擱在手背上，肩膀開始靜靜地顫起來，爲什麼會這樣呢？連楊自己也不明白。如果這是命，那麼楊可要怨恨神的惡作劇。太殘忍了。我固然痛苦，但采雲又有什麼罪呢？楊每當自己的感情無由排遣，便口不擇言地拿采雲出氣，然後才深自懊悔。人似乎總要傷害自己的神經，然後自己來醫治，而一旦醫好了，便又再去傷害它，否則便沒法活下去似的。看著窗外的雨，種種思念彼伏此起，末了兩人還是會相融相洽的，然而問題可並沒有解決，心胸裏反倒更沉重起來。也許，獲得一個男人的愛，比獲得幾百個男人的稱羨難上十百倍。而與其被衆多的男人所愛，何如被一個男子從心底裏愛才眞正是幸福的。采雲雖也想到過這一點，但看到楊太煩惱，有時便不免自暴自棄起來，覺得反正自己是淪落在不幸的深淵裏的人，像楊這種男人，不必擔心沒有女人垂青的。然而，苦苦挨到今天，就這樣分手，實在也於心不忍，所以采雲常常爲此思前顧後，徹夜難眠。至於結論呢？就是：如今兩人的愛算是到了最後關頭了，她總以爲這一點必須認清。一方面是不能讓楊再苦等下去，另一方面，是不是可以聽任做爲一個人的貪慾橫行無忌，這一點采雲更非檢討自己的道德觀念不可。孝順養父母固然應該，但運用這種不正當的手法使自己擁有財產又是否正當？母親他們永遠只知一個錢字，只要有錢，世上的事便都可以解決。金錢早已是社會上的智能的唯一標準。這是沒辦法的事。而我只不過是生產錢的燃料而已。在這兩個原理之間，采雲依然拿不定主意決定去就。

傍晚時分雨停了。采雲藉口家事，請了兩天的假，可是楊看到天已放晴，便沉不住氣了，告訴采雲非早點回家不可。采雲也明知他非早歸不可。兩人一起在北投悠閒地洗溫泉浴，對楊來說幾乎是太奢侈的，因爲他很忙。楊自己一個人掌管著一家商店。由於他並非純粹的生意人，所以工作相當艱困，采雲也明白這一點。也是因爲這樣，她才希望能夠早一天去幫忙楊，他的家庭生活也就更使她羨慕了。

一如往常，楊住一兩個晚上便回臺南去了。

「采雲！這種日子我再也受不了啦。行或不行，妳得給我個答覆才成。」

臨分手時，楊還這麼逼采雲。在我也是生死關頭哩。聽到采雲這麼說，楊總算明白了她的決心般地鬆了一口氣，一躍跳上火車。采雲但覺耳畔轟然而響，渾身都發麻，怎麼也沒法壓抑洶湧而上的悲戚。在這月臺上，還會有像我這種命運的人嗎？直到火車已消失，采雲還忘我地站在月臺上，突地轉醒過來，這才踩著浮上來一般的地面，蹣跚地走出站外。晴空已很有春意了，她寂寞得連鐵路飯店屋頂上的夕陽都使她感到鄉愁。

二

采雲與楊秋成在臺南認識，是她到那邊去當藝旦的時候。在臺北正式下海以前，多半先跑一趟臺南，賺到一筆資金才回來，這是大多數的臺北的藝旦必經的途徑。資金越豐越容易走紅，也越容易成爲一流藝旦。所謂藝旦間，就是藝旦所住的香閨，爲了裝飾這張眠牀與客廳，至少也須一千圓以上。花的錢越多，藝旦的身價便越高。再者，「藝固然不可缺，但衣著也必須洗煉。這就是與南部不同的地方。在南部，她們多半寄住在酒家，客人也不會在藝旦的家款待客人。在臺北，走過陰暗的巷弄，上了黑黝黝的樓梯，一進去便如到了另一個世界，電燈輝煌，巨大的梳妝臺與衣櫥，加上好像是埃及女王用過的眠牀與長椅，還有花瓶、揷花等擺設。臺南的，根本就沒有這一套窮奢極侈的設備。

臺北的藝旦所以大多須要到南部走一遭，就是因爲南部不須要太多的資金就可以成一名藝旦。有酒家餐館包的，也有寄住的。前者有年限，後者隨時可以換碼頭。酒家老闆最怕的就是這些藝旦與酒女呆不住。好像是爲了防止流動，她們給培養了一種習慣，就是經常須膜拜設在鏡臺邊的「豬哥神」。

「神啊，請今天也幫我帶來好客人。有一大把鈔票的，來時踉踉蹌蹌的，走時蹣蹣跚跚的，連口袋被掏了也不知道的。」

老闆就讓她們這麼叨唸著，這才去應客。南部的花柳界，把恩客說成「下港豬」。「豬哥」即種公豬的意思。種公豬來到母豬前面，馬上會口涎直流，精神抖擻起來，這是農家人個個都知道的情形。這樣的神會怎樣地使男人們忘情，是不難想像的吧。因此，客人喜歡藝旦，並不是眞地愛上了，不過是豬哥神使他們那樣罷了。因此，對恩客永遠不能動情，這就是老闆們要灌輸給女人們的觀念。至少要讓她們如此冀望。偶而也會有像采雲與楊這種動了眞情的一對。這樣的都是被豬哥神甩掉的，不然就是主動地把豬哥神排開向前跨了一步的。不過當時采雲倒也不以爲自己戀愛了，只因伙伴們揶揄她，取笑她，於是她便忽然地紅起臉。就在這當兒，采雲的母親認爲差不多了，決定回來臺北。反正得賺到荷包飽飽的，那就不如到賺錢比較容易的地方才好，因此她與楊偷偷地商量好，擬定了個回返臺北的計劃。一方面是因爲如果將來要與楊結婚，那麼在當地幹久是不妥當的。同時另一方面也講好回臺北後，最多再幹一年便洗手，這才使得楊首肯。這在楊來說，未免太不夠男子氣慨了，可是不曉得怎麼，當時楊居然同意了。采雲就是這樣回臺北來的，然後一年歲月轉眼便過去了。這期間，楊就像定期班輪，每月總來看她一兩次。而這班輪的事，臺北的姐妹淘也常要取笑，使采雲深感厭惡。然而，這次是楊忍無可忍地趕來了。采雲這邊，看到楊又來，本來是想說明家裏目前情形，希望他會安慰她的，但是楊的樣子倒使她不得不反過來安慰他，心情也就格外不好受，可是這又能怪誰呢？是命歹，這就是采雲告慰自己的唯一的話。一有機會，她便會向母親哀求：「阿母，讓我嫁吧。嫁過去後，我還會常常回來照顧阿爸和阿母的。如果有了小孩，也願意送一個給您。」

可是母親總是裝著沒有聽見的樣子睡她的覺。就有如抓住幸福的雙手正在拼命地掙扎，却好像碰到簾幕，整個身子失去了支撐，咚的一聲倒下去了，再也沒有力氣爬出來，自個兒潸然落淚。楊回去那天，采雲也打算今晚一定要再向母親懇求，可是回程竟沒有了馬上回家的心情，進電影院裏去了。

采雲的生身父母是個泥水匠。自從父親病了以後，母親便替人洗衣，到茶廠撿茶梗，好不容易地支撐著生計。采雲從六歲起，白天就在家帶弟弟，夜裏被雇替一個按摩引路。整個晚上牽著按摩的手，在背後聽著按摩的笛子大街小巷地走。一個晚上十錢，到了午夜一點時分，按摩肚子餓了要吃麵，采雲也可以順便吃到一碗點心。有一次到養家的親戚那兒去按摩，偶然被養母看上了，以三百圓的代價被買了過來。雖然家裏那麼貧窮，但采雲還是不喜歡被賣。

「阿母，不要賣我吧。」

采雲少不更事，却也覺得好害怕。她莫名地覺得悲傷，幾乎想哭。

「還是去了好。阿爸和阿母可以得到幫助，而且比牽著按摩的手舒服多了。那個人家有錢哩。」

「阿母，我願意一直牽按摩的手，一點也不苦哇。」

母親雖然發怒了，不過以後偷偷地哭了。她也哭了，哭後却又笑了。直到采雲長大後還會想起這一幕。是想不起爲什麼哭的，但稚弱的采雲倒也模糊地理解到去了別家就是幫助了自己的家。記得小時候，一個人哭就會更悲哀起來，但很多人一塊哭，便覺得有趣了。因爲母親也在哭，所以采雲是忘了悲哀笑起來的吧。采雲被迫當上了一名藝旦，她認爲那是由於她馱著不幸的命運，所以看開了。

一個有月的晚上，采雲牽著按摩的手，聽著背後淒涼的笛聲，從一個小弄走到另一個小巷。夜深了。按摩在一個巷子裏碰上了一個男的賣唱的。按摩吹了一聲長長的笛聲，對方便說：

「阿粉姊，妳眞打拼啊。」

「嗯，你也好辛苦。嗓子還好吧。」

然後，兩人把采雲和賣唱的兒子撇在一旁聊起來。末了壓低聲音交頭接耳起來。右邊的白牆大約有一半罩著影子，畫出清清楚楚的三角形。采雲不喜歡那個唱歌的兒子。年紀才比采雲大兩歲，却常常向采雲說些卑鄙的話，所以采雲忍不住地叫一聲阿粉嬸，催催她。於是這個名叫阿粉的按摩便微微地慌起來，伸出手在空中摸索一陣，這才被采雲牽著走去。月琴的聲音嘣嘣地響著，漸漸地往相反方向遠去，靜悄悄的夜氣一陣陣逼過來，使采雲覺得睡意濃起來了。這麼一來，笛聲也越顯得冷清清地，使她越發地想念牀舖。看到在屋頂上白晃晃的月色，采雲便覺得夜裏不必到外頭，躲在暖和和的棉被裏睡覺的人，才是世上最幸福的。

然而，自從采雲穿上了新衣被買過來以後，可以上公學校唸書了。起初，吃飯時還得看著她必須以父母相稱的人的顏色，後來也不必如此了，當采雲第一次明白被疼，也覺得好高興。她有普通人家的小孩所穿的衣服，夜裏更可以縮在被窩裏聽著按摩的笛聲，心滿意足地想著阿粉嬸的手是誰在牽著呢？她希望看看那個孩子的臉，於是不知不覺地就睡著了。

十四歲起從公學校畢業出來，從此她每天早上很早就走過靜悄悄的港町，到福興茶行去撿茶梗。雖然是養女，可是養家沒有小孩，她就像是獨生女兒，過得還很舒服。采雲因爲唸完公學校，所以很希望當一名店員或事務員，但正好逢上不景氣時代，沒辦法實現這個希望。也曾到縫衣機工廠去工作，由於身子受不了，不到三個月就辭了，那時，阿母的一個親戚便向阿母說，采雲聰明又可愛，當了藝旦一定可以賺到一筆財產。母親被說動了，可是采雲不喜歡，也就暫時打消了這個意思，母女倆每天仍然雙雙到茶行去。采雲十六歲了。恰如被遺落在原野的一粒花籽，不知不覺地就發芽了，從雜草叢中開出了一朶含露的玫瑰。窮家女孩的美貌，總是不幸的根源。沒有保護的籬笆，也缺乏那種經濟力量。僅有的，只是精神的力量。在茶廠裏，采雲成了鶴立雞群的美貌女工，使母親傲視同儕。

「妳那個標緻的女兒。」

雖然不是親生的，但到頭來也等於是親生的。她彷彿落入懷胎十月的回憶，並沉浸在生下美貌女兒的喜悅之中。

三

每天在同一所茶廠裏工作的老資格女工阿春婆，有一天向采雲的母親說：茶行的老闆中意了采雲，不知如何是好。

「開玩笑。」

采雲的母親臉色一變，狠狠地睨了一眼阿春婆說：

「什麼歲數了，還用中意這種字眼。都已是六十歲的老頭了，妳實在不用提這種話才是。」

母親不屑地側過臉，好像再也不願看阿春婆一眼了。

「先不要生氣吧。他只向我提的。他說，如果那個女孩肯陪他到別墅去住三天，他願送六百圓和一對金手鐲。都這樣一把年紀了，他自己也覺得慚愧。所以他是一定要守密的。」

「…………」

「是眞的哩。阿公和孫女一樣的。就算妳同意了，世間的人也不會不響的。」

「算了吧，阿春婆。我不想聽這樣的話啦。」

「我也不是想怎樣，妳願意貧窮下去，這眞叫人欽佩啦。可是要換了我，我就看做是撿到的錢收下來。高興貧窮下去，那只有從前的讀書人啦。妳看，我們呢？莫說讀書啦，連自己的名字都不會寫。哎唷，話講多了，差不多該回家啦。對啦，妳有時也到我家來聊聊吧，老是我來看妳。有標緻的女兒的人，眞不好伺候哩。」

這話使得采雲的母親總算忍受下了。

這些，采雲都不知道，不過倒也察覺母親不再上茶行了，賴在牀上，讓采雲一個人煮飯、撿茶梗，而且容易動怒了。怎麼了呢？問了，也不肯回答：父親從泥水老闆那兒回來，便跟他商量商量是不是要給阿母吃吃藥。父親原本就是有點女性化的人，賺回來的錢都原封不動就交給母親，家裏的事都由母親一手張羅。據說，母親年輕時也不算挺安分的，可是父親從來也不懷疑，因而家裏也就能多少剩了點錢。直到目前，父親的伙伴來家裏，母親款待客人的樣子好像總是過分親切了些，然而那也只能使人聯想母親當年的美貌，還不到啓人疑竇的地步。這樣的父親有時使采雲不免覺得有些不可靠，不過在倔強的母親來說，該也是個好伴侶吧。母親那種任性的樣子，有時采雲也覺得噁心，但那也是因爲受到放縱的緣故吧，采雲還能如何呢？

儘管如此，但沒有人知道母親是在爲那可以在秘密裏拿到手的一大筆錢而煩惱著。不讓別人知道就可以到手。也許就是這一點成了引誘，打進母親的心中吧，這些日子裏她也開始認眞地想了。如果是幹暗場的勾當，那當然不必提，可是人家是名人、紳士哩，而且只那麼三個晚上就可以偷偷地拿到錢，這是不對的吧？還有，如果女兒受到傷害，因而落入不幸，那也罷了，但傷痕是看得見才成爲傷痕的，看不見的，自己也會忘掉。而且這個秘密，對方比這邊更須要保守，這就更不能算是傷痕了。只要守住秘密，不但不是不幸，還可能成爲幸福哩。不是說：風言風語，不過七十五日嗎？這秘密，末了只不過是女兒的一場惡夢吧。那麼餘下來的，就只有一千圓和金手鐲。釆雲的母親眼睛發亮起來了。對，手鐲不必太重就行，一千圓左右就可以考慮考慮了。就一千圓吧。但是，這話可不能從這邊舊事重提哩，不慌不忙地等人家再提才有利。這是一千圓的交易，再怎麼久也值得等的。釆雲的母親下定決心以後，便起來與女兒一塊上茶行了。她儘可能地看準機會，讓女兒從老闆面前走過，有時還親自牽著她的手走。她也開始留心女兒的化妝與衣著。釆雲不曉得母親另有心計，家裏明朗了許多，兩人一起上茶行也比一個人上快活，加上母親又對她好起來，所以常常會在工廠裏朗朗而笑，說點什麼小笑話。

五月節都過了，阿春婆還是沒有再提那件事，釆雲的母親便在心中急起來了。這該怎麼辦呢？總不好意思主動開口，而想想自己的生活環境，明明可以到手的一筆大錢，不伸手出去，將來會不會懊悔呢？但是，除非默默地等，否則便會站在不利的地位。算啦！她有點自暴自棄地看開了，時不時地帶著女兒逛逛太平町〔即今延平北路〕的化妝品與布店，表現出一個體貼的母親的樣子，使釆雲大為高興。果然不出所料，阿春婆好像又被茶行的老闆催了。通常，商人的買賣應該只是探探口風，察察釆雲的母親的意向才是，可是阿春婆好像是因老闆猴急的態度而光火了，著急萬分地重提了舊話。

「當然啦，我也向老闆說了的。」

釆雲的母親裝著不當回事的面孔，但阿春婆已察覺到對方不會再生氣了，便滔滔不絕起來。

「像公主樣漂亮的女孩，才六百圓就想買到手，這太荒唐了。不過，如果眞地要弄成自己的，或者公開發表的，不要說六百圓啦，那張臉，至少可以要到三千圓哩。可是才三個晚上，歲數也不小，世間的耳目還得顧慮顧慮，必須守秘密。」

「這種事跟我們沒關係吧。」

采雲的母親忽然揷了一口，於是阿春婆看透了對方，在心裏偷偷地叫了一聲：上鈎啦！話既然投機了，以後便好商量了。錢嗎，在金庫裏滿滿的，阿春婆爲了使對方抱希望，憑其三寸不爛之舌又巧言令色了一番。末了，采雲的母親半開玩笑地，也奮力地表示，如果我想弄到這樣的一個女孩子，至少非準備花一千圓便不敢開口，說著並窺了窺阿春婆的臉色。說起來她們是一丘之貉，不過阿春婆倒好像鈍了些。她那笑逐顏開的模樣，已經被采雲的母親看穿了心，所以也就不再多說了。不過她倒也覺得確實能迅速地抓住了對方的心，這使她洋洋得意了。

兩人就這樣，像一對話極投機的人，在一團和氣裏，有了再等阿春婆的消息的默契。阿春婆也自語般地說要聽聽老闆的意思再回答，然後回去了。阿春婆走後，采雲的母親覺得脚板下浮起來了，胸口咚咚地跳著，喜悅與不安一股氣地襲上來。如果照她討的價格成交，那要如何讓采雲點頭呢？想到這裏，她再也安靜不下來了。

四

條件是把女兒送到別墅時交半數，第三天晚上來帶女兒回去時再交其餘半數。金手鐲和衣服等初夜贈禮是要表現男人氣概的東西，因此采雲的母親不想多置喙。話既然談妥，采雲的母親便又突然死賴在牀上不肯起來了。在牀上，她總是埋怨房租啦，米啦，原本陰暗的家更形陰慘，使采雲常想哭個夠。母親臥牀不起，她便也凡事怯怯的，做什麼，說什麼都不由自己地小心翼翼起來。那好比就是老鼠遇上了貓一般的膽怯，連采雲自己都覺得不耐煩。也許是一種自卑吧，每當家裏有某種不穩的空氣，她便有無助的感覺，好像心身都要一塊溶化了。好比無依無靠的人格外經不起風吹與雨打，這種空氣使她受不了。兩三天後，母親總算好起來了，說要去北投，采雲第一次坐上了小包車。郊區的風景已經很有夏天的氣息，田園一片碧綠，往後掠過去。風景好是叫人高興的，可是母女倆工作了一整天還只能賺到一圓左右，怎能這個樣子呢？她充滿不安，却又提不起勇氣問母親。爲什麼就這麼害怕阿母不高興的臉色呢？說不定是來到這個家時被咒了，成了不折不扣的養女。采雲小時也看到過許多人要來了貓，經過種種詛咒才開始飼養。也許養女都像我這個樣子吧。前面究竟是幸或不幸呢？不安與懦怯，使她焦灼萬狀，眞想痛哭。這麼寂寞，這麼悲苦，眞希望自己就這樣消失無蹤。阿母爲什麼不說話呢？

太陽在田野上火辣辣地照耀著。

作者不打算把這以後的事描述出來。追蹤到別墅去的這對母女，實在是無益的。讓這女孩前往那個地方，雖然令人牽掛，但我希望把這一段略去。在這樣的社會，女人只要不忘却虛榮心便永遠得不到解放，而且還等於是自己不住地馱負著悲劇。采雲就是因此成了母親的犧牲品。

三天後，采雲病人一般地被母親接回家。一回來，采雲就希望自己立刻斷氣就好了，她這麼想著縮進牀裏，好多天都不想再看到陽光。不過即使這樣，可沒有人願意管她呢。太陽還是依循自然的法則，一天一天地上昇、下落。然而第一道死線既然越過來，采雲畢竟像植物般，被生命之力推動著，送走一日復一日，只是對世事已漠然無動於衷。只有如廁時，她才從黑黝黝的窗口看一眼明亮的世間。大家都是在那些拉拉雜雜擁擁擠擠地擠在一堆的屋宇下，苦苦地活著。想到這裏，采雲便覺得自己是在一步一步地被那明亮的世間吸引過去。入夜，她開始茫無目的地上街去了。對母親的眼光雖然變了，但她耍了性子母親也不再數說她。好像不知不覺間，采雲成了戶長似地，自由、無所忌憚。母親不再上茶行，采雲也是，甚至聽到撿茶兩個字，胸口就會發疼起來似地不好受。只有父親一如往昔，有時在家，有時出外幹活去，像塊鬼影子一般地走動著。狂熱的夏來了，河邊的苦苓樹不知不覺間又開始落葉，河風也有點秋味了。

冬去了，春又來。采雲有時邀了公學校時代的朋友，從淡水河的河岸走到大龍峒的田園，過著悠閒的日子。去年這個時候的事，好像追到遠山後面那邊去了，一片朦朧。她總覺得當店員的秀英，比自己更開化。資本家啦，榨取啦，還有愛情至上主義等等，常從她的嘴裏吐出來。她好像常看報紙。她似乎也沒法清楚地說出意思，但在采雲看來，總明白比撿茶梗的工作更有文化氣息。昭和六年（民國二十年）是臺灣的一切文化運動陷入低潮的當兒。或許是受了它的影響，采雲的話題很多，尤其戀愛問題，好像還頗有造詣。兩人彷彿成了新女性的先覺，胸臆裏滿吸著春風，在枝仔花園裏走過去。

「理論與實踐一定要一致才好。」

「那秀英，妳明天起就得談戀愛啦。」

「唷，不是這個意思啦。」

「眞是，妳不能閃避啊，眞狡猾。要不然，妳也還是空談罷了。」

「嗯，可是沒有對手也談不成哪。」

「對手？」

「當然。」

兩人的話又被擋住了。天上是晴空一碧。大屯山上的一朵白雲微微地移著，在山背後掛住了。看著它，采雲覺得若有所思，但沒辦法說出來。兩人都好愉快。沒有比跟知心朋友暢敍更使人高興了。兩人在郊外散步時所吃的糖球都是采雲請的。這樣送走著日子，漸漸地，采雲的心魂受到治癒，好像能回到以前的女兒身了。不久夏去秋來，接著舊曆新年也近了。也是在這一陣子，采雲聽了秀英的勸告，決定出去工作了。過去的事，已經是一場惡夢罷了。

過了年，采雲由秀英介紹，到太平町的日進雜貨店去工作，能夠每天兩人在同一家商店裏，實在是一件可喜的事。日進雜貨店在整個大稻埕是一家著名的化妝品店，采雲因爲是第一次就職，所以覺得這商店好豪華。女店員連采雲共有三個，另一位叫阿金的女孩，不但有講究的裝飾，人也高高在上，因此從開始采雲就不能與她親近，除了必要的事以外，絕少與她交談。男店員加上一個小弟共四個，都喜歡與阿金開開玩笑。老闆是很和氣的人，據說去年才死了剛從中學畢業出來的兒子。也許就因了這緣故吧，凡事都不太有勁，生意都交給太太去管理。還有一位明年將從女學校畢業的女兒，已經有未婚夫了。老闆很開明，不想招女婿，所以儘管兒子死了，還是認爲女兒應該嫁出去。秀英聽到過夫婦倆爲了這事而議論著，因此與采雲兩人背地裏著實把老闆讚揚一番。采雲很快地就受到這一對肯出在大稻埕是罕見的好待遇的老闆夫婦的賞識。采雲人美，內向却又有時大膽。秀英的面貌是普通的，凡事不容易拿定主意，因而給人楚楚可憐的感覺，也深受老闆喜愛。阿金很能吸引男人，所以也受器重。

「采雲，妳要開朗些才好，年輕人怎麼可以這麼憂鬱呢？」

太太有時會盯住采雲，微笑著這麼說。每當這樣的時候，采雲就紅著臉回答說：是的，在這裏工作著，一定漸漸地會開朗起來的。太太便深得我意般地高興著，反覆地表示一定要這樣的，不然太可惜了，彷彿她少女時代就有過什麼可惜的事似的。太太雖然這麼說，但她好像還是喜歡文靜的女孩。采雲是憂鬱的，不過被問到什麼，總能清清楚楚地回答，她自己也覺得，儘管是最後才進來這裏工作的，但却像是最受寵信的。一大早就從家裏出來，繞過一段路去邀秀英一起上班，這時她總是滿懷著自己的前途漸見開展的喜悅。即使在養父母前面，她也是凜然決然，很像是一位成熟而自主的女性了。采雲的母親已經不再敢存有讓采雲賺軟錢的心意了。采雲意識到，她的確是可以靠自己來開拓自己的前途的。店裏的商品的批價與售價，她早就明白了，怎樣賣出，顧客的喜好也深具心得。她還感覺到，腦子裏有某種淡淡的期望，時不時地風一般地飛掠而過。如果結婚了，只要丈夫有點資本，那時希望也來開個化妝品店，不過這一點即使是在開玩笑的時候也沒敢向秀英吐露。打烊後，她常和秀英一塊去逛圓環的夜市，看到適合的糖果點心，便買回去讓父母高興。采雲覺得不能再埋怨母親了。總覺得人都是貪慾的奴隸，絕不是母親一個人的罪。像自己這種不幸的人偶然碰上了，埋怨別人也是沒用的。如今，她認為自己是必須支撐一家，料理一家的貧窮的女孩子。

逢到假日，便買了些點心之類，與秀英到郊區，或者到圓山的明治橋〔即今中山橋〕下划划船，能夠這樣快樂地送走一天，已經夠她引以爲慰了。不幸的人，即令是片刻也好，須要迅速地捕捉住幸福，感受出慰藉，以便得到滿足才是。兩人划船，或散步在郊外的當兒，總是從家庭問題、戀愛的問題到結婚的問題談來論去，而這時她們便儼然成了評論家，幻想著前面站著一大群男子，向他們高談闊論她的戀愛觀，委實也是件愉快的事。

「男人眞不可靠哩，他們也會有像女人那樣的戀愛觀嗎？」

秀英望著孔廟的屋頂，口吐早熟的話語。每次從圓山的小舟上來，便繞過大龍峒，出到淡水河。

「嗯，小說裏是說有，所以我想還是要看教養與個性吧。」

說到教養與個性，兩人便又開始拿店裏的人們來品頭論足。這時，廖清泉便會成爲兩人的問題。這個青年與老闆的兒子同學，常常來店裏。寡默而有點神經質。老闆的兒子是喜歡運動的，却不知爲了什麼，與這個完全相反的人要好。不過采雲只聽到過老闆的兒子，從來都沒有見過。老闆看到這人，好像會想起自己的兒子，常把廖叫到倉庫入口處的會客室，問些他工作的會社的情形，以及諸如爲什麼不再升學啦，生活如何啦一類的話，似乎藉此以求得安慰。據秀英說，近來他來得沒有以前那麼勤了，不過每週總也會來訪一次。有時碰到老闆抽不出空，他便獨自坐在客廳，看著來自內地〔指日本本土〕

的報紙等待。秀英開玩笑地說，讓采雲與那個青年湊成一對，一定很不錯，結果秀英被采雲猛追，喘著氣跑進孔廟裏。

「不行啦，不行啦。」

秀英喘不過氣，一手撫著胸口，另一手向追來的采雲打出了投降的手勢。這是表示在神聖的孔廟裏，不得談論戀愛，不得責備人家之意。

「妳得道歉，不然出去了，我還不放過妳。」

「我不出去好啦。」

「好，我會等。」

「那就，對不起啦。」

「看，還是想出去的，那就原諒妳吧。」

「妳神氣！」

兩人到此便妥協了，相顧大笑起來。

到了第二天早上，這一切好像全給忘了，一如往常地到店裏上班。但那確實是快活的日子，也是一個月僅有一次的假日。

夏天快到了，老闆的女兒的同學們爲了準備暑假回家，到店裏來買東西，客廳裏每天都有女學生來到。看到她們，采雲禁不住地羨慕起來，有時還會想到如果自己也穿上水手服〔日據時期高女的學生制服〕照個相，不曉得會怎麼樣。也是在這一段期間，采雲有婚議，可是她自己却一點也不知道，是老闆娘來看母親提的，當采雲聽到母親這麼說時，耳根都燃燒起來了。

「聽說人家常常來店裏，妳看到過嗎？」

采雲只是低著頭，猛點了一下頭什麼也沒說。他！她忽然想起來了，於是耳朵裏轟然響成一片，母親的話就再也聽不到了。命吧，彷彿覺得第一眼看到他，便感到一種親切。擔心的是自己是長女，如果要娶，母親會不會提貪婪的要求呢？但是，老闆娘出面做媒，母親應當想到我未來的幸福才對。據說：那是一本正經的廖央求他的父親，然後由他母親直接去請託老闆娘的，那麼廖的母親也看過我的吧。如果眞是這樣，那她是什麼時候來看過我的呢？不知有沒有弄出什麼差錯，想到此她就緊張起來，又一次紅了臉。想來，婚議已有相當的進展了。自從聽了這些以後，采雲好像已經當了新嫁娘，每天都在緊張裏過著謹愼的日子。當她情不自禁地在心中自語我是在愛著某一個人的時候，喜悅與不安突地一齊湧上心頭，但願自己整個人一下子就消失掉。害臊與不敢存有自信，更使生活顯得無依無靠，彷彿爲了攫住這個幸福，必須走過一條鋼索似的，無助的寂寞感使她時而不禁流下熱淚。

「我是窮人呢。」

「是個不幸的平凡女人呢。」

她獨處的時候，在心裏向心上人哀懇般地滲出淚水。如果眞地能和他交談，不曉得多幸福。有一次，他來的時候交談過，可是自從有了婚議以後，只要看到他一眼，采雲便紅起整個臉，希冀自己消失。而他走後，采雲便想：該牢牢地抓住我，跟我說點什麼的。然而，終於還是有了機會交談了。婚議漸趨成熟了以後，他好像在路上等著下班的她，從一旁冒出來說：采雲小姐，要回家了？采雲不覺地點點頭嗯了一聲。這就成了交談的機會，秀英也喜孜孜地幫她。路上，秀英分手而去，只剩下兩人的時候，廖問她對這次的親事有沒有意見。采雲只點了點頭，而這好像使廖覺得滿意了。

「我只是個低薪的薪水階段，也許是不太可靠的，不過我希望能好好用功。」

不說工作而說用功，這倒使采雲覺得好中聽。她覺得這種說法，跟那些店員就不一樣。

「我覺得很幸福，也很感謝像我這種平凡的女人，怎麼會有這麼好的遭遇。」

她意外地發現到自己居然能夠在不自覺間這麼順利地說出來。

「采雲小姐，妳不要這麼自卑才好。貧窮一點也不可恥。人世間更可恥的事才多著呢。好比不管男的也好，女的也好，沒有節操，這才是眞正的無恥。這就是說，人應該知道禮義廉恥。」

「是。」

采雲緊張地聽著他那斬釘截鐵的口吻。

「請不要叫我小姐，叫我采雲。」

「不，以後才這樣叫妳。」

因爲他老是用敬語，所以采雲就改用了臺灣話。清泉欣悅地聽著采雲的話，好像一言一句也不願聽漏似的。而她的每一言每一語，都是一個女店員的人生觀、苦心談。來自河上的風好涼。出到河邊來納涼的人們在燈光下影子般地蠕動著。兩人希望多走一會，可是人影太多了，終於還是來到采雲家前面便分手了。

這樣的日子過了約莫一個月，暑假也過了一半的某日，采雲看到廖鐵青著臉進到店裏來。他還沒進來采雲就看到了，立時吃了一驚。與他相逢，是她的人生的第一個出發，同時也是建設與破壞的毫釐之間的分歧點，因此采雲十分地敏感。他進來後，也不管有沒有人看著，忽然地把一張紙片交給了她，采雲突地感到了不祥的預感。他很快地便離去了。慌忙打開紙片一看，寫的是請馬上到大橋頭，此外沒有什麼字。剛好是午飯前，她有些拿不定主意，不過還是被逼著一般，先向秀英交代一聲，便走向大橋。胸口猛跳著，呼吸都幾乎窒住了。

來到約定的地點，只見廖自顧大踏步地往大龍峒的方向走去，采雲急急跟上。看到廖的背影，好像有了什麼嚴重的事，使采雲不禁感到絕望的悲哀。要來的，讓它來吧，采雲鼓勇趕上，可是一時還開不了口。廖走過田塍路，進入甘蔗園。采雲也跟蹤而去。但願死掉算了，采雲來到甘蔗叢裏這麼想。強烈的陽光，好像正在把人的生命蠟燭般地熔化。草香與暑熱猛地壓向胸板。突然，廖回轉過頭，用力地叫了一聲采雲。

「妳是叛徒。」

廖幾乎窒息般地掙扎著，好像就要昏倒的樣子。采雲一如等待死刑的囚犯，早已看穿了一切，不過頭仍垂得低低地。這恰巧也像是在向廖謝罪。廖癱瘓般地在草地上坐下，采雲則仍然被釘住了般地站在那裏。令人窒息般的時間，在默無一聲的兩人之間的空間流逝而過。甘蔗葉互擦的沙沙聲，遠遠傳來的船夫的吆喝聲，聽來全都像來自另一個世界。采雲的眼裏，大顆的淚水撲簌簌地滴落，肩膀也微顫起來，不過仍然默不作聲。廖知道她是在拼命地忍著不使自己哭出來，但他自己好想牛吼般地號啕而哭。如今，廖不得不怨恨同班學友陳。他不應該說那種話的。他就是在東京唸醫學的陳得秀。暑假回來在家，一有空便來看廖。廖曾向他說了婚事，不料陳一聽就表示不可。他說暑假回來後曾路過那家商店前面，認出了確實是她。陳坦白招承，她到茶行來撿茶梗時，他還在中學唸四年級，覺得實在是個好女孩，心裏有過類似單戀的痛苦經驗，不料叔父竟搶先把她弄到手了。當時把叔父恨透了，可是如今一想，錢就可以買到的女人，實在沒有可取。

男人是有責任，但那種女人也令人不敢恭維。廖幾乎發瘋，憤然地拂袖而去，在家裏痛苦了一整晚。

「如果妳是失戀，我們還可以忍受的。」廖蒼白著，緊緊咬住牙齦。痛恨使他幾乎窒息。采雲再也沒法支撐自己，在廖的脚邊癱倒下去泣不成聲了。

五

廖方寸大亂，滿腔無可遏抑的憤恨，焦灼得一心要給采雲難堪，可是一旦面對采雲，却又無可如何。然而，就在這時，一個老農人闖進來了，也不知是一直地看守著他們呢，或者誤認他們吃了毒藥，說年輕人不可幹傻事，還要問廖的住處。廖幾乎冒火，但看清老人善意親切的面容，便略爲平靜過來。中午時分的大地，好像在太陽烤炙下打起盹來了，四下闃無聲音。看老農的樣子，似乎從頭到尾都聽到了。一臉發青的青年，後面又跟著瀕臨絕望的女孩，一起進入甘蔗園中，樣子是那麼非比尋常。不是不可告人的場面，便是生死的問題了。老人好像認定這兩人是愛情受阻，來這裏尋短見的吧，堅持要送他們回去，廖只好懇求，還是不肯放過。老人還表示，如果不讓他送，他要叫更多的人來幫忙。

「竟有這麼愛管閒事的人！」廖在心裏嘀咕著，進退維谷。最後兩人被老人說服，同意一起回去，但老人還是沒有放鬆，繞過一段路，避免走在河邊，從以前的一家爆竹工廠後面去到太平町的末尾，然後將釆雲送回家。這情形好像吃白食的人被抓住了，不過老人倒自認做了善行，得意洋洋的樣子。

兩人就這樣分別被送回家。一旦失去了死的機會，死神便似乎不願再理睬。回家後，一方面是母親監視著，但即使是要死，也希望先見廖最後一面，因此每天每天都好像被關在牢籠裏。她不用說沒再去上班了，秀英也很少來看她。釆雲就像一個重病的人，沒有氣力跟秀英談。據母親與秀英的說法，廖已辭了會社，跑到內地去了。如果可能，眞希望從後趕去，但自己已是沒有這種資格的女人了。秀英是義務地來看她，不過好像已經知道了與廖分手的原因，除了好奇心以外，總覺得以前的友誼淡薄了。噢，如果神是慈悲的，那就讓我睡一般地死了吧。釆雲似乎這麼希冀著過日子。如今，細心一想，便知母親只是被迫共同生活的老女人，也是須求昂貴的代價的下女。釆雲就是像個女暴君，在這個家裏也不再有人責備她了。

母親是怎樣安慰釆雲的呢？她盡可能地服侍釆雲，還常邀來當藝旦的朋友以及釆雲的同學等，使釆雲樂一樂。夏去秋來，接著冬天也到，釆雲的心情又發生了變化，一心想離開臺北。她想，只要能離開臺北，幹什麼都可以。過了年，釆雲更決心，到了南部當一名藝旦也可以。這麼決定後，她便開始拜師學曲〔指平劇的曲，當時藝旦必備的才藝之一〕，她之所以對此道感到樂趣，乃因可以開懷高唱古老的帶有一抹哀愁的歌曲之故。也就是說，愛的悲哀是古今同一的。還有就是能藉此知道有關此歌曲的古老故事，以及有關歷史的知識、英雄末路的悲情等。她還受到戲曲師傅特別的寵愛，因爲她在這方面幾乎是天才。她學的是旦，有時却又調皮地發出老生般的嗓音，使大家大吃一驚。

「也許采雲唱老生更適合呢。」

有些同門這麼說，采雲也躍躍欲試，可是師傅好像考慮了采雲的身材，要她學旦。她扯開嗓門唱一段楊貴妃，師傅說可以在人前露這一手了，但采雲就是不願在臺北下海。

（白）聖旨。西宮渺不見。腸斷一登樓。遠望宮牆。好不傷感人也。（唱二黃散）在樓前。遙望見。九重的宮禁。昨日裏。我還是。宮内之人。又誰知。半途中。風雲無定。抬頭。又只見。一騎紅塵。

「妙哇！」

「好啊！」

聽到姊妹們在一旁叫嚷起來，采雲突然胸口發脹，幾乎流淚了，爲了掩飾，假裝嗆住了，拍著胸口走到桌邊，提起茶壺在杯子裏斟了一杯茶。

六

采雲十九歲了。到了十九歲才當一名藝旦，這是很罕見的，不過經過像她這種途徑才成爲藝旦的，倒是常見的。流落到南部來的，尤其多半有類似的境遇。不到南部而馬上就下海的，差不多都是第二代藝旦，或者藝旦的私生子、養女之類。下海之後如果收入好，養母還會爲她抱養一個小養女。這養女的養女將來也會是一名藝旦。因此在臺北，才三十上下就被尊一聲阿媽的，比比皆是。入秋後，采雲終於要投靠母親在南部的一個朋友了。把一些化妝用具盛在紙盒裏再用包裹布包起來，此外就只有一隻旅行袋，與母親一起坐在車廂一角，看著在車窗外流逝的風景，漸漸地覺得過去眞地成了過去了，而對於即將在前面展現的新的事態，也逐次有了心理準備，總算可以深深地鬆一口氣了。那許多悲苦的往事，都被疾馳的火車推開了。采雲望著遠山，想著遙遠的昔日。火車猛向前衝，就好像帶著她逃開那些往事似的。她也想起那個人，此刻他必定在遙遠的異鄉看櫻花，賞紅葉，自有一番樂趣才是。一切都是命運哩。我是在一顆卑賤的星星下降誕生的，有什麼辦法？火車過了嘉義，一切都顯得平平扁扁的。窗外的部落的民屋是扁平的，在做活的人們也似乎很悠閒。

傍晚時分抵達臺南站。有二三母親的朋友來接，便到陶醉樓。也許是因爲從新都市老遠地來到被稱爲古都的地方吧，釆雲一點也不覺得膽怯。

從第二天起，釆雲就以新來的「半玉」身分下海。

在這裏最使釆雲耿耿於心的是拜豬哥神，還有就是酒家裏一個個小房間有的開著，有的關著。關著的，叫釆雲噁心，使她想極力避免與那個女人碰面。她被迫看到人類醜惡的一面，人應有的神秘一點也沒有。在這樣的環境裏，每個人都會不情願地走上本能的貪慾。這種事務性的解決本能的方式，使釆雲厭惡。這一來，釆雲成了一名潔癖的，在眞正意義下的祇賣藝的藝旦，頃刻間成了上流社會間的紅人，緊接著也出現了想用錢來買她的身子的富人。然而，如果釆雲不是因爲這種事而使一生走上這樣的悲境，那麼她或許也會欣然接受，但如今她對此只有憎恨，於是她鼓勵自己一定要振作起來，堅強起來，抱定能榨取多少就榨取多少的決心。而在這種心情下，她看來依然猶似一朵在風裏搖曳的花，楚楚可憐。兩年歲月轉眼過去了。釆雲熟諳了如何與客人接觸。例如兩位熟客一塊來到了，這時該先看清楚誰是東道。男人間，禮貌上做客人的最好不要讓主人知道與主人這邊的女人有過親密的交往。於是對做東的不妨稍示親密，對客人則客氣地保持距離，才會受到歡迎。釆雲既開朗又聰明，人漂亮，而且還有一副好歌喉。

「讓人看到寂寞的臉，就是敗北，我的寂寞的臉，只能讓所愛的人看到才是。」

釆雲這麼自語著鼓勵自己。因此，如果有人跟她談起正經事，她也會馬上當成玩笑。

這就是客人前面的采雲。本來應當是百合般的個性，可是她表露出來的是桃紅的玫瑰。身材不太大，而看來也不算小巧玲瓏。是纖柔的藝路，可是對喜歡的客人，有時又會發出老旦的嗓音，唱起「行路哭靈」來。由於是悲凄的曲子，所以她的嗓音會顫起來。每當這樣的時候，她唱畢就會逃一般地進入內房，非過好一刻兒便不肯出來。也許就是因爲她是這種有個性的，也就是有特長的藝旦吧，在陶醉樓她被稱爲首屈一指的當家藝旦。除了她以外，另外也有阿鑾和小玉兩個紅藝旦，但她們三人從來也沒有因客人而互相嫉妒過。這是因爲兩人在才藝方面無法跟采雲比，而且想法也大有差異的緣故。如果采雲可以比做因爲歹運而陷進藝旦的洞裏，那麼這兩個應是生就的藝旦的人物了。不過自從其中的阿鑾被一個中年男人買去了「拆封禮」以後，采雲就好討厭她了。燃放著爆竹，像辦個什麼大喜事般地，晚上還拜了門口，請姊妹們吃喝一頓，還拿到了新衣與手鐲，而在三天後，阿鑾這才像一名賺食查某，訂了荐枕身價，只要出得起這個價錢，便人人可得而買之了，或許，在人們眼裏那是藝旦的可憐的婚禮，然而在采雲心中，却解釋做成爲男人玩具的開始。過了不久，小玉也行了拆封禮，於是采雲的心越發暗淡了，厭惡透了那些人。這種厭惡的心情強烈起來，便有些歇斯底里的樣子，結果被認爲是個傲慢的女人了。不只一次地，她也被提議了那種事，但采雲根本就不以爲那是必要的事。爲了使收入增加那麼一點點就來那個，采雲是興趣缺乏的。恰如爲死者的丈夫守貞，她想起所愛的人的人格，便充分地可以把須要壓抑下去。雖然那是逐漸被遺忘的愛情，至少這裏的女人們不曾有過那種眞實而純潔的愛，釆雲這麼想著，還爲自己感到驕傲。也因此，一般人每年都至少要回臺北一次，只有釆雲決定在離開臺南以前不回臺北。不過每月裏，父親或母親總會南來看她一次。儘管如此，釆雲還是有最難過的時候，那是五月十三日那天。這一天是臺北一年中最大拜拜的日子，有大規模遊行。女人們看過，回臺南以後便談起那一個藝閣得了第一，如何如何美麗，如何如何熱鬧，說得那麼得意洋洋。釆雲聽了，心口總會悵悵然的。一個臺北人不能住在臺北，也不能去城隍廟裏燒燒香，這使她覺得不知是爲了什麼而活著。釆雲二十一歲了。對於貞操問題，她太堅定了，所以別的女人們不免覺得她自命不凡吧，母親來了，便挑唆一般地說：「阿嬸，釆雲都二十一歲了，再拖下去就太遲。」

「她有相好的了呢，釆雲好喜歡他。」

「是嗎？」

釆雲的母親這麼應著，其實心裏著急起來了。還沒有行過拆封禮的藝旦談起戀愛，那是很糟糕的事。萬一給騙去了貞操，半玉的最大一筆收入就泡湯了。

「會跑掉喔。」

陶醉樓的老闆也在一旁綻開胖臉開玩笑地說：「跑掉」也就是指拆封禮泡湯之意。

二十一歲的藝旦會有處女嗎？說不定這女孩是特別的。連這位慧眼獨具的陶醉樓老闆，有空時也會趁采雲不在場的時候，與別的女人說長道短一番。當母親不樂起來的時候，便會像在臺北時一樣，躲進更衣室睡起大覺來。然而采雲察覺到母親可能是被大家挑唆了，便故意不去安慰她。這一次，負咎在心的是母親，因此沒法再強迫采雲，那些女人們越來越叫人不耐煩，采雲便斬釘截鐵地向母親說：

「阿母，您連在屋後嘎嘎叫的青蛙，也在意起來了。」

采雲一點也不留情，把她們比做青蛙。偶而也會因此發生爭執。這時老闆碰巧進來了，采雲便故意譏刺地說：

「又不是只有這裏才可以呆下來。如果阿母放心不下，咱們就溜開吧。」

這話使得母親霍地坐起來了。在老闆面前，臉面上也非狠狠給采雲好看不可。還沒下這決心，也沒有和老闆商量，就說要走，這怎麼可以呢？做母親的，當然不能沒有表示：

「哎唷，翅膀硬了，對阿母也不留情面了，頭家，您看看這孩子。我這是多歹命啊。」

老闆安慰她，眼淚還是滾落不止。於是采雲下定決心要走了。

采雲戀愛著的，是叫楊秋成的青年。楊是個溫馴的年輕人，而且還是中學畢業的，每次他來！像阿鑾小玉那班人還會歡天喜地起來，稱他純情的人。采雲也是在氣頭下才與他接近的，不料沒多久她就發現到自己的心被強烈地吸引過去。是不是發自氣頭上的獨佔慾呢？采雲這麼想過，可是她不由不吃驚了。

「我能忘記他嗎？」

當采雲這麼自語的時候，急得眼淚都流出來了。我還要愛誰嗎？非愛不可嗎？寂寞與悲哀交互湧上，使她拿自己一點辦法也沒有。眞希望有個伴侶。我畢竟也是一個人，單獨是無法活下去的。從外面傳進來的絃仔聲，使肺腑似乎都要溶化，難過死了。

楊是一家雜貨店的少東，很少來，偶而有什麼聚會，或者與來自北部的生意對手應酬時就會出現，多半很少喝酒，話也不多，好像人家的話他都馬上相信。被女人們問急了什麼，他就會一本正經起來，這使女人們覺得好可笑。他看到被大家笑了，似乎又會光起火來，再也不肯開口。女人們在他身邊大吵大鬧，他却越來越索然無味，默默地想著自己的心事。也許這種情形正是不懂世面的少爺本色，在女人們也是很好應付的，所以很受歡迎。當然啦，在他這邊來說，他不是時髦的花花公子一類青年，從來也沒想到過自己是受歡迎的，但倒也時常在心中追逐著采雲的影子。采雲感到雖然交談的機會那麼少，但彼此潛藏在心中的先天的相同愛好，經常在那裏互相交流著。今年夏間，楊的一次同學會上，采雲把這種心情表露在臉上跟他攀談。那時，采雲也想到不久終必要離開這個地方了，因而喉嚨都哽住了。在自己所愛的人的地方做這種工作，萬一將來能在一起，那就會使環境險惡起來的，采雲擔心這一點。

唱完了「霸王別姬」的最後一句「待聽軍情如何」，她就逃一般地離席出到陽臺上。風從榕樹上吹過，小枝枒發出沙沙聲。檳榔樹上空掛著一片殘月，天空澄清著呈蒼黑色。「我離開這裏以後，樹上的月亮還是會每月都出現在那兒，大自然與神都是多麼無情啊。」采雲想著。

「采雲！」

楊來到陽臺上叫了一聲，采雲鵠立著不答。

「采雲，你可以爲我辭掉藝旦嗎？」

楊在背後說得那麼若無其事，使采雲突地連耳根都燃燒起來了。她滿腔的憂鬱都被拭去，胸口還怦然鼓動起來。只因是他說的，所以才被敲動了心絃的，可是她還是裝著沒聽到，定定地看著月亮。一朶白雲輕輕地把月遮住，一道暗影從眼前蓋過來。

「這是我阿母給我的戒指。」

采雲默默地聽任他擺佈。楊執起了采雲的手，好像給未婚妻戴上般地，輕輕地將戒指套上她的無名指，她還是一言不發。

「送給妳，不過請妳辭掉藝旦好不好？看到妳在這裏，使我受不了。」

采雲好想衝向他哭一頓。能在這人的面前盡情地哭，以後怎麼都無所謂了。即令對方不是眞情，采雲的胸臆裏仍充滿感念之情。楊秋成走後她覺得空虛，但却也感到一縷希望靑煙般地繚繞著。

街路上開始有芒果了，中元也近了。楊沒再來到酒家。采雲曾去楊的百貨店購物，與楊碰了面。她感到冥冥中的一種力量。但她不願多想。店裏還有店員，所以沒有交談，不過楊偷偷地交信給她時，說幾時回臺北，想爲妳餞別，使采雲內心一震。采雲好像第一次邂逅了知心一般地，不覺胸口都窒住了。慌忙地退出店外，太陽使她目眩。急著想看信，不過希望能找個樹蔭下的長椅才看，便急急地邁開步子。她讓心猛撞著想：把這封信帶回酒家太可惜，也太汚辱了它。

「我不是爲了捨不得錢才沒有每天去看你。雖然是一爿小店，但它在我却是事業。我所以半途輟學，都是因爲父親病弱，母親擔心著我的將來過世了。所以爲了外面的耳目，也爲了店仔的信譽，我不能多去那種地方的。而且就是去了，我也不以爲對妳有益。當然啦，如果妳希望我常去流連，去也沒什麼不可以，但是采雲，妳眞會歡迎我這樣嗎？下次去了，我要請妳看看我母親的照片。她膝頭上的手有戒指，其中一個就是我送給妳的那個。我想，妳一定會明白我對妳的最高敬意。如果妳是我所看到的那種女性，我希望妳辭掉藝旦。這種職業，實在是女性的最嚴重的自我侮辱。如果妳早日辭掉了，我會等候妳的命令。

不過即使妳不須要我這個人，我也毫不抱怨。這只要我另外送妳一個戒指，把原先那個換回來便行了。因爲它是母親的遺物，所以在那種情形下，它在妳手上也不見得對妳好。我只希望妳幸福。」

采雲一口氣讀完，這才覺察到應該留心附近有沒有人看著，抬起面孔想瞧瞧，一時但覺目眩神迷，四下一片亮光。女人眞是弱者。采雲再看了一次信，感到整個身心都倒向他了。連在路過的人們背上，她都感到燦爛的陽光。

「我可要回臺北啦。」

采雲在心中這麼低語，淚水一逕地掉下。

「也許不方便馬上就辭，該好好地商量才是。」

采雲好像在做著白日夢，把信摺疊起來，包在手裏，拍拍裙子上的砂塵又邁起了步子。

既然來到臺南，那就得盡可能地撈撈。回到臺北後，說不定也得再幹些時候才能夠辭掉的。在臺北那邊，一年前就開始準備著接她回去了。這使采雲一想起就難過，女兒能成爲臺北第一流的藝旦，這就是母親最大的目標。沒有母親的諒解，又如何能辭呢？當然，采雲想貫徹到底。曾經超越過死線的人啦，以必死的心來戰鬥，便不怕有衝不破的困難。路面的柏油發出熱辣辣的味道。采雲終於想到了，給楊回信！我要告訴他，能讓我做一個忠誠的婢女服侍您，那就是我的心願。采雲的步子快起來了。

七

采雲回來臺北是在入秋以後，街道上女人們的衣著已經跟以前很有不同了。以前流行的是上衣與裙子，如今這已變舊了，大家都穿著連裙長衣。由於離開故鄉已久，整個街路有種陌生感，不過倒也十分悠閒的樣子。采雲發現到自己的過去成了灰燼，感到安心。眞想不起這裏是曾經使她那麼苦惱的街路。父母把家搬到港町的一幢很開闊的二樓上。想到原來是黑洞一般的家，如今爬升到這裏，便覺再也不能侮蔑金錢是污穢了。回來後除了買點家具並等藝旦牌照下來以前，什麼事也沒有，便邀邀朋友到圓山或百貨公司去逛逛，此外就是接受楊的提議，到書店去瞧瞧。每當給楊寫信的時候，她會忽然無聊起來，催促楊來臺北相見。這時，兩人便像一對未婚夫妻，到草山〔即今陽明山〕洗洗溫泉，然後下到北投溜溜，過著閒適的日子。母親不太干涉，但采雲倒知道經常有母親監視的眼光跟隨著。她決心再也不退縮了，所以也不去理睬。楊每次北來總是一天或兩天就走。

「采雲，就一年，好嗎？」

「是的。」

「我不能等一年以上。有什麼事必須等，那就沒話說，可是要等妳當藝旦，我沒辦法。這一年，我就當是妳對阿母的服務，才能閉上眼忍受的。」

「我明白的。」

兩人都好像中了什麼邪似的，不曉得怎麼才好，只是在等著日子流逝而去。

楊信任著采雲回去。采雲開始了藝旦生涯以後，受到醉仙閣老闆的照顧，事情意外地輕鬆，收入也比南部好，而且自由。首先，沒有周圍的一群同儕在喋喋不休，就已省去了不少麻煩。大家都在各自的家裏有自己的閨房，而且臺北的藝旦很多都是有自己房屋的，因此乾姊妹一類的會也多，這方面的應酬費用也比南部高出很多。但是，只要死抱住這一行，便不必擔心沒有飯吃，還不必遭社會的白眼，精神上便不至於感覺不自由。因此，在臺北的這個圈子裏，生下了私生兒也一點不礙事，到了三四十歲年紀便被尊爲祖母，平時去看看附近的一些「不良老年」，打打麻將，玩玩四色牌，儼然是個有閒階級了。這樣的當兒，日子依舊飛逝著。采雲雖然想早日脫離這個社會，還是惰性地過著一天又一天。入夏後的某日，楊回去後很快地又有催促的信。被這樣一催，采雲就進退維谷了，心也空虛了，覺得活著或者死掉都差不多，凡事一點興趣也沒有了。有一次，母親又勸她接客。母親被一個半老的男子說動了，便來勸采雲忘記楊。家裏便爲了這件事，開始經常有口角，怎樣地向母親說她的身體不是普通的，母親都不肯了解。

一天晚上，采雲在醉仙閣陪酒時，歎息著向一位王姓常客埋怨。

「王先生，我這雙手什麼時候才能離開酒瓶呢？」

這位好好先生羅曼蒂克起來了，引述了些詩句，拼命地稱讚她的才華。在喧鬧的宴席上，采雲唱了悲悽的「行路哭靈」，讓種種幻影在心裏此生彼滅。愛過她的人、離開她的人、拜倒在她石榴裙下的人，這些老狐狸們要糾纏她到什麼時候呢？她眞想咀咒這些人們。於是陪酒一完，她便拒絕了要來她家的客人們，打算好好地跟母親再來場談判，却又覺得懨懨的，提不起勁來。回到家，脫下了上衣，馬上就鑽進被窩裏落入沉沉的睡鄉中。半夜裏，貓叫聲把她吵醒了。她忽然一驚，想到是不是已經懷了楊的孩子，全身就滲出汗來了。她從牀裏彈起來，趿了拖鞋便想進母親的房裏去，可是太渴了，便先倒了杯茶。這聲音使母親轉醒過來了。

「我在喝茶，阿母。」

母親未醒的聲音說：熱水瓶裏有開水。采雲倒是希望喝涼的。一口氣喝下了一杯，總算鎮靜下來，采雲這才裝著取什麼東西的樣子進了母親的房間。母親牀頭的燈光好耀眼。

「阿母，我做了個奇怪的夢。」

「人人都會做夢啊。」

母親有點不耐煩的樣子。

「這我知道，可是阿母，我一直想跟您商量商量的。」

「我知道的，有身子啦，結婚啦，這樣的事可以等到明天啊。」

母親口吻裏含刺，采雲便不想再說下去，回到自己的房間，可是腦筋好清醒，沒法再入睡。夜眞長。翻來覆去的，覺得枕頭濕潤起來了。遠遠地有嬰孩哭聲。連大橋上的脚步聲都像沿著水面上顫抖著傳過來似的，眞是萬籟俱寂。我就死給人們看吧。大家不是說河沒有蓋嗎？這麼想著的當兒，人又漸漸朦朧了。好累。她覺得自己再也沒法與意志抵抗了，使她著急。再次聽到有聲音從河面傳過來時，玻璃窗已經泛白了。采雲起來如廁，打開窗一看，淡水河的細碎波浪映著破曉的雲，好像是在鏡子上蠕動的影子。

「眞的，河沒有蓋呢。」

采雲在心裏自語。在這樣的社會裏，自殺豈不是目前唯一的解決辦法嗎？采雲定定地凝望著在晨風裏鼓起來的船帆。

——本篇原載《臺灣文學》第一卷第一期，一九四一年五月出版

論語與雞

鍾肇政　譯

隨著拜拜的日子接近，即使沒有月光的晚上，村子裏的青年們也點上火把來練習舞獅，所以院子裏充滿著喧嘩的空氣。不管怎麼說，鑼鼓陣與舞獅都是祭典時最叫座的。小伙子們好像認定這是大顯身手的好機會，所以人人都在拚命地練功夫，因此從院子裏的各個角落，傳來刷刷的揮拳聲。

阿源的爹一向來就是個功夫迷，因此祇要是練功夫的時候，阿源便可以獲得允許，出到外面去。平時吃過晚飯，祇能休息個把鐘頭，便得開始溫習論語。書唸得差不多了，以爲可以獲准休息，從大廳探出半隻頭，想聽聽大人們在聊的那些天南地北、古往今來的趣事，然而祇要被父親發現到，便會告訴他：小孩子快去歇吧，明天一大早還得上「書房」哩。因此，阿源總是渴盼著拜拜與月夜。

阿源的爹雖然雅好功夫，然而據說祖父認爲還是文比武有用，所以想讓阿源的爹成爲一名文秀才，迫他躲在書齋裏，不肯輕易讓他出到外面。父親儘管被關在書齋裏，可是他不是打瞌睡，便是從記憶裏找尋出在院子裏練過的拳法，自個兒哼哼唧唧地練起來。結果嘛，文也好武也好，都成了半吊子啦——有時父親也會這麼向阿源發發牢騷。也是因爲如此，父親才不至於強迫阿源習武。

「阿源仔可以自由讀書，比起你阿爸來是幸福多了。」

有一次，過年回娘家的姑媽這樣向阿源說，阿源也覺得好在沒有早生幾年。

「好像記得你阿爸像你這種年紀的時候，常常被打得哭泣呢。」

姑媽還這麼說。那也是古早古早的事了，如今家道中落，不再有靠從前那種大家族制度來維持一家的跡象，甚至連必須培養長子讓他做官的傳統也消失了。從前一個有錢人家，如果家裏沒有官老爺，財產便好像失去了保障，使人覺得不保險。以前確是有這種不自然的教育方法，可是現在連這樣的山裏的小村子，也在高喊日本文明，因此姑媽的話，在阿源聽來像是講故事似的。不過阿源與父親不同，看到人家在練功夫，自己倒不想練。在大家面前，出手出脚、使勁、拼命地握拳用力，就好像皮影戲裏的角色那樣進前、後退、踢腿，他覺得好難爲情，實在沒辦法練。他祗喜歡在有月亮的晚上，在院子裏看看一大群年輕人聚集過來大吵大鬧的模樣。另外還有一點就是可以離開父親的眼光，自由自在地在人影中來回走著玩，這也是他所引以爲樂的事。然而，一旦祭禮過去，村子裏便又發出霉味來了。他眞想跟著那些演戲的離開。也是因爲這樣，每逢有月的晚上，青年們便想起來似地聚到阿源家的寬敞的院子裏來。這樣的晚上，也就是阿源最快樂的時候。書房裏的同學們會來，連與他同年的書房先生的女兒阿嬋也會來。她每一次都一定站在阿源的身旁，看到有趣的事便偷偷地扯扯阿源的衣服，悶聲低笑，這使阿源對她覺得好親近。但是阿源總覺得阿嬋背上莊嚴地烙印著「先生的千金」幾個字，不能很大方地跟她搭話。因此每逢阿嬋向他說什麼，便好像被先生吩咐了什麼差使似的。阿嬋這邊却覺得阿源總是裝著持重的老成樣子，常用她那小女孩的天眞模樣，要他做這做那的。四面環山的這個小村子，每當月亮升上來的時候，便明亮得好像在盆子裏撒下了月光似的。林子成了一朶黑影，湛著神秘沉在那裏。時不時地，有青年們的嗓音從其中響過來。阿嬋的面孔承受著月光，清晰地從一大群人影中浮現著。

「阿源仔，我要做你的太太哩。」

有一次，阿源被邀去扮家家酒，阿源懷著忐忑不安的心，跟在阿嬋後面走去。他留心地察看先生是不是在看著，阿嬋倒一點也不在乎地拉住阿源的手就跑。她說要去園裏的躲雨小屋。阿源覺得興趣缺缺。他祇是爲了不使阿嬋掃興，在阿嬋所吩咐的這兒站一會，那兒坐一下，學著新郎倌的樣子走步。阿源常常覺得，這麼任性的阿嬋與嚴格的先生，父女倆竟會生活在一起，眞是不可思議。說不定先生太寵女兒，沒法出手打她吧，他想。阿嬋的父親與我的父親，到底那一個更疼孩子呢，阿源也這麼想過。當然這也並不是由於阿嬋是個小女孩才如此，對她的弟弟，阿嬋的父親還是一樣態度。這麼想著想著，他忽地又想像到阿嬋長大後，可能眞的要來做我的太太呢。然而，阿嬋的父親雖然嚴厲，跟阿源的父親倒像是很親近的朋友，在路上碰到，也會和和氣氣地互相寒暄，這也使阿源覺得他與阿嬋之間確是有著某種連繫的。父親每次看見先生，一定請他對學生們更嚴格些。這就像是父親在唆使著脾氣暴躁的先生，阿源害怕讓同學聽到那種話。他眞不希望有人會告訴他：你爸爸好壞。阿源還擔心，他們對父親的怨恨會加到他頭上。祇因阿源有這種抱愧的心情，所以在書房裏他是個好孩子，跟大家都和好相處，也好像受到先生的疼愛。在阿源的心裏，他是存心補償父親的壞處，所以從不想跟同學打架。也因此被認定是個懦弱孩子。每次看到同學被先生打得哭起來，他便覺得一顆心都縮成一團了。不過當他單獨與阿嬋在一起時，她說在學校裏最喜歡的就是阿源，使得他簡直不敢再正眼看她。阿嬋看來很聰明似的，但功課倒不怎麼好，因此有時候阿源禁不住地懷疑阿嬋是不是個小皮蛋。尤其是她今年九歲的那個胖弟弟，笨得幾乎教人想叫一聲小笨瓜。儘管這樣，可也從來都沒有看過先生打過他們。他有時也會在心裏向先生嘀咕一聲：到底還是人家的孩子好教吧。不管如何，阿源很希望能夠下山到街路上的公學校去唸書，戴上制帽，操一口流利的「國語」（指日語），好好地嚇唬一下這裏的鄉巴佬們。聽著那些「內地人」（指日本人）在交談，老是聽到克、魯、斯、卡（日本片假名ワルスカ）四個字音，所以書房裏的同學們裝神氣時總是聳起肩膀說是克魯斯卡。他們先說克魯斯卡，然後用臺灣話說拿火柴來，那模樣，眞是神氣活現。

「克魯斯卡拿火柴來。」

但光是克魯斯卡實在不夠味，總覺得不像是說了「國語」。阿源好想看看有圖畫的書，也希望能夠在院子裏正式地玩——就是說：得到認可，在院子裏大吵大鬧一頓。也希望得到可以唱歌的公認，扯開喉嚨大唱一頓。更巴不得用顏料來畫種種東西。這種學校的讀書生活就是他所想望的，祇因書房的教育方式太單調了。在那裏，先生一天給同學用朱筆點四次教你讀。這就是「授書」。當然啦，這裏說四次，也祇是村子裏的孩子們，從山裏來的小孩子祇授書三次。最早的一次叫早學，早飯前大約五點左右就得上書房，同學們輪番煮好茶，然後去請先生。先生的住宅就在書房隔壁，必須去請，這也就是去禀告準備好了的意思。在煮開水的時候，另一個同學打掃。茶沏好了，先在孔子壇上供奉一杯，另一杯放在先生座席的桌上，然後才去請先生。先生睡眼惺忪地落座，一面啜飲一面抽一筒煙，就在這時同學們朗聲唸起來，先生不耐煩似地宣佈：大家把書拿過來。有自信的先站立時，讀書聲停了，同學們把翻開的書本抱在胸口一個個踱到先生桌前。有自信的先站出來，唸給先生聽。讀畢，先生便執起朱筆，發出鼻音般的嗓聲讀字句並加點。完了以後，先生就在那兒叭叭地吸著菸說：還有不會的可以拿來問。等了一會，都沒有人出來問，先生便出去了，於是同學們也向孔子一拜，一個個地回去。早上的太陽把屋子染紅，家家戶戶都可看見在籬笆裏，主婦們在餵雞。

祇有阿嬋的功課是自由的。她和弟弟睡在書房的一個房間裏，大家來到才吃驚地起來，首先回到隔壁的住家洗過臉，這才又過來讀書，但有時回去就不再過來。這樣的時候，他們必定滿臉不高興的樣子，彷彿是因爲正在好睡的時候，被一群小鬼給吵醒了。她是老大，所以很受父親驕縱。阿源覺得先生對自己的孩子們那樣放縱，實在沒有道理。當然，照規定上書房不是簡單的事。正式上學的頭一天得帶些蛋一類的供物，先拜過孔子才開始過讀書生活，而這以後非得好好下苦工便沒法趕上人家，也許就是因爲這個緣故，先生不得不顧慮女兒的體面才那麼放任她的吧。阿源猜想，她一定是沒有正式入學的。總之，村子裏的孩子們最難過的是早課。冬天太冷，夏天大清早的時候也正是最想睡的時候。懂得睡的味道的人總說黎明時分最好睡。小偷如果沒有能看準剛入睡的時候下手，便多半揀這個時分來。不過在阿源來說，早上來到書房生火煮茶，是最討厭的活兒。煙嗆得人怪難受的，而且木炭又不容易點著。加上非最早來到便趕不及，所以老覺得心裏緊張不踏實。有一次因爲剛好火柴用完，使他慌了手脚。廚房的一半充作同學們的房間，正中是先生的房間，先生的鄰房就是男生的房間，裏頭有一隻用木板做成的牀，姊弟倆似乎就是在這裏睡覺。早上阿嬋起來以前同學們很少進到這個房裏，阿嬋多半有人來打開廚房門的時候被吵醒。有一次阿源來這裏找火柴，看到正在酣睡的阿嬋睡姿，禁不住好笑起來。因爲一個女孩兒人家，也睡成一個大字。就好像一隻小青蛙翻轉過來，還把一隻腿多麼舒服似地擱在弟弟的肚子上。他覺得弟弟這樣子太可憐了。擱在肚子上還好，萬一擱在喉嚨上，豈不叫弟弟窒息了？阿源好想把阿嬋的腿移開，但還是免了。爐子生好了火以後，阿源把火柴送回去。脚步聲使阿嬋猛地醒過來了，彈簧一般地收攏了手脚又端端整整地入睡了。阿源噴出了笑。

「你壞！」

因爲阿嬋的嗓門太大，阿源一驚，放下了火柴就跑回廚房，在爐子前手押雙膝拚命地忍笑。阿嬋不曉得什麼時候進來了，用力地推了一把阿源。

「不是的，我是去拿火柴的。」

這時，輪到打掃的阿標進來了，阿嬋的臉綳得更緊，悻悻地睨住阿源。

「阿源，進了人家房裏就得把人家叫醒才是啊。悄默聲地像鬼魂一般，嚇了人家一跳。」

「我不幹，先生可沒叫我叫醒妳啊。」

「你壞！」

阿嬋怒沖沖地出去了。阿標不知就裏，光看到女生罵男生，鼓起掌嘿嘿嘿地高興起來了。

「別這樣，先生會聽到呢。我是去拿火柴的，那個小氣鬼就發怒啦。」

阿源說著一脚踢開了那隻空火柴盒。阿標功課差，很怕先生，所以就靜下來了。他搬出了掃具，開始打開門窗。

這一天阿嬋沒有來讀書，大家要回家時她才悄悄地溜到門邊。阿源向她送了個笑，她却不搭理，他再次回頭看了她一眼，她嘟起嘴扮鬼臉，使他覺得這小妮子好討厭。不過阿源倒覺得第一次懂得了男生與女生性格方面的不同。女生是討厭被男生看到睡臉的，阿源有點難爲情起來，便跑起來了。剛才大太陽還掛在山上的，不曉得什麼時候湧起了雲，整個天都像是會下雨的樣子。再也不跟女生說話了，那只有受辱，如果父親看到他受阿嬋侮辱，一定會被揍的。父親一定會這樣罵他：就因爲你是個憨呆，所以連小妮子也瞧不起。阿源這麼想著，在大家已經落座的餐桌邊坐下來。

「阿源，唸到那裏了？」父親忽然開口，阿源吃了一驚往父親那邊看過去。

「唸到鄉黨第十了。」

「鄉黨第十的那裏呢？」

「鄉人飲酒杖者出斯矣。」

「嗯，是講禮貌的地方。」

「是。」

看到父親的臉色漸漸溫和起來，阿源這才鬆了一口氣。

吃過早飯出門時，天空好像低垂著。下起雨來，對來自山裏的同學們雖然不好，但阿源還是會高興起來。山裏的同學的父母親，通常都是把孩子驅向書房的，所以即使是雨天，書房裏缺課的還是很少。

「束脩都給了，不去唸，只有讓先生撿便宜，而且一本論語也老是唸不熟。快去。」

父母親們總是這麼說。意思是：如果不去，不但功課不進步，還沒辦法把先生的學問全部學過來。如果學生都這麼差，那就隨便誰也可以當一名先生啦。儘管不能把四書五經全部唸完，只要學會一本論語，教那些蹩脚學生，還是十分管用。讓先生老是拾便宜，整個村子裏都臉上無光彩啦。因此，即令下了雨，縱不至於捨不得束脩，但是做爲家長，孩子應該得的，還是希望他們能得到。然而一旦下了雨，村子裏的雜貨店口，賣起了炸豆腐，老人們便聚在那兒賭起錢來。他們吹著氣吃剛出鍋的炸豆腐喝酒，先生當然也不能不參加他們。先生喜歡喝酒，並且很會說些故事讓大家高興，講到列國、三國，大家便會停止賭錢，各出一份錢買炸豆腐和酒，在那兒享受一番桃園三結義的氣氛，於是店頭便辦喜事一般地熱鬧起來。那種熱鬧勁，加上忙碌地打在地面的雨脚，先生的嗓音便越發地增加一份熱力。阿源的爹也被這種氣氛吸引著，打著雨傘來湊這個熱鬧了。至於書房，再也沒有人管了。每逢這樣的時候，阿標便從孔子的神案上取過戒尺，在先生的房間演起大戲來。同學們個個笑得東倒西歪，連女生也雙手抿住小嘴，讓肩膀顫動著。阿標更得意了，扯起喉嚨學關公的樣子。從山裏來的一位大女生，因爲大聲笑得難爲情了，只好躲進廚房裏去。笑聲還從那兒傳來。就這樣，書房沸騰起來。阿嬋當然不會向父親告狀。先生娘碰到這樣的雨天，最大的樂趣便是到鄰居去串門子，就是在家，大家也不怕，因爲先生娘也不會告狀。但是，當一名大男生坐在先生的位子上，握起拳頭擂了一記桌子，大叫一聲「安靜！」的時候，整個書房裏以爲是先生回來了。很快地，有人說「這傢伙」，於是笑聲又揚起來。阿源好笑起來就想小便。這時的書房，已經沒有先生、學生了，好像成了無政府狀態，只有女生們成了笑聲的伴奏者，好不容易地保持著秩序。阿源來到廚房，開玩笑說：不要連通往廁所的門也堵住了，女生們便一股勁地逃開，各各回自己的座位去。只有阿嬋倔強地留在那裏。阿源不管這些，出到後門外，在屋簷下站著，掏出傢伙，將暖暖的小便撒向在雨裏顫抖的野芋頭葉子上。對面的林子在雨中一片迷濛，草木像是在痛苦傷心著。阿源根本就不把阿嬋放在眼裏似地，看著從褲襠間落下的細細的一條瀑布，希望能跟雨脚競爭競爭。解完了，穿好了褲子，避著阿嬋的眼光進到廚房裏，大家還在吵個沒完。他瞟了一眼阿嬋，她正在鼓著腮膀子，好像對他起了敵意。眞可惡。幹嘛忽然恨起我來了呢？

「別理她。」

阿源把眼光投向同學們的嬉鬧，大聲叫好。

「討厭！我可要告訴人家啦。先生沒在就吵成這個樣子。」

人家當然是指她的父親。她的意思是先告訴人家，然後由他來告訴父親。阿嬋的叫喊使得大家忽然怔住了。連女生們也似乎在窺伺著阿嬋的臉色。雖然她的威嚇是間接的，並沒有假父親的威，但看起來她還是很惡毒。雨似乎變小了，先生從黃昏前的村道回來。把風的小鬼趕來通報，阿標這才慌忙地將戒尺放回原處，箭一般地竄回自己的座位。書房裏沉入穆靜的秩序裏。先生浮著滿意的笑進來。同學們示意的眼光互碰，胸口好像被呵了癢似地咬緊牙關緊閉著嘴巴。

中元近了，村子裏忽然增添了活力，人人都忙起來。傳聞說，爲了過節所須的費用，大家都忙著幹活，甚至還有人不惜去偷人家的東西。一天下午，原來靜謐的書房四周突地吵鬧起來了，好像有人在大聲互罵著，同學們的眼光便從窗口瞟出去。因爲那叫罵聲太兇，所以先生便也擱下筆出去。是陳福禧與鄭水聲在吵架。臉頰下陷的陳，表情因發怒而蒼白著。鄭水聲也因爲受到激烈的侮辱，憤怒地沙嘎著嗓門。陳說，鄭今天早上砍來的竹子，一定是在他的山裏砍的。鄭則辯稱是自己山裏的。兩人一起進派出所去了。

派出所就在書房隔鄰。看熱鬧的人們很快地就把派出所的前面圍住。由於先生出去了，所以同學們也擱下書本，擠到窗邊看出去。兩人的怒吼聲從派出所的籬笆溢出來。雙方在所裏爭論了好久好久。警官沒法可施。只好在一旁看著兩人爭得面紅耳赤，根本就沒法判斷誰對誰錯。這使陳急起來了。

「好，那就到有應公那兒去斬雞頭咒誓吧。」

陳這樣的提議，鄭只好一口答應。如果鄭沒有偷我的竹子，我誣賴他偷了，那麼雞的靈魂便向我作祟，如果鄭眞地偷了，那麼雞的冤魂啊，去找鄭好了。這是陳要發的咒，鄭發的便是反過來的。兩人之間便成立了這可怕的斬雞頭的誓，即使是無罪的人，這麼做了便等於把作祟分攤在雙方，因此非到十分嚴重時，輕易不會去做這種重誓的。由於是陳提議的，所以他的家人非常擔心。在村子裏，陳算得上是有錢的人，區區幾根竹子，實在犯不上這樣爭吵，可是一旦說出來了，便只好做下去了。最後兩個人都鐵靑著臉從派出所出來。警官無可奈何，只好同意兩人，於是很快地他們就花了錢，買來了雞，由陳提著。鄭手上抱著香與銀紙，看熱鬧的人們便跟在兩人後面走去。先生和同學們都從來沒有見識過這種可怕的場面，便也全部跑出來加進行列之中。這個村子離有應公好遠，一行大約三十個人看著爲首的兩人互相咒罵，走過村子，過了小橋，爬上右邊的山上。村子裏微冷的空氣拂過了這一群好奇的人們臉上。

「準備好了吧。」陳說。

「還用說的。難道你怕了？」

「廢話！」

兩人又開始了唇槍舌劍。

「算啦算啦，已經決定這麼做了，也就不必再這麼吵啦。」

先生擺出和事佬面孔說，一群人也就靜默下來了，只有溪水的琮琮聲在林梢上盪漾著。女生沒有一個跟上來，男生倒全部到齊了。

「孩子們也可以看嗎？」

有人這麼問了先生一聲，阿源心中一楞。

「見識見識也是應該的吧。」

先生臉上確實掠過一抹後悔之色，他一直沒察覺到有這麼多學生們跟上來。他所看到的都是沒有進書房讀書的，根本就沒想到有十五個敬畏他的小孩跟來了。其實，同學們是一群人出了派出所，正要踏出村子一步時，才避著先生的眼睛走出了書房的。來到半路上，先生才發現了一兩個，可是自己都來了，實在不好罵學生。此刻先生說出了見識兩個字，同學們這才深深鬆了一口氣，於是村子裏忽然因小孩子們的聲音而熱鬧起來了。

村子裏的有應公在崖下的山洞裏，來到此地，令人覺得全身汗毛直豎起來。那是因爲有人說過，洞穴裏有一股冷風吹出來。林蔭下的山洞黑黝黝的，洞口上面横掛著一塊紅布條，上面寫著「有求必應」四個字。洞口前面擱著好幾塊大石頭當桌子，洞口有五六個骨罈子。阿源覺得人這麼多，還好過些，萬一只一個人，實在沒法呆下去。陳與鄭兩人在石塊上放下了雞與銀紙，點了蠟燭，在洞口的香爐上插上了香，人們聽到石頭上的雞不時地拍動翅膀，發出啼聲，感到一股陰森森的氣氛。陳鄭兩人都是剛從園裏來，腰邊還繫著刀架。刀架上插著刀，可見兩人都不是到園裏幹活去了的，否則刀架上的必是鐮刀才是。大家摒著氣息看守著，除了陳與鄭兩人的賭咒以外，沒有人開口。阿源無意間抬頭一看，藍天在林梢上窺望著。陰暗的林裏濕氣好重，阿源想到萬一斬雞完了以後大家害怕起來拔腿便逃，那時要怎麼走呢？他用眼睛搜了搜四下，也回過頭找了找。爲了逃時能走在衆人前面，他推開人群，去到最後，站到一顆石頭上，從人家肩頭上看這個場面。香煙忙碌地搖晃著上升。雞像察覺到了自己的使命，不住地在拍打翅膀。陳回頭看了一眼鄭，抓起掙扎著的雞說：

「你先來。」

「不，還是你先。」

「好。」

陳的右手繞到腰後，拔出了刀，左手抓住雞脚，把雞頭擱在石頭上，說時遲那時快，右手一揚便劈下去。以爲雞頭會飛開，其實並沒有砍斷。據說：這種血是不能被噴到的，所以觀衆往後退了一步。

「換你啦。」

鄭接了過來，擺好同樣姿勢，唸過了咒語，然後舉起頭，往垂落下來的雞頭砍了一下，並把雞拋開。這一瞬間，雞又踹又跳地滾進竹林下面去了。就在這時，阿源看到了料想不到的情景，禁不住地楞住了。有個人雙手划開竹林，好像追趕那隻翻滾踹跳的雞似地往崖下跳下去，把那隻半死的雞撿起來。這人竟然就是先生。衆人把先生留下，急步下山走了。阿源感到一種幻滅的悲哀，也覺得阿嬋太可憐了。她有這麼一位齷齪的父親，而他自己也有這麼一位先生，這是多麼窩囊的事。阿源讓緊握的手心滲著汗，走過竹林，穿過林子出到小橋。同學們好像突然想到鬼魂似地跑起來，阿源也只好留心著脚邊跑。他一直都想跑起來的，但是看著陳和鄭兩人在草上拭刀血的蒼白面孔，彷佛覺得祇要他們跑起來，那兩個人便會追趕過來似的，所以提心吊膽地移步。村子裏依然是一片和平的空氣，大家這才放心了。已經是黃昏時分。同學們好像回到了老家似地進了書房。是授書的時間了，可是先生遲遲不見回來，想來是幫著先生娘在扯雞毛吧。有個同學去阿嬋家偷看，果然不出所料，先生正在廚房替雞洗澡哩。

「阿嬋，妳家晚上有肉哩，雞肉啊。」

有人向阿嬋說，可是她似乎一點也不在乎的樣子。先生流著口水在拔雞毛哩，這樣的耳語使得阿源再也不想在書房裏呆下去了。就溜回去告訴父親吧，却下不了決心，只好茫茫然地看著大家在交頭接耳。他弄不懂自己爲什麼會不時地讓眼光瞟向阿嬋。看到她始終緘默著，却又覺得阿嬋還是有點可憐。

過了一會，先生匆匆忙忙地進來了，倒看不出有什麼特別的表情。好像比往常遲了些時候，先生還是吩咐大家帶著書本過來。也沒有聽大家唸，馬上就提起朱筆給大家點新的一頁。如果從家長這邊來看，很明顯地是先生的一種怠慢，可是在同學來說，這倒是很叫人高興的事。授書過的同學，一個個回去了。

阿源回到家時，廚房的煙囪忙碌地冒著火煙，灶孔裏的火熊熊地燃燒著。母親早已知道阿源他們跟著咒誓的人去看熱鬧，不免訓誡了他幾句。阿源從母親的臉色察看到，跟先生一塊去是對的。要不是這種臉色，屁股準又會狠狠地挨一頓揍了。

「沒問過父母親就跑到那麼遠的地方去了。萬一出了什麼事，那可怎麼辦呢？不孝順的孩子，沒有人願意去理呀。」

母親裝著冷冷的樣子，和嬸嬸她們一塊準備晚餐。因此，「媽，我肚子好餓了。」這話，也出到喉嚨就嚥回去了。在書齋裏擱下書本出到大廳，父親正在和幾個客人談著話。

敬過禮後，心口是鬆了些，但老覺得父親的眼光射向自己的臉上，有點不安。想拿了面盆去廚房打洗臉、洗脚的水，却又覺得提不起勁，幾乎想哭出來。阿源又差不多成了個還沒有被打就先哭的愛哭蟲。他懊悔去看熱鬧。女生們都可以忍著不去，爲什麼我就忍不住呢？阿源像個怕被看到的小孩，默默地洗過了脚，看準大人們坐定，這才在餐桌邊落座。

「這位小朋友就是大少爺嗎？」

一位爸爸的朋友問。

「是的，不過還有一個更大的，生下後一個禮拜就壞掉了，所以還是算大兒子吧。」

父親的眼皮因酒微微泛紅了。聽父親的口氣，阿源稍稍放心了。

「阿源，聽說今天出了件事是嗎？」

「是，可是先生爲什麼要撿那種東西吃呢？」

阿源的口氣明顯地含著一份憤然之意。

「嗯，先生說他是信奉道教的，也不曉得可靠不可靠。」

「不，祇是饞嘴罷了。」

一位叔叔說。如果道教的人都這樣，那這種「教」眞叫人討厭。阿源總算完全放心了。飯後，他有意無意地粘在母親身邊，討好地向母親搭話。

被母親一語道破，所以他向母親露出了笑。

「做了壞事就拼命討好，想矇混過去是不是？下次再做壞事，一定不原諒你。」

「是，媽媽，我不敢了。下次一定先得到許可。」

「阿源眞有心機哩。」

母親好像已經忘了阿源的事，跟一位阿婆商量鄰居的女兒結婚的事。院子裏已經垂下了夜幕，揷在牆上的拜過天公的香，在漆闇裏描著三顆紅點。

阿源總算平安上了牀，可是白天殘忍的一幕烙印在腦海裏，使他恐懼。好想請父親早些進來，可是父親在微醺裏正和客人聊著三國志裏的孔明。也許太累了，不知不覺間還是入睡了。阿源在夢中驚跳了起來，可是父親的溫暖的巴掌在無意識裏拍了拍他的肩，把他搖醒了。他感覺到守護著自己的父親那溫柔的力量，心又平穩了，便再次落入靜靜的睡眠之中。

第二天早上，爲了早課上書房路上，阿源忽地想起了昨夜的夢。那是阿嬋在啃著昨天那隻雞腿的夢。阿源眞不想上書房了，但書房裏倒一如往常。

不久，發生了一件以書房爲中心的重大問題。一連落了幾天雨，雨停後的某天，來自山裏的學生家長們表示要輟學了。說男孩子還小，路遠不保險，讓姊姊來又不放心，結果書房裏有一半同學給帶回去了。尤其女生全部退學，祇剩阿嬋一個人楞楞地坐在那兒。根據他們的說法，書房變成了戲班的練習場，不適合女孩子的教育。先生當然不會在同學面前勸誘家長們，不過倒也說明了教育的眞義，想讓他們回心轉意，他們却根本不肯聽。因爲如此，有一陣子書房像老阿婆的頭髮，疏疏落落怪寂寞的，同學們的讀書聲也變小，而且失去了彈力。是不是由於雞的事，對先生感到失望了呢？不過聽山裏的家長向阿源的父親提到的說法是：有一天下雨的日子從街路回來，路過書房前面，發現到書房裏成了一所娛樂場，孩子們不但談不上學習什麼禮儀，反而很可能學會了壞事。阿源聽到父親也同意了這種說法，還表示將來希望能搬出街路做做生意，一方面也是爲了小孩讀書方便。阿源在書房裏的桌上想著這些，把眼光投向窗外，院子裏正有幾隻雞在玩砂呢。

——本篇原載《臺灣文學》第一卷第二號，一九四一年九月出版

夜猿

鍾肇政 譯

一

每當太陽即將落山的時辰，猴群便從下游沿著樹梢，回到對面的山裏去，這時森林恰似受到風的吹襲，葉子翻過白色的背面，激烈地搖盪起來。對面山中的斷崖有窟窿，那便是猴群的巢穴。沒有比這些過著集團生活的動物返巢的時候，更容易撩起鄉愁了。石家一家人剛搬回這獨屋的時候，不但是孩子們，有時連一家之主的石都悲傷起來，咚咚地敲響做給孩子們玩的竹鼓以資排遣。這幢房子雖然是祖傳山林的山產物加工廠，然而昔日的痕跡早已消失，經過改建後，規模變小，看去只不過是寂寞深山裏的孤零零獨屋罷了。石家曾經是大家庭，有五兄弟，後來一下子死了兩個，石的善良的父親便爲了防杜日後紛爭，認定同輩的人還在世的時候分家比較好，便自動地要了這深山的土地。

石在父親過世後，忍不住地從山村跑出街路去，混來混去混不出名堂，便只好再回來村子。但是，工作上到底還是這深山裏的獨屋方便些，便與妻子阿娥商量，決定搬來這裏住。

「就當做是人生的磨練，讓自己置身在最惡劣的環境試試吧。」

「怎麼說是最惡劣的呢？這不是我們自己的土地嗎？自己的土地，當然應該自己來守啊。」

妻倒因丈夫的決意而受到感動了。想到丈夫在街路上放蕩的情形，在山裏從事開墾的家庭自然是最可靠的了。在石這邊來說，本來是想安慰妻子的，這一來反而受到了激勵，胸臆間也就輕鬆起來了。他之所以決定從事開墾事業，主要乃因老爸生前的親友知己看不過他在街路上徬徨的樣子，勸他這麼做的。

「放著自己的家業不去管，每天在街路上吊兒郎當的，賺一個月十二圓的薪水，又有屁用？」

這話使石甦醒過來了，於是下定決心要重振家業。如果沒有資本，對方表示願意通融，石便踴躍地帶著一家人回到故鄉T村。

猴群就像一陣風也似地回巢，嘎嘎鳴聲淸晰可聞，但影子却一隻也看不見。雞回塒了，石便把抱著的小孩放下來，看看塒門與週遭，這是爲了提防夜裏出沒的狐狸。他還把不久前村子的親戚給他的一對鵝，小心翼翼地放進用木板釘成的堅牢的巢裏。由於蛇忌鵝糞，所以牠們也是深山農家不可缺的家畜。然後，石還要給正在用尾巴忙著趕蚊蠅的黃牛一把草。這時，做母親的從暗下來的廚房裏喊起來了：阿民，叫阿爸給你洗脚啦。阿哲一聽便搶先跑去。這時，牛「哞！」地叫了一聲，做母親的便問做父親的一聲要不要把牛趕進牛欄，父親回答說天氣這麼好，還是在廊子好，父親說著便進來廚房舀水。其實，石也知道蓋在院子裏的一角的牛欄裏比較好，但是這麼一來廊子就太寂寞了，因此石通常都是讓牛呆在廊子上。夜裏，從寢室裏可以聽到牛的氣息，彷彿這也可以使這獨屋熱鬧些，石是把牛當做家中重要一員的。

每當夕闇把山間風景塗成漆黑一色的時候，星空便沉沉地澄清起來。這時人間的燈光就只有廚房裏的小盞與正廳裏的燈，加上寢室裏的一盞小手盞而已。由於撲燈而來的小蟲和飛蛾很多，晚餐一畢，一家四口便進到寢室裏。好比請了幫工或者逢工作季節等以外，石不會在大廳記賬目或計算季節的收穫。儘管如此，有時懷念起街路來，便獨自留在大廳裏，被催著一般地打起算盤來。一家四口上了牀後，這獨屋便像沉到闇夜底部一般，這時沒有塗泥巴的滿是縫隙與洞洞的牆上，星空便豪華地輝耀起來，從四方八面還傳來山間禽獸不易入眠似的鳴聲與巢被佔去的悲切的鳥叫以及遭了狐狸暗算、拼命掙扎翅膀的聲音。右邊對面的洞穴裏，有時也會傳出小猴被母猴擠開時的叫聲。偶而，還會聽著這些鳴叫聲，一面想著星星的世界落入睡眠中。剛搬來時，石忍受不了寂寞，反而受了妻子一陣奚落，洩氣之餘說寧願搬到村子裏去住。

「這也算是個男子漢嗎？眞差勁。一旦說出去了，連像我這女人也沒有臉再出去啦。又不是一生都要在這裏，只要竹紙工廠弄好了，筍乾廠也停當了，不消兩三年便可以搬出去的。小孩子也得上學校。」

被妻子這麼一數說，好像將熄的火又注上了油般地思量起來：不錯，我也是這麼想的，可是孩子們太可憐了。妻的話一點沒錯，在街路上過窮屈的日子也不見得好。夫婦倆多吃點苦，也要把孩子們好好帶大才對。吃得苦中苦，方爲人上人。阿哲有點粗暴，阿民好像很聰明。即使夫婦倆努力後境況還是不能好起來，那麼到了孩子們的時代，必定可以改善的。天永遠不會背棄善人……。

一家四口就這樣落入靜靜的夢鄉。

石目前努力的事業就是利用附近山丘斷面的石壁來充做晒場，加蓋一幢房子做爲製造竹紙的工廠。有這一片竹林，好好利用，一家生計是不會有問題的。用桂竹來造竹紙，麻竹做筍乾，每年可望淨賺三四千圓之譜。不過他們一直都沒有蓋這些工廠的資金，所以石就在街路上受雇於一家商店當一名記賬的，好不容易地維持著生計，山林則以低廉的代價租給別人。那是大正八、九年（民國八、九年）好景氣時代的事。老爸死後，很快地生計就無法維持了，這才決定搬到街路上。他一直都嚮往把土地租給人，自己謀個差使來過日子的生活。然而，街路上的生活並沒有像在山中部落所想像的那麼好。一天，石在市場裏因一件芝蔴大小的事差一點跟人家打起來，剛好被老爸的好友萬頂伯看到了，受到了一場好罵。萬頂伯是附近的一位大地主。

「混蛋！你這人眞是傻到底啦。虧你還是阿敬的後生哩。在這樣的市場打架，你到底想怎麼樣？好好的一份家業丟在一旁，來到這裏游蕩，眞是沒用的東西。」

好幾年都沒有再聽到這種入情入理的大吼了，石不覺滿懷感激地看看老人的面孔。白白的山羊鬍子微微地顫抖著。石低下頭，打架的事早已忘了。老人要他一塊走，便從後跟上去。

「有諒，你是個不孝子。你老爸給你留下很多的土地，可是你看都不看一眼。我剛才一直在看你跟人家吵，這樣的事，如果是你老爸，才不會放在眼裏。你老爸眞是個有雅量的老頭。可是你呀，眞是糟糕透了。爲什麼你討厭做個莊稼人呢？」

「不，我不是討厭。」

「不討厭嗎？現在的人都開口事業閉口事業。你的事業是竹林，可以做竹紙，也可以做筍乾。你爲什麼不幹這個呢？」

「萬頂伯仔，我沒有資本哪。」

到處借錢的。

石這才第一次想到，原來像他這種人也有人願意借錢給他。但是，石恰好是不喜歡

「爲什麼不講？」

「我幫你出錢好啦。商店那邊，我也可以當你的保證人。」

「眞的嗎？萬頂伯仔。」

「我幾時撒過謊。」

第二天，石又去看萬頂伯，並決心離開街路搬回村子。首先，他請一個遠親買牛，街路上將來要打交道的商店也說妥了。拖工廠裏的石磨的牛和耕牛是最要緊的，萬一買了懶牛，一切工作的效率都不好。牛依體格，可分爲能幹的與懶惰的。還有，體格不好的牛，不管多麼強壯，活兒幹起來很快地就累了，因此石必須請個懂牛的農人幫幫忙。還好他買下的黃牛人人都誇讚，頭彩可算不惡了。搬到獨屋後不久，晒場邊的工廠也蓋起來了，將嫩竹浸石灰汁的長方形石板池也造了三處，此刻三處都是滿滿的嫩竹。頭一年，爲了工廠與池的工程，這一帶山區因人聲與鐵槌聲而熱鬧起來。這些準備工作完成以後，隨著季節不同，兩所工廠也開動起來。製造竹紙方面，春天是把竹子浸在池裏的季節，從夏到冬，因竹紙與筍乾雙方的工作，兩個工廠都有二三十個人做工。從冬到春初，這獨屋彷彿被遺忘了，是一段完全空閒的期間，與那些猴子們成爲一夥了。住在這

深山的獨屋，而且還得背幾千圓的債，石覺得這樣的人生未免太寂寞了。
「只要忍耐過去便行啦。」
妻的話雖然是他的鼓勵，但石還是擔心會不會背著越滾越大的債過這一生呢？他同情寂寞的妻兒們，可是自己却按捺不住，每個月總會有一兩次出到街路，打聽打聽竹紙與筍乾的行情。當然也有資金的周轉啦、季節的準備啦，他是沒法與妻兒們守在家裏的。

二

父親上街路去了以後，這山中獨屋更寂寞了，於是母親便安排在日暮以前用畢晚餐，然後母子三個人費九牛二虎之力把家畜們一一趕進巢窠裏。這也是孩子們最高興的一件事，所以做母親的就靠這工作來使孩子們樂樂。如果從園裏晚一點回來，以致天暗了以後才吃晚飯，那孩子們便寂寞得要哭起來了。每逢這樣的時候，做母親的便像在林子裏擁著雛鳥悲泣的杜鵑鳥，不覺悲從中來。如果能在入暮以前把牛和家畜全部張羅停當，那就會只剩下屋後的豬圈裏嗚嗚地響著鼻子翻找食槽裏的殘餌的聲音了。夕陽光從牆縫裏漏進來，寢室裏被照得通亮。
「可以省不少石油哩。」
做母親的把阿民和阿哲抱在兩邊，喜孜孜地這麼說。

「阿母，阿爸什麼時候回來？」阿民那空洞的眼光透過發黃的蚊帳，看著沒有天花板的屋頂問。

「明天一定會回來的。還會買好多好多阿民和阿哲最喜歡的糖果。可以給一點阿母吃嗎？」

阿哲馬上被騙過了，說：

「給，給好多好多，阿母最多，其次是我，最後才是阿民。」

「呀，阿哲，不能把阿兄叫阿民哩。」

被母親說了一句，阿哲就靜下來了，可是阿民不服氣，忽地起身，從母親面孔上頭伸過手打了一下阿哲的頭。阿哲不依了，大叫著爬起來，阿民便把棉被拉過來蓋住了頭。

「阿民不好，阿母打打他好了。」

母親裝出生氣的口吻緊緊抱住阿哲，從棉被上拍了幾下阿民的屁股。阿民好笑起來了。阿哲聽到阿民在被裏笑著，哭得更起勁了。

「阿哲壞，不給糖吃啦。」

阿哲聽了這話，發生屁股被針刺了一般的聲音哭起來。

「阿民，你還沒被打夠是不是？你這麼大了，還叫阿母為難。」

阿民在被窩裏轉了身子，從脚那邊伸出頭，吐了吐舌頭。阿哲咚咚地踢著牀板，說要打阿民。

「阿哲乖，糖果不給阿民了，所以阿哲不要哭。阿母會告訴阿爸阿民壞的。」

阿哲總算聽話了，在嘴裏嘀咕著撒嬌起來。阿民在棉被裏又鑽過來了，壓仕就要掉下去的枕頭，討好似地抱住了母親的膀子。

「不理你了。」

母親雖然這麼說，但她知道阿民的脾氣，所以把面孔轉過來，準備向阿民說故事。

「不，不，不讓阿民聽。」

阿哲又猛踢著脚哭起來。

「好吧好吧，不讓阿民聽，只讓阿哲聽好了。」

阿哲不響了。阿民却又罵了一句傻瓜。於是阿哲便再向母親投訴：

「阿母，阿民又在罵我們啦。」

「傻瓜，誰罵你？人家是罵在對面山裏哭的小猴傻瓜哩。」

被阿民這麼一說，阿哲便又凝凝神，想聽山上的猴子的哭聲。但是猴子沒有哭。從牆縫透進來的夕陽，依然黃橙橙地亮著。

「沒有哭哩，阿母。」

阿哲拉了拉母親的手。

「傻瓜，在哭著哩，怎麼聽不見。聾子！」
阿哲又靜下來。這時母親狠狠地斥了一聲，於是阿民也不再響了。
「從前，有個孩子叫郭子儀，是個孝順的好孩子。」
母親斷斷續續地講起來，兩個小孩靜靜地聽著。四下漸漸地暗了，星星從牆縫窺望著。母親似乎很累了，故事有時斷了，被阿民催著才又開始。阿哲不知在什麼時候睡著了，好舒適似地打起輕輕的鼾聲來。
「阿哲眞傻是不是，阿母。」
「阿民，你這麼大了，別再使阿母爲難啦。聰明的人絕不會說人家傻。」
母親好睏了，說了這些就把棉被拉到脖子。
「好像又會有風颱了。聽，猴子們鬧得好厲害哩。」
阿民凝神細聽，想著颱風與猴子鬧聲到底有什麼關係。星星好像青蛙的眼睛般亮著。
阿民突然不安起來，問了一聲阿母睡著了嗎？母親輕聲回答說還沒，正在聽著猴子的聲音。她說：好好聽一會，便知道颱風來不來。
「爲什麼，阿母？」
「是猴子們在搶窠。因爲空氣忽然冷下來，所以野獸都知道天氣的。」
眞的，猴子們的叫聲與回聲一起搖撼著夜闇，從牆縫鑽進來。一陣亂響過後，過了一會，像是母猴發生的粗嘎的聲音拖了個長長的尾巴，接著彷彿房子被拖進溪谷下去般地，有溪澗的水聲好像就在屋簷下響起來。連阿民都深深地蓋上被子，就要睡著了。這時，老鼠來啃柱子的聲音，聽起來就像是父親在鄰房打著好大的算盤，使他禁不住地希望明天快一點來到。阿爸力氣好大，只要他在家，整個家裏便充滿著阿爸的力氣，小偷也一點不可怕了。阿民每次暗下來以後都會說這種話，所以做母親的都得辛辛苦苦地找些話來說給他聽，等他入睡。丈夫在爲事業與債務而焦急著，所以未便開口要求他早回，她也是有她的辛勞的。

有時接受孩子們的請求，從山後的部落請來朋友的阿婆，跟孩子們做伴。爲了一個晚上的聊天，得提供晚餐與早餐，另外還得給二三十錢的酬勞，未免心痛，因此也不能常常請人家來。可是每三次總得有次聽從孩子們的要求，不然做母親的便得早早地上牀哄小孩，實在也是叫人心煩的事。

三

朋友的阿婆住在爬過後山，過一座潮濕的沼澤上的橋，又再越過一座山，便在開滿山茶花的部落裏。這個部落以出產山茶油出名，差不多每家都種著山茶。老阿婆送山茶油給了母親，母親便拿了些錢給她，於是兩人便推拉了好一陣子。阿民說，阿婆，請您收下吧，這樣我阿母才舒服些。

「眞是好聰明的乖孩子，那我就收下了，不過這錢我來買糖果給你好了。」

這樣的老阿婆，阿民當然特別喜歡了。另外，阿民也更喜歡與阿母、阿哲一塊到那個村子去玩。原來這位老阿婆跟他們祖父還是遠親，因此小孩們對她更感親切。從獨屋到這裏得走一個多鐘頭，這一個鐘頭路程在阿民來說，等於就是做一次遠足。不過母親如果不是有諸如去要些菜籽等事，便很少帶他們去，這就使阿民大惑不解了。難道來到這裏不算快樂嗎？阿民眞不懂大人的心。那裏有不少婦人，租他們土地的人家也有一些，母子三個來到了，總會受到款待的，而且他走到那裏都有人叫他少爺，這也使阿民感到舒服。這個村子的人家，都在禾埕上種著橘子、文旦、柚子、佛手柑、山茶花、菊花等。阿哲總會伸出手來撫像乳房一般下垂的文旦，或者跳起來用頭碰碰，使阿婆她們笑得合不攏嘴。阿婆把下垂的面頰上的皺紋趕到嘴邊，細瞇著眼睛，叫他把最大最喜歡的摘下來，這時母親便會馬上說：還沒熟呢，不能摘，等熟了再來摘吧。但阿哲總捨不得縮回手，末了被母親睨視了一眼，這才不情願地跑到母親這邊，大聲地喊：回家啦、回家啦。不過母親倒好像馬上就把文旦的事忘了，談起別的事。來到這裏可以聽到鄰村的，或者街路上的一些消息，所以她們聊起來總沒個完。

回家多半是傍晚時分，因爲是下坡，所以很快。阿哲抱著文旦，阿婆牽著孫女阿美的手從山茶花山下來。阿民一會在前一會在後，高興得像個小狗。來到沼澤地的橋，可看見鏡子般澄清的溪水裏，有小蟹子等待什麼似地呆著，像片片紅葉。看到人影，很快地就躲到石頭下去了。阿婆的孫女從露出半隻頭的岩石底下，很巧妙地將蟹子抓住，這也使他們喜不自勝。紅蟹好像生氣了，嘴巴冒出水泡掙扎。阿哲也叫嚷著在淺灘裏追逐小蟹。屁股打濕了，母親把他的屁股拍拍地打，他起先還笑著，末了便哭出來了，結果教阿美也被阿婆罵了。阿民覺得不忍，便說阿哲本來就是愛哭的，於是阿哲在母親背上跳起來了，嚷著要下來打阿民。阿婆說是阿美不好，做了壞榜樣，才會使別人模仿，結果使得阿美也提不起勁來了。阿民覺得阿哲太可惡，心想：你下來吧，看我不把你打倒才怪哩。

太陽下去，天也快暗了。阿婆說：阿美，還不快走。不到半路就天黑了。

「阿婆，沒關係啦，人這麼多，沒啥可怕的。」

「是嗎？我是沒關係啦，不過妳還得煮晚飯哩。」

透過竹林映過來的夕照光越來越弱了，有些怕人，阿民再也不願管愛哭的阿哲，便牽起阿美的手跑起來。阿美馬上會意，拔起腿便也跑起來。阿哲把蟹扔在地上哭起來，聲音在後頭越來越遠，阿民樂開了，回過頭向阿美說：

「妳跑得好快喲。」

「嗯。」

看到阿美點頭，阿民便裝出了賽跑的架勢，但馬上便給阿美趕過去了。回到家一看，豬圈裏的豬等不及主人回來，正在哭著。領先的阿美回過頭來笑了一下，阿民這才放下了心。阿民眞不忍心看阿美那悄然的面孔。阿美走過屋前的埕子等著阿民。

「妳贏了，應該舉起雙手喊萬歲。我輸了。」

可是阿美沒有這種優越感的表示。阿民定定地看了一會阿美，看出她並沒有生氣的樣子，這才鬆了一口氣，看看屋子的周圍。好像沒有發生變故。從埕子上往下一看，剛好牛在下面的菜園裏鳴叫了一聲。阿民於是便笑著說牛沒有被偷走哩。

「我們好想去妳家的，可是又怕牛不見。我阿母說，萬一牛被偷走，便沒飯吃了。」

「我們去牽牛回來嗎？」

「妳會牽嗎？」

「眞是，難道你不會嗎？」

「嗯，我會啊，可是我阿爸說太危險啦，不讓我牽。」

阿美笑起來，跑一般地下去了，阿民只好跟上。

「阿美！到那裏去？」

阿婆從屋後的山上喊，阿民也拉直嗓子回答說要把牛牽回來。

「這孩子好倔強哩，像個男孩子。」

阿美好像沒有聽見阿婆的話。阿民與阿美終於把牛牽回來了。阿民覺得自己好像成了凱旋將軍似的。阿美熟練地握住繮繩，不知縛在牛欄的柱子上好還是廊子上好，但很快地就看出常被縛在廊子上的痕跡，便用力地把牛拖過去。

「我家的牛常常縛在這裏。」阿民說。

「我們是牛欄。你家牛欄還很新哪，是要做庫房的嗎？」

「大概是吧。」

阿哲在廚房門口往這邊看著，阿婆在灶前幫忙生火。從煙囪冒出了紫色的煙，灶口的火焰像是用舌頭舔著嘴巴。阿美把牛繩縛好在柱子上，取了一把牛草解鬆扔給牠。她跑到阿民身邊，把嘴壓在阿民耳朵上，細聲說你家阿哲好壞哦，阿民微微一笑點了點頭，阿民覺得阿美的心很能與他共鳴，好喜歡她了。阿哲看到兩人在耳語，便跑過來。好像希望他也能參加他們之中的樣子。

「阿美眞乖巧，又聰明，我們阿民可不行啦。阿民哪，你可要好好向阿美姐學習才好呢。」

母親在廚房誇讚著阿美。阿美被稱做阿美姐，好像很不好意思地看著阿民。阿民問她幾歲了？

「七歲。」

阿美回答，聲音小得幾乎聽不見。

「對啦，去跟阿兄和阿姐玩。」

阿婆看到阿哲跑過去便這麼說。

「阿美，好好地跟阿哲玩哦。」

「……餵好雞，把牠們趕進塒裏去吧。」

阿民幾乎喊阿美姐的，可是看看阿美的臉便叫不出來了。鵝伸長著脖子叫著。

「這兩隻也一塊趕進去吧。」

阿哲聽到了，便跑過去，吃力地把雞食提過來。阿美奔到廚房，抱來了鵝仔菜。阿民查看雞塒的門和鵝的窠。

「阿美姐！」

阿民不自覺地叫出來了，阿哲交互地看看阿民和阿美。阿民靦腆地推開阿哲，猛趕了一陣鵝。

「阿哲，這個你拿著。」

阿美撿了一根木棒交給阿哲。阿哲也開始叫阿美姐了。前埕上，一時鵝叫、雞叫與喊姐的聲音響成一片。灶口的火光把阿婆那滿佈皺紋的臉映得通紅。這時，從山後那邊傳來了火車的汽笛聲。阿民指著對面山上低低地拂過去的火煙說：那是回去阿里山的火車啦。

四

點了燈盞後才吃飯，吃起來好像特別好吃。母親不住地勸阿婆挾菜，餐桌上好像來得格外熱鬧。

「房子只有一家，是有一點寂寞啦，可是全是自己的土地，所以心裏也踏實些，是不是？我想，不久這裏也會熱鬧起來的。」

阿婆邊吃邊用鼻音說。

「眞希望這樣。」

「一定的，一定會的。從前，是我二十幾歲的時候啦，有三十年了呢。那時，這裏好熱鬧。對面山上有梨仔園，也有茶園，加上做筍乾的，每天都有二三十個人來來去去的。好像就是從妳公公的時候才開始人漸漸少啦。都是因爲有五兄弟啦，妳公公又是最小的，老三當生蕃的通事，好像比現在在嘉義的劉闊先生照顧了更多的生蕃。不過啊，是命吧，都是老好人，所以到有諒手上的時候，財產差不多沒剩多少了。不過也還有這一大片，也算很不錯了不是嗎？」

「嗯，可是要讓土地有出息，還是須要錢哩。」

阿婆與母親交談著這一類話，阿民與阿哲早就想到牀上去玩了。在鑽進棉被裏以前，牀上可以大玩特玩。角角力啦，翻翻觔斗啦。大家都已經洗過了脚，阿民便吵著要母親點寢室的燈。可是阿美因爲是女孩，所以被阿婆拖過去，在廚房裏洗屁股。阿民和阿哲上了牀，馬上開始角力，弄得牀板咚咚地響。阿哲還蠻有力氣哩。不久，阿婆、母親和阿美也進來了，寢室裏熱鬧起來，因爲小孩子們害怕，所以阿哲、阿民、阿美三人睡在中間。阿哲不能離開母親，所以阿民跟阿美靠在一塊睡。阿美的髮辮發出山茶花的香味，使阿民胸口奇異地動盪起來。有一次街路上拜拜，阿民也和一位遠親女孩一起睡過。她覺得女孩子都有這種香味。小孩子們把雙手露在棉被外，聽大人們的交談。牆縫裏，星星仍在晶晶閃亮。再過兩天便是舊曆十一月一日了，是冬節，家家戶戶都得搓圓仔。母親與阿婆在聊著這一類事。不用說，母親也早就準備好糯米了。夜裏起來煮圓仔吃，那眞是件賞心的樂事。甚至連天上的星星也都快活起來了，看來特別地明亮。可是自從來到山裏以後，忽然就沒意思了。夜裏起來，黑黝黝的林子總是那麼駭人。如果父親回來，阿婆她們也剛好來，那就有趣了，可是這恐怕不太可能。阿美鑽進被窩裏以後忽然不響了。從夜闇裏傳來的「苦雞母」〔杜鵑鳥〕鳴聲，好像變得尖銳了，連阿婆都禁不住地說：在這樣的地方過夜，眞是好寂寞啊。

「村子裏也許屋子多，苦雞母的聲音聽來不會這麼近。」

「是啊。那種聲音，大人聽來也怪寂寞的。住在這樣的深山，又沒有親戚……」母親也好像在想著住在街路時的往事。這種苦雞母整晚咕咕咕地叫個沒完。是杜鵑的一種，山裏的人都叫苦雞母，意思就是自個兒在痛苦的母雞。母親常說，這種鳥和她很相像。

「聽說那鳥是張天師的孫子再世的？」阿婆問母親。

「我也聽說過了，可不曉得是眞還是假。」張天師就是鬼王。一天，有個老公公牽著孫子的手在野地裏散步。他們偶然來到石門。老公公好奇地往裏頭窺望了一眼。就在這時，石門關上了。老公公唸道：「石門開，石門開，天下貴人來」，門又開了。老公公便吩咐孫子在外面看著牛等，公公要進去瞧瞧，如果有趣，他會來帶他進去，於是孫子便在外看牛。老公公覺得，萬一有危險，那麼孫子在外面也是很安全的，所以他一個人進去。不料進去一看，那裏眞像宮殿。然而，當老公公進去了以後，石門馬上就關上了，孫子怎麼等也不見公公出來。他學著公公的樣子唸，石門還是不開，只好阿公阿公地叫下去，終於他累了，開始叫公公。最後他吐出血來，還公公，公公地叫著死了。故事裏說，這孩子再世變成杜鵑，仍然不停地叫公公。

那個老人變成張天師，所以杜鵑便是張天師的孫子了。阿婆和母親聊著的當兒，阿民不知不覺地便睡著了。

醒來時，灶孔裏小樹枝發著畢畢剝剝的聲音燃燒著。朝陽照耀著東方的連山，草木都給露水洗過一次臉似的。阿美先起來，掠著頭髮想下牀。阿民慌忙地下來，在那裏的尿桶小便，阿美畏羞地跑出去，好像要到屋後去解手。阿哲也醒過來了，阿母阿母地叫。阿哲還很會撒嬌，非母親來抱他便不肯下牀。

牛欄有朝氣地從鼻子冒出白氣，開始在反芻了。

「這裏好冷是不是？」

母親這麼問，阿婆回答說差不多啦。這是個快樂的早晨。鵝和雞從塒裏出來，向前伸長脖子，多麼快活似地東跑西竄著。母親從廚房裏拿出用蕃薯做的雞食，倒在埕子上的餌槽裏。阿美趕快取了一把牛草給牛。這一天，牛草就沒有了，阿美說她一個人也可以刈夠牛草。

「阿美，來洗臉啊。」

母親在廚房裏叫。

「阿美不必急哩。」

阿婆說，但母親還是在面盆裏舀了水給阿美。她用食指擦了擦嘴，細心地洗了臉。

連阿哲也多麼稀奇似地看著阿美洗臉的樣子。

「阿美，不用那樣擦啦，快洗吧。這孩子，眞比大人還愛美哩。」

阿婆這樣向母親說，不過這好像是阿婆的口頭禪了，阿美一點也不在乎的樣子。阿民覺得她好叫人喜歡。

「這不算愛美啦。阿美，妳只管慢慢洗。阿哲和阿民都不喜歡洗臉，妳就做做榜樣給他們瞧瞧吧。小黑炭，看看誰願意嫁給他們。」

阿美畏羞地露齒一笑，阿民也覺得靦腆了。母親爲啥總要叫人下不了臺呢？阿哲倒說他也要洗了。阿美趕快倒掉面盆的水，阿哲捧起了它，說要去舀水就跑過去了。這麼勢利眼的弟弟，使阿民深感恥上加恥，覺得自己非到廚房後面偷偷地洗臉不可。母親擺好了餐桌，叫阿婆快些就座。阿美第一次大叫一聲阿民，這使阿民大喜過望地從廚房裏走出來。當四個人坐好時，對面山巒上的園裏受著朝陽，連蕃薯的花都點點發白，可以看得一清二楚。由於下去下游的猴仔們在那兒的園裏偷蕃薯當早餐，所以對面山後村子裏的農人出來了，拉直嗓門喂喂地大吼著，把猴仔們趕走。

「那邊山園也好像遭殃啦。」

「是啊。阿民他阿爸也說，非買來抓猴仔的鋏仔不可了，不然出竹筍時會給弄得一塌糊塗。猴仔的洞附近多半是麻竹，可是再上去就是桂竹了。那些猴仔，跟人一樣，筍種有丈多高了，還要從下面抓著搖撼，筍尾就斷了。」

「眞氣人，眞可惡。我家的園裏也被蹧蹋過一次。那些猴仔挖蕃薯時總會有一隻把風，人影一出現，一聲吼叫，就全都跑了。」

阿婆和母親說著這些，又談起那兒的土地肥啦等等。聽她們的話，阿婆好像決定吃過午飯才走了。阿婆還表示要幫母親到蕃薯園去除草。阿民要母親請阿婆再住一晚，可是阿婆自己家也忙著，加上父親今天可能回來，所以母親說下次再去阿婆家請她們來，阿民只好死心了。

這些都不打緊，糟的是阿美，她剛來時還好，可是到了第二天傍晚，好像想家起來了，一直吵著要回家，纏住阿婆不放，還淚流滿面，連母親都沒法哄她了。因此，母親也覺得煩了，打算讓她跟阿婆一塊回去。阿美的母親死了，繼母還很疼她。儘管如此，阿美還是有點任性，臉是胡桃形，眼睛好大，看來好伶俐，高興時做事很勤快，還有點得意洋洋的。

「阿民，你這麼喜歡阿美，那就讓她嫁給你做牽手吧。」

阿婆的話使得阿民尷尬極了。看看母親，不料母親竟滿口說好，還表示阿美一定討厭阿民吧。阿美畏羞得眼淚都流出來了。母親很快地就發覺到，便趕快把話題岔開。從對面的山又傳來農人趕猴仔的喊叫。阿婆吃完了飯，拿起碗筷就進廚房裏去了。母親阻止她說：

「放著吧，阿婆，我會洗的。我差不多是妳的女兒的年紀哩。」

「我也得活動活動筋骨哩。我可不是富貴得吃飽飯可以把碗筷一放就算了。」

母親也拿起自己用過的碗筷進廚房去。阿美跟上，阿民也急忙從凳上下來，連阿哲都一面嚼著飯一面跑進廚房。鵝好像也吃飽了，在埕子上嘎嘎地叫著。

母親與阿婆戴上了頭巾，腰邊繫了刀架，拿起鐮刀往腰後刀架上一插，從埕子下去，並回頭向阿民他們說：

「要乖乖地跟阿美玩哦。」

「阿嬸，我可以去刈牛草嗎？」

「好哇。可是，妳眞會嗎？」

「會啊。」

阿婆替她答。

「阿美，妳不要把阿民阿哲他們帶到草叢裏，太危險啦。」

「對，不要去草叢裏刈，路邊就有好多草啦。」

母親說著便與阿婆一起下去了。阿美與阿民從寢室牆上的刀架取下合適的鐮刀，三個人便一起從側門出去，沿竹林裏的小徑下去。可是阿哲在竹林口叫著說有一顆紅柿子，怎麼也不肯下去。阿美撿了嫩草刈起來。很快地就刈了一束，可是阿哲抬高頭看著那棵柿子樹，吵著要阿美姐幫他把柿子摘下來。

「怎麼摘得到呢？不管他！」

阿民說。那柿子樹，大得連大人也都非要爬上去不可，光用竹竿是摘不到的。阿民和阿美不得不死心了，可是阿哲不依，阿民只好叫住阿美。阿美回到坡上一看，眞地有幾粒紅柿子花朵一般地遮在葉子裏，於是她也想摘了。她用竹竿做成了一個乂試試，可是竹竿太重，竿頭晃呀晃的，就是乂不到。這棵柿子樹常有種種鳥聚過來。有紅的，也有藍的。紅的有黑嘴，藍的嘴却又是紅的。這種紅嘴黑鳥，還有鵪鶉啦、鶯啦、黃鶯啦、山鳩啦，都會過來。山鳩咕咕地叫，很會撩人鄉愁。三個人蹣跚著步子扛著竹竿乂柿子，就是乂到了，柿子也給戳爛了，根本沒法吃。三個人弄出了一身汗，饞涎欲滴，只有眼巴巴地抬頭望柿子的份。最後脖子都痠痛了，頭都差不多抬不起來了，阿美這才又想到新式家家酒的玩意。這就是搬來泥塊築小祠堂的玩兒。小祠堂築好後，撿些小樹枝來燒，把小祠堂燒成通紅，然後抛進蕃薯，把小祠堂搗毀。等上一個鐘頭不到，蕃薯便可以烤熟，成爲最好吃的點心。阿民和阿哲在阿美的指揮下，搬泥塊啦，撿枯樹枝啦，忙得不亦悅乎。小樹枝燃燒起來了，畢畢拍拍地響。阿民送火柴回廚房，看到煙囱管邊放著魷魚，問阿美可不可以烤來吃，阿美把他訓了一頓才作罷。阿哲紅著整個臉撿樹枝。搗小祠堂時，阿美取來了每人兩隻的蕃薯拋進去。在上面再蓋上一些泥土，便成了一座小山了，阿美在小山上插了一根鼠尾草葉子。

「這葉子有點枯萎了，便可以挖蕃薯。」

連阿美蒼白的臉，都好像擦胭脂般紅起來。三個人說蕃薯鬼要來了，快逃吧，便又跑到竹林裏的下坡路，開始刈牛草，不久，他們把蕃薯挖出，剝開皮，甜得像糖，好吃極了。

母親與阿婆中午前回來，忙著準備午飯，阿美他們倒一點也不喊餓。豬們呼嚕呼嚕地鬧著，使他們覺得好可笑。然而，想到午飯後阿婆和阿美就要回去，寂寞感便湧上來了。阿婆飯後拍了拍頭髮與衣服，也替阿美拂拂身子，準備要回家了。母親收拾好，拿二三十錢塞進阿美的口袋裏，說是要給她買糖果吃的，於是推來推去的，足足折騰了二十分鐘之久。

「受妳照顧了，又吃了飯，還能拿錢嗎？這不成哪。」

「別這麼說了吧。說錢倒好聽，其實只是騙騙小孩，妳就收下吧。」

阿民和阿哲悵然地看著大人們在推三拖四。埕子裏，晒衣竿的影子畫著一條直線。

阿美抓著阿婆的衫裾。

「阿美姐，再來喔。」

阿美聽了阿民這話，頭猛地一點。阿哲也學著說了一句，阿美默默地看著兄弟倆的面孔。阿民好寂寞，恨不得跟她們去。

「阿婆，再來喔。」

阿民拉了拉阿婆的手。

「阿民，阿哲，你們也來我家玩。」

「好的。阿母會帶你們去，還要在阿婆家住哩。」

「眞的，阿母？」

「當然是眞的。」

「可要眞的和阿母一起來呢，阿民和阿哲都眞乖，阿美喲，還不向阿嬸說請妳來玩？」

阿美羞怯地躲進阿婆背後去了。她好像不喜歡說這種客套話。

「阿美也要和阿婆一起再來喔。我們等著。」

阿美被阿婆牽著手，爬上後山去了。她們在竹林裏不見了以後，阿民還在喊再來喔，回聲遠遠地響起來。阿婆也回答說會的，還會再來呢。接著，叫阿民他們的聲音傳來了，在這獨屋的埕子上，回聲久久地呼應著。

五

以爲父親傍晚時分會回來，結果還是沒有回來，於是獨屋裏的母子們便當頭給淋了涼水般地感到無助了。入晚後一如往常母子三個一起上了牀，不料阿民竟哭起來了。紅紅的夕陽下沉的時候，對面山園上又有農人趕猴仔們的喊聲，與回聲一塊傳過來。人因爲寂寞而早早上牀，這自然是不錯的，但家畜們那麼早就被趕入巢，對牠們可不是件好過的事。直到雞們在塒裏咕咕咕地發出安靜下來的鳴聲以前，阿民寂寞得心都似乎要溶化了。當雞咕咕咕地叫著使小雞安歇的時候，夕闇也來了，同時彎月也出來了。

「明天一定會回來的。還會買回冬節拜天公用的東西，讓阿民和阿哲高興的。我們實在不用讓人家住下來，把阿爸的禮物也分給人家。而且阿美愛哭，阿爸一定會不高興的。」

聽到阿美會使阿爸不高興，阿民更心焦了。還好阿哲被母親一哄，比阿民更乖了，整晚都靜靜的。阿哲有沒有伴都一樣，這又使阿民覺得阿哲眞是個傻瓜。希望早一點天亮了，想著想著，雞們忽地又吵起來，於是他醒過來了。朝晨的陽光照得牆壁幾乎透明，可以看見外面的林子，側過頭一看，母親已經不在，凝神聽聽，好像在廚房裏準備早餐。豬們呼嚕呼嚕吃東西的聲音也傳來了。

「阿母！」

阿民叫了一聲，阿哲醒過來了，也叫阿母。

母親進來，讓阿民和阿哲穿上夾衣，把阿哲抱下牀。阿哲赤著脚就想跑去。母親取出了稻草鞋子，告訴他早上比較冷，要穿上這個。家畜們都快活地在埕子上享受著陽光。牛好像抽煙一般地從鼻子噴著氣。往下看看梯形園，園邊一棵老山梨樹枯死了般地，在陽光下把小樹枝伸向天空。

「今天阿爸一定會回來的。」

母親說著在面盆上倒了水，要阿民洗臉。從對面山園又有趕猴仔的喊聲傳來了，阿民便圈起手舉到嘴上嘞嘞！大喊一聲。不料對方有認識阿民的，「阿民哦！」這麼喊過來了，阿民總算恢復了朝氣了。

「是有鄰兄吧。」

母親說著從廚房出來。那兒是名叫有鄰的一位貧窮農人所耕的園地。園下的竹林也是阿民家的。有鄰爲了做籬笆，偶而會來這獨屋要竹子。所穿的衣服打滿補綻，看來好可憐。他的妻子和孩子，也都像是一堆會走路的破爛布。一呼一應的聲音繼續了好一會，母親便不耐煩起來，告訴阿民說：夠了，有鄰兄好可憐哩，他在餓著肚子，你想送飯去給他吃嗎？阿民這才停止叫喊，趕快洗臉。

「今天，如果你們乖乖地幫阿母在蕃薯園裏拔草，那麼阿母就給你們每個人賞五錢，放進撲滿裏。」

聽母親這麼說，阿哲馬上就歡呼起來。阿民當然也覺得非聽話不可了，飯後只得準備去園裏。所謂的準備，也不過是取下有護耳的帽子改戴笠仔，此外就是由母親替他們穿上「足袋」〔一種日式布鞋〕。以前，他們都是打赤脚的，自從不久前父親做了一場夢，認爲不應該讓孩子打著赤脚出去，便買回來孩童穿的「足袋」。在這場夢裏，孩子的脚被一條小蛇咬到了。於是在這山地一帶地區，阿民與阿哲兄弟倆首創了小孩穿足袋的例子。

以爲父親非到傍晚時分不會回來的，不料中午稍過，從屋子右後方的山上傳來了「阿民！」「阿哲！」的喊叫與回聲，兩個小孩便扔下碗筷衝到埕子上，齊聲大叫阿爸！便有父親的「來啦！」從竹林裏響過來。

「阿爸！」

「來啦！」

聲音近了，兩人跑下坡路迎過去。

「阿爸！」

「來啦！要來了一隻小狗哦！」

父親的聲音更近了。兄弟倆便渡過澤地，跑向上坡路。母親也出到埕子上，目送著在林子裏疾跑而去的兩個小孩。雙方的喊聲正在接近，使她胸口熱昂昂的。小狗的吠聲也夾在孩子們叫喊的嗓音中，母親這才慌忙地回到廚房，沏沏茶什麼的，準備迎接父親的回到。

孩子們把父親圍在中心，從埕子的入口進來。打著綁腿，穿上足袋，頭上是一頂笠仔，看去好像比上街路時更年輕些，這是因爲上了理髮店的緣故，山中的粗漢般的父親忽然變得時髦了，小孩們從左右纏住了他。網袋裏裝著滿滿的「等路」哩！手上提著的籠裏，小狗正在咿咿嗚嗚叫著。父親準備先把小狗放出來，可是母親趕快把茶提出來說在放以前應該先拜拜神壇與灶君爺。雪白的小狗好像俘虜，乖乖地讓母親抱著，被抓住前脚拜了拜神，接著又被抱到廚房，向灶君爺拜拜。母親一面讓牠拜一面叨唸保佑牠乖乖地聽話。每次拜的時候，後脚便在空中擺盪，小孩子們開心地笑了。拜完，母親又抱到埕子一角，扯下一枝小竹枝，裝著替牠揩屁股的樣子，叨唸：以後就在這裏大便啦。小狗這才被放在廊子上，於是兄弟倆便又盛飯啦，拌魚湯啦，忙得好不起勁。

六

父親在回來的第二天，阿壽從村子裏扛來一把比捕鼠器大上幾十倍的鐵鋏子。父親說，這個農閒期，他每天要做狐狸、猴子、山雞、山豬等的陷穽。阿壽好像已經抓著了好多野獸似地，拚命誇讚那些大大小小的鋏子。父親還為阿民買回了好靴子，以後可以伴著父親上山了。這使阿民欣喜如狂。明年還要請個年輕人看牛，這消息連阿哲都鼓掌表示歡迎了，因為一家會更熱鬧些。接著，父親又請阿壽在埕子邊造了晒筍乾的架子，還要阿壽幫父親請一個竹匠做放在筍架上的長方形竹笪。阿壽喝過了茶，從父親接過五十錢，便口口聲聲讚揚小狗回去了。阿民好高興聽了這種讚揚，想到將來小狗長大了，陪著他和父親到山野裏去奔跑的模樣，他樂得禁不住連連地親小狗。

父親到森林裏去設陷穽時的裝束與上街路時差不多，不過阿民可大不相同了，穿上襪子，把褲管塞進襪子裏，再穿足袋，那樣子好帥，使阿民覺得得意極了。為了防蚊蚋，戴上護耳，站在正在設陷穽的父親旁邊，揮舞著小樹枝來替父親及自己驅趕蚊蚋，這就是阿民的工作。如果沒有阿民，那麼父親便得自己邊驅蚊蚋邊工作，太麻煩了，這也是母親同意讓阿民上山的原因。阿民覺得自己長大了。路上逢到危險的澤橋或深谷，父親便背他。陷穽設好，第二天早上去巡看，這是最大的樂趣，阿民常為此心口篤篤地跳，父親也滿臉浮著笑，牽著阿民的手，在沒有路的森林裏攀援而上。尤其抓到了狐狸一類的動物，四下比用鐮刀刈過還要乾淨，連阿民都可以想像到狐狸掙扎的情形。看到人影，狐狸就會猛撲過來，可是腿被夾住，只得掙扎著想竄進草叢裏去。怎麼樣才能把牠綁起來呢？父親想了想，結果是砍下了有义的堅硬樹枝，先將牠的脖子义住，然後才用粗繩綑起來。阿民哪，你站開一點，好危險哩。勇敢的父親每次要叉獵物的脖子時總這麼提醒阿民。阿民就在一旁屏住氣息看父親。陰濕的林子裏空氣冷峭，溪流的嘩嘩聲清楚可聞。在林子的陰暗裏，父親的臉緊繃著，父親用那枝樹枝挑起獵物，又牽起阿民的手去看別的陷穽。沒有一個早上落空的，因此餐桌上每天都好豐富。每次看到山雞中了痲繩做的圈套時，阿民都覺得好可憐。牠吊在竿子上，人走近便飛縱起來，阿民這才破顏笑出來。

「阿爸，山雞抓回去養養吧。」

「這麼大啦，養了也不會乖的，不是瘦了，便死掉，還是吃掉好。山雞汁和狐狸，味道特別好哩。」

「多可惜。」

「如果抓到小山雞，便可以養啦。」

不記得是那一次，抓著了猴仔，這是最有趣的一次了。有一隻猴仔給抓住，其餘的猴仔們便大鬧特鬧起來，整個林子都沸騰起來一般。如果附近另外還有別的陷穽，便也多半會有收穫，這是因爲別的猴仔想來救中了圈套的。剛好那一次只有一所陷穽，猴仔們便遠遠地包圍住那隻陷穽吵鬧個沒完。父親也緊張起來了，甚至還讓阿民也拿了一根棍子。可是當阿民和父親走近時，別的猴仔都逃開了。綁猴仔又是件麻煩事，父親一面綑牠一面說明。綁猴仔比綁人還不容易哩。光是把雙手雙腿反剪還不夠，一定要把右手和左脚綑在背上才行。雙手雙脚綑好了，還有嘴巴。這張嘴巴咬起人來頂厲害的，得先讓牠啣上木頭，然後再把嘴巴緊緊縛起來。爲了這一隻猴仔折騰了半天，別的陷穽已沒有時間去看了，得先回去吃過早餐再出來看。阿民與父親像凱旋將軍般得意洋洋地回來。在家裏，阿哲和小狗也在歡迎著了，這使父親好高興。

巡看陷穽回程，還得順便刈牛草回來，所以很是忙碌。其實設陷穽說起來還是空閒時的副業，獵獲物多時，有時還會讓山貓死在陷穽裏腐爛掉。

春天快到了，山梨的小枝頭長出了新芽苞。父親爲了過年的準備，偶而又得上街路去。於是，阿婆又給請來了。有時還從山茶花的部落叫來女孩，幫忙舂米，這深山獨屋便又突然有活力起來。

過年時，他們決定請一名看牛的年輕人。爲了得事先準備好這佣人的房間，母親把庫房隔壁的房間細心地打掃乾淨。大除夕快到了，父親爲了新年的新計劃，每天都呆在家裏，在新的薄冊上寫寫年月日，還聽從母親的話，在門口貼了門聯，從大廳到廚房也都貼上了「福」字和「春」字。連竹製的門扇上也貼上了門神的紅紙。因此這深山獨屋忽然間新春就來到了，家裏似乎也熱鬧了許多。依照古俗，從大除夕到正月十五日須要「呈燈」，每夜每個房間都要點燈。紅紙反照了燈光，屋子裏更熱鬧了。燈也就是丁，點燈也就是添丁之意。過年的時候，裝飾屋裏，人也穿上新衣，這當然是賞心樂事，但大魚大肉倒不算稀奇了，這是因爲向來獵獲物多的緣故。然而，即使穿上新衣也沒有人欣賞，這就沒意思了。大除夕拜過神，第二天便是元旦。元旦是到了，却不太有新年的氣氛。倒是在等新年的時候更像新年。園裏菜花開了，父親也穿上新衣，站在埕子的石板上往下面眺望著，悠閒地吸著菸向母親說：那一塊園很可以闢成水田哩。也是爲了過新年，牛不再放，仍然繫在廊子讓牠吃牛草。母親爲了打發無聊的時間，剝下糊在門板上的圓仔，烤烤，用來卜卦嬸嬸的喜事。這使父親都覺得有趣了。希望有人來玩，却誰也沒有來。山裏的風景依舊闃靜，除了大自然的胎動與季節的表情外，什麼也沒有。只有猴仔們照樣朝夕一下一上。對面山園的蕃薯好像都挖掉了，園土在朝陽下看來益發生機盎然。還可看到在園裏，有些猴仔們在撿蕃薯。

「爸，猴仔也有過年嗎？」

阿民問父親，父親回答說大概有吧。

「再沒有人會趕，也不會有人設陷穽，過年在猴仔也是好高興的日子呢。」

母親爲阿嬸烤的圓仔起泡泡了，母親便說，這次阿嬸一定會生個小弟。下次到村子裏，一定要告訴阿嬸這個好消息。她是父親的弟媳，他們對父親不太有幫助，所以父親對弟弟幾乎是冷淡的。他做事不夠機伶，生來就是個呆在村子裏的人物。如果他能來父親的工廠當個監工什麼的，父親不曉得會多高興，但他就是不可靠，所以父親就懶得去管他。起風了，屋後的柿子樹沙沙有聲。午後冷起來了，父親焚了火堆，一面烤火一面說來做個捕鼠機吧。這話使阿民他們樂開了。用竹筒做成的捕鼠機，在他們來說是最恰當的玩具。光是想到老鼠把脖子伸進竹筒裏給套仕的樣子，便使人感到好玩。從元旦到大年初三，搓搓繩子啦，削削竹片做彈簧啦，總共做成了將近二十付，阿民和阿哲樂得什麼似的。每人可得五付，阿民拿到了自己的，馬上在其中兩付裝上生蕃薯的切片，拿到庫房角落去放。初三午後，父親雇的年輕人阿堅仔來到。本來是說好初六來就可以的，他早來了，使父親好高興。因爲他不是零工，是長年，所以越早來越好。母親馬上爲阿堅仔煎了甜粿和鹹粿給他吃。他提起牛的鼻圈，查查牛下巴。據說每隻牛下巴都有四五根硬鬚。如果只有一根，那這隻就是牛王了。阿民聽過關於狗的，却從未聽過牛的，所以熱心地看守阿堅仔那熟練的手。他還蹲下身子，將盯在牛股間的一隻牛虻抓住。

「這傢伙會吸牛血哩。」

他用脚來踩它，紫黑色的血滲在地面。阿民原本以爲既然是年輕人，必定可以做他的好哥哥的，不料看著阿堅仔的臉，總覺得不太對勁，好像有點傻呼呼的。阿民好失望，但也被促發了好奇心，便拿了好些話來問。果然答話都牛頭不對馬嘴，阿民很快地就明白過來怎樣使喚阿堅仔了。一定只是爲了使喚才請的，看著他那只會聽話不會思慮的面孔，阿民有點同情了。不管草叢裏有沒有蛇，有沒有刺，阿堅仔都毫無畏懼地竄進去。阿民看到他這種情形，不由地想：工廠裏，這樣的人物還是須要的吧。

從埕子往下面看去，園邊的那棵山梨樹好像噴灑了一樹的霜，是開始開白花了。竹林裏發黃的竹葉，也在這幾天來的風裏全給掃光，山好像禿了。石有諒看到這山梨花，好像被什麼催著般地焦灼起來，心胸裏淒淒然的，工廠裏的工作便浮上腦際了。聽說那棵山梨是祖父種的。懷舊的情愫與現實的生活一齊湧上心頭，令人寂寞。洗竹子該請多少個工人呢，或者自己來呢？這就是把去年夏間浸在池裏的嫩竹取出，洗淨石灰的活兒。這種工作，由於手脚的皮膚受到石灰水的浸蝕，夜裏會針刺般地疼起來。因此，工作前後都得焚燒樟腦樹來烤手和脚。工作是挺粗的，工資也最貴。帶著妻子和孩子們到長方形石板池去看看，黝黑的石灰水滿滿的，嫩竹也軟得很順利的樣子，這倒令人放心不少。這工作不但用人量非常可觀，擔的風險也不小。萬一池子漏水，或者石灰不夠，竹子就不會變軟。再添石灰吧，無奈時令飛速移轉，後面的工作又得著手了。也是爲了這緣故，工作還沒開始的當兒，石有諒便在池畔焚焚香，拜拜土地公，請求庇護。幸虧情況不惡，石便四下眺眺澄碧的遠山，瞇起眼，手擧到眉上瞧瞧今年的氣候推移的模樣，也瞧瞧長在竹林裏的一棵巨樹。阿民也想起把青青的柿子浸在池裏的竹把間，不消兩三天澀味便去掉，可口極了。浸竹前，由於爲了試試漏水情形，在池裏放滿水，因此這附近的青蛙鳴叫聲，每晚都比狂風驟雨聲還要大。有呱呱聲，有嘎嘎聲，或高或低，簡直如跑馬場的女人們打起了群架一般。不過如果是在午間來看看，却靜得只有幾隻青蛙翻起白白的肚子死在那兒罷了。由於附近到處都有石灰溢出來，所以這裏特別明亮清潔。不久，造晒筍乾的竹笪的竹篾匠也來了，便讓阿堅仔與老工人打掃石板牆工廠，並讓他們在那裏歇宿，只有吃飯時才來屋裏。埕子邊的柑子樹萌出了新芽，從山茶花的村子，每天有叫阿蘭的大約二十歲的女孩與她妹妹一起來，幫忙舂米及掘蕃薯的工作。

七

舊曆二月份前後，洗竹的工作告終，三月初三的清明節一過，製造竹紙的工廠便要動工，石有諒已準備好了一切，只待開工。將近二十個人的伙食，煮起來夠麻煩的，所以決定在工廠裏開灶。阿堅仔吃住也轉過去，另外幫忙家事的是有個跟阿民同樣大小的小孩的寡婦，以及今年三十歲的離婚婦人，她們都來到家裏這邊住，好像做拜拜似地熱鬧起來了。石因爲無法樣樣自己來，便把工廠的事包給人家做，所以雖然還不算閒暇，却也不必費那麼多的神了。但他還得天天去察看紙質，行情方面也得留心，另外就是屋子左邊的空地上須再蓋一幢竹屋。爲了怕筍乾季開始了以後人手不足，因而計劃在工廠動工以前把竹屋蓋好。帶孩子的阿元嬸幫忙母親，離過婚的順孝嬸則在工廠工作。洗竹的時候，石自己也參加工作，如今他的雙手都好粗糙好粗糙了，從皮膚破裂的地方，有時會滲出血來。順孝嬸是個烈性的婦人，但是她那雙眼光，有時會使人覺得她是個色情狂，叫人討厭。當你看到她那有油光的凸出的額頭，便會禁不住地想：也不照照鏡子，怎能裝出那種眼神呢？可是來到這深山做工的女人畢竟不多，是沒法過分吹求的。石就向妻子說，這也是不得已啊。終於開工了，竹屋的工事也開展，驅牛碾竹的吆喝聲與人聲響成一片。阿元嬸的孩子胖嘟嘟的，動作遲緩，常遭阿民取笑。這些日子以來，竹子做的捕鼠器收穫好，連阿哲的都常常抓著，所以兩人都熱中起來。阿元嬸的孩子阿猷也加進來。這孩子設圈套、找老鼠路，倒眞有一手，比阿民他們還高明，所以兄弟倆都開始跟在阿猷屁股後出去園裏了。

「家裏的老鼠才沒意思哩，去抓園裏的吧。」

「好哇。」

阿民同意了。阿哲有點莫名其妙，但倒也跟在兩人後面跑出來。看到孩子們下去園裏，狗搶先跑去了。這個獨屋就這樣有聲有色起來了。尤其色情狂的順孝嬸被稱做工廠的消氣丸，這是說她成了大家尋開心的目標。

「阿嬸，不啦，阿姐，以後天氣熱起來還好，冷天裏一個人睡，不太好過吧。」

「你這夭壽仔，我和年輕姑娘一樣哩，才不會胡思亂想啦。」

整個工廠都笑起來了。另一個好事的人也湊上來說年輕姑娘哩，那是說在室女嗎？

「夭壽喔，討厭死了。不和你們說話啦。」

石來到工廠，偶而也會碰上這種場面，覺得好噁心，便趕緊上到池子上，在心裏盤算諸如用了多少竹子造出了多少紙啦，還有多少竹子，可造多少紙啦一類的問題。

山梨花謝了，葉子也綠了，不知不覺間泛黃的山已變成青翠，樹上的新芽有紅有綠，連柑子也結出了青青硬硬的果子。桂竹林裏，鹿角樣的筍仔戳破了大地，一齊冒出來。筍乾的工作也差不多得開始了，石的弟弟夫婦倆也每天從村子裏趕來工作。石帶著弟弟走遍了竹林，給要留下來做種的竹筍做了記號。看到竹子疏的地方，便撿起掉在根部的筍殼，在筍的週邊打結做爲記號。麻竹筍也開始出了，所以筍乾工廠也開工了。爲了把產品搬到R鎭的特約商店日昌號，每天都有做零工的工人從村子裏來到。從獨屋經村子到街路的路上行人多起來，食物也豐富了。兩處工廠都開始動工以後，每逢初一十五都要拜土地公，阿民他們也就每月可以吃到兩次炒米粉或炒麵，眞是大快朵頤。孩子們過得心滿意足。有時帶著狗到園裏去活捉老鼠，有時也去抓茶色的美麗筍蟲玩。這筍蟲有比「一千零一夜」裏的騎士更勇武的外表，却不能咬人，所以是孩子們玩樂的恩物。埕子的筍架上晾著滿滿的煮過的竹筍，孩子們躲到下面去玩。來自村子裏的切筍女工有帶孩子來的，因此這深山獨屋每天居然有四五個孩童一起玩，後山的麻竹林有山豬出沒了，決定用老虎鋏子來設陷穽。連孩子們都覺得這是件令人期待的趣事。如果抓到了山豬，那就得好好地拜一次土地公了。在他們來說，這又是大吃一頓的好機會，所以經常都留心著聽工人們的交談，可是都落空了。想來是讓山豬給察覺到了，改了路線吧。

天氣熱起來，中元也快到了。這山地雨多，挖筍工人每天都淋雨。西北雨一來，收筍就像搶劫，從埕子到整個屋裏吵成一片。筍乾被雨淋過後成色就差了，賣不出去，所以才這麼慌張。逢到雨下久，一時不見放晴，工人們便斷了繼續出去工作的念頭，靠著廊子上的火堆來烤衣服，這時偶而也會有人提議喝他兩杯吧。

「別忙。你說喝酒嗎？那就得先去釣魚才行哪。」

喜歡釣魚的年輕小伙子這麼出主意。接著便有三兩穿上簑衣的年輕小伙子從埕子下去釣魚去了。阿民他們把蕃薯抛進火堆裏，或者將花生埋在火灰裏，用棍子攪攪火堆，火花便飛揚起來了，於是又得挨一頓父親的罵。鵝是最高興的了，在埕子裏大洗其澡，不時地嘎嘎鳴叫著，把小腦袋抬得老高老高，詫異似地望望天色。傾盆大雨把群山罩進濛濛水霧中，雷電震撼屋頂。孩子們摀住雙耳，渾身用力著，以免肚臍被攫走。

「眞糟。這樣下去，澤裏竹橋怕會給沖走哩。」

石憂心地凝望著雨脚向工人說。

「不會吧，用籐條綁在樹幹上了。」

不久，釣魚的回來了，於是廚房又忙起來。小孩們雖然不能喝酒，但有蘿蔔粥吃，也歡天喜地。從火灰裏撿撿花生啦，吃烤蕃薯啦，人人嘴巴都在動著，說的話也就有點口吃的樣子。沒有比吃東西更樂的了。人只要有東西塞進嘴巴裏嚼，天下便太平了。阿民他們覺得那些喝了酒臉紅得像雞冠的大人們所說的話有趣極了。切筍、煮筍的女工們也邊吃點心邊聊得好不起勁。等候雨過的一刻，眞是再快樂不過。阿民他們拉直嗓門唱著亂湊的歌，女人們一面收拾一面窺窺雨是不是停了。

「今天就不用再做啦。」

石的一句話，使得工人們更放鬆了，連不會喝酒的也向酒杯伸出手。男人們既然不再出去幹活，那女人們便也可以準備下工回家了。她們希望雨過後一口氣跑回村子裏。看來最忙的該數阿民的母親了。一會廚房，一會筍廠，兩頭來回奔忙，鬆口氣的時間都沒有。爲了擔心小雛雞被水沖走，還得來到廊子上數數雞。狗在那裏甩身上的水，被母親罵了一聲。狗知道被罵，便跑過來加到阿民他們這一夥當中。埕子上的草木在雨下低垂著頭。雞冠花差一點被雨打斷了。那是阿婆的埕子上取來的種籽種的。另外也要來了菊花，可惜目前只有一大叢葉子，還沒有開花。雨點漸漸小了，不知不覺間放晴了，夕照把埕子染成紅色，雞在追逐著翅蟻。掛在中天的虹使阿民他們樂開了。再繼續工作已經不適合了，來自村子裏的男女工人便帶著小孩三三五五地回家去。躺在長凳板上的年輕小伙子，剛好醉也醒了，舒舒服服地伸個懶腰，好像錯以爲剛剛天亮，四下瞧瞧，這才明白過來是傍晚時分，看看草鞋在那裏，然後高呼一聲起來，準備回家。這種情形，夏天裏是常見的事。次日也是天還沒有亮就有工人農人們咚咚的踏響著屋前的路，從竹紙工廠那邊還有石磨的咿咿聲時不時地傳達過來。當阿民他們在筍架下面玩的時候，父親在埕子上大叫著說：阿民，山豬，山豬啦。於是廚房裏的母親和在廠裏切竹筍的女人們都飛奔出來了。約一百斤大小的山豬，四肢被綁住，倒掛在竹棒上，父親在後，阿壽在前抬進來了。山豬的嘴巴就像上次的猴仔一樣，咬著一根木頭給緊緊縛住。終於還是抓住牠了。竹紙工廠那邊也有好多工人跑出來看牠。

「還活著哩。」

「是老虎鋏子，不會死的。」

大家你一句我一句地嚷著，也有還沒吃到就叫好吃的，使得阿民也饞涎欲滴。今年三十四歲的父親看來像個英雄，阿民阿爸阿爸地叫著，到後來母親便說：小孩子們到埕子上去玩啦，會留下腿肉給你的。於是他們便又衝出埕子上去了。廊子上一如拜拜前的準備，有人煮開水，有人提桶子，接豬血的空罐子也拿出來了，忙成一團。抓到了山豬一定要拜土地公，所以父親吩咐母親準備。

這天晚上，由於一次意外的牙祭，回村子的工人女工都寧願晚些才回去，接受這次招待。喜歡喝酒的工人還吃喝到回去時不得不打松把的那麼晚，顯得一片昇平景象。

中元近了。石爲了發工資，加上一些中元的必須品，跑了一趟街路去購物並調頭寸。阿民他們雖然不再寂寞，但也還是等不及看到父親買回來的東西和「等路」，天天都在數著日子。拖石磨的牛好像也累了，背上的皮膚擦得紅紅的，使他覺得不忍心。母親也說過最好能有另一隻替換的牛。父親回來後，這一點也得好好地商量一下。然而，父親回來得太遲了。母親不放心，便請挑竹紙和筍乾出去街路的工人看看父親怎麼啦，也請他們看到他的時候告訴他早一點回來。母親說這話的樣子有些不同尋常，阿民便也不安起來了。可是那些工人還沒回來以前，阿叔專程從村子裏趕來了，說哥哥與日昌號的老闆吵架了，鬧進派出所，目前還呆在街路上。母親大吃一驚，匆忙地牽起阿民的手，背著阿哲，趕到街路上去了。家畜和工人們的膳食都交給阿元嬸，還準備了松把，打算連夜趕路。工作正在節骨眼上，所以母親無論如何想知道情況，再也等不下去了。聽上過街路的人說，他們從日昌號舉的債已達三四千圓之多，因而這裏的產品都是由商店任意叫價賣出，而這價錢太不成話了，所以去找萬頂伯商量。不巧的是萬頂伯正好臥病。不得已他只好自己去抗議。對方却說，不服便還錢來，我這邊也不必做你的生意啦。這樣就爭執起來了。石一氣竟揮手揍了人家。母親著急得什麼似的。她知道丈夫那副直腸子脾氣，下坡時幾乎滾一般地急奔而下。因此，阿民連溪流都沒看清楚，只感到有一道白白的幔幕在眼前晃了晃。竹林裏的小路濕濕的，夕陽光弱了以後，知了〔蟬〕燒火一般地叫了起來。

「阿民，好好地忍耐著哦。如果脚疼，可以在村子裏的阿叔家裏等著。」

「沒問題啦，阿母。」

母親最不放心的是這兩個孩子。有一次大除夕，在睡眼惺忪裏誤以爲「呈燈」的火光是失火了，雙手各抱起一個小孩就想衝出去，遭了一頓父親的奚落。原本應該把他們留在工廠裏才對的，可是她就是片刻也不能離開他們。阿民覺得母親那個樣子，跟母猴仔抱著小猴仔逃很相像，因而更覺得商店老闆可惡了。抵達R村時已是傍晚時分，勸她吃晚飯也不吃，買了一些糖果，說路上小孩肚子會餓，用毛巾包起來。母親還是背阿哲，阿叔也答應有時可以背背阿民，於是這四個人便又從R部落出發了。

——本篇原載《臺灣文學》第二卷第一期，一九四二年二月出版，並於一九四三年獲皇民奉公會所頒發的第一屆臺灣文學賞

頓悟

李鴛英　譯

初來大稻埕的頭一個早晨，我因為在鄉下養成了早起的習慣，才五點多就醒過來了，躺在牀上，盤算著該起來好呢？還是不起來好？由於還摸不清楚這裏的情況，我不想一個人擅自先起牀。身邊十幾個猶兀自貪睡的店員，橫七豎八地躺在那裏，看起來像一個個的大蕃薯。有人張著口，有人微閉著眼，有人俯趴著睡。整個房間散發著一股悶濁的鬱蒸之氣。才二月中旬，就像七伏天一樣燥熱逼人，這幾天的天氣說來還眞有些怪。究竟這些人要到什麼時候才起來呢？我一面追憶幼年時光，一面憑想像揣摩都會的生活方式。當初大稻埕的黎明時分，充塞著各式各樣的市聲、叫賣聲，非常令人懷念。住在我們隔壁的鄰居孩子也很早就起牀，上街叫賣油條。當初聽說要搬家到鄉下，我內心裏還有點捨不得離開台北，但等到大人把所有的家當搬上牛車，我也坐在上面，一路搖搖晃晃往鄉下進發的時候，我心中却浮起一股難以言喻的快樂。如今我腦海裏還依稀記著自己跟著父母遷居鄉下的情景。可是，昨天我走在這個當初自己曾經住過的城市裏，却再也找不著它當初的面貌。房子都變得古舊了，漂溢出一股寂寥的氣氛。我這才驚覺時光的流逝是多麼快速，肉眼不能見的時光巨流也跟溪流一樣，將泥土、砂石也一併攜帶到河川下游。人的肉體不也是隨著時間的潮流逐漸銷磨、耗損嗎？我東想西想，許多事都紛紛聚攏到眼前來。而周圍的人似乎一時都還不會起來，有些甚至還鼾聲大作。晨光由窗口透了進來，天已大亮。馬路上來來往往的脚步聲也已經雜遝起來。我一眼瞧見自己昨天帶來的皮箱就擱置在自己睡的脚邊，感覺好像自己裸裎暴露在衆人面前一般，十分羞恥，原想趁大家還沒起來之際，把它收藏起來，可是我又不願意隨便開啓櫥櫃，便只好忍耐著等大家起牀了再說。我又想起了爸、媽，思鄉愁緒一下兜滿心懷。我那身體孱弱的母親現在大概已經起牀餵雞了吧？由窗口望出去，對面人家的屋頂黑壓壓地，瞧不出一絲生氣。他忍不住想：台北的早晨多無聊啊！要是在鄉下，除了病人以外，誰也不會睡這麼晚。想到以後自己也必須要養成這種晚睡晏起的習慣，他的心就不由得黯然。尤其是昨天，主人允許他先去逛一逛，看他們這樣，似乎是不工作身體才會累。過這樣的生活，自己眞有可能出人頭地嗎？回想昨天店主李旺福的訓話，他把它拿在腦海裏再次反芻，內心愈發覺得前程茫茫，鬱結難解。人世間跟社會就像詭譎幻變莫測的森林。我如何能突破自己，在這裏掙出一片屬於自己的天地呢？我愈想愈悲觀，抱緊母親給我的護身符，口裏喃喃祈禱著，但願神會給我指示，指示我該怎麼做。但是最重要的還是努力。如果有學問加上眞正的努力，一定可以突破眼前的瓶頸，走出坦蕩的道路。但是我應該去追求那一門學問呢？有錢人家的孩子可以唸醫專，像自己這樣連中學都進不去的，大概便只有等待神的諭示一途了。神啊！這無數的世間人或者可以說是無數的毒樹吧？不是說人之初性本善嗎？

「爲德啊！我也跟你爸爸講過了。我帶你到我店裏來，是爲了要把你訓練成一個頂天立地的人。希望你還是跟過去鄉下時一樣勤奮努力，這樣自然會有前途。」

店主李旺福先生的話猶在耳邊，他似乎有意要點醒我。我是經父親的朋友介紹而到他店裏工作的，他這一番親切勉勵我的話聽得我感激零涕。不過我很快地就挺直了背樑，雖說我這番情緒表現也是出自純樸鄉下青年的率眞，但最好還是別讓人誤會我軟弱愛哭才好，主人雖然沒有說要把我訓練成店裏的經理人才，可是他接著又說了許多熱心鼓舞我的話：

「而且，爲德。我也知道你很愛讀書。你父親告訴我你很想繼續升學。人活著有希望、有目標，這是一件非常好的事。——可是你有沒有仔細想過，所謂的學問，也只是爲獲得社會地位的一種工具，是爲了要改善自己的生活；也就是拓展本身生活的學問。這麼說來，那不就等於是跟儲蓄一樣嗎？所以我要你從今天起認眞給我學做生意。生意便是學問，你說是不是呢？至少我本人便有這樣的經驗。一般人口中搞文化運動的青年，實則盡是些無能、無爲的寄生蟲。人只要有錢，自然有人尊你爲紳士，實際上執文化運動牛耳的，還不都是這些紳士？所以我認爲只要努力賺錢就行了。我本人雖然只有中學畢業，但有必要的話，我也可以雇請大學畢業生來替我工作。所謂：有錢能使鬼推磨，也許你也聽過這句話吧？這也就是商業精神。你懂嗎？」

「是的，我懂。」

雖說如此，事實上主人所說的話眞是完全對的嗎？而爲什麼我總覺得還有些不明白的地方。的確，他說的自有他的道理，但是出入社會，眞的靠這些便足夠了嗎？我心下有些不服氣，如果可能的話，還眞想提出反駁。但我想這或許又是我這個鄉下青年的率性想法而已。店主所說的或許是指紳士的骨幹。擁有公職的主人，他所說的話應該不會錯才對。我有一個吃公家飯的店主，這回回到鄉下還可以拿來向大家炫燿、炫耀呢。主人還說：「人」這個字雖然二劃構成，但單獨一個人到底還是不濟事，一定要彼此間相互合作。我聽了也是一一點頭。這樣胡思亂想之間，早晨清新、爽潔的空氣已經逐漸變得汚濁，我甚至覺得胸口悶得發慌。如果說文化運動一無可取，何以還要由紳士來執文化運動的牛耳呢？這大概也就是社會這個森林所包藏的秘密了。好不容易這時候有一、二個人起來了，我也急忙爬起來去上廁所。

我們睡的地方是倉庫的二樓，所以每天早上都聽不到廚房有任何動靜。我們在這裏洗了臉，隨著先來的店員到二樓主人的住處去用餐。到了第三天，我就領悟出一個道理：主人的筆端就像養鴨人家的竹竿，其餘的人則全都像鴨子。鴨子隨著養鴨人的竹竿決定走的方向。也許是我對都會的寄望太大，才會有這樣的想法。所有的人團團圍坐用餐，忙著用筷子，這大概也是勞動者的規矩吧？勞動者要儘快喫完飯上工，所以筷了動得快自然也就成爲勞動階級的標幟。那狼吞虎嚥的模樣或者就是他們在商場上爭逐利益的嘴臉？我很難想像以後自己會領導這麼一批人。我感覺自己跟他們似乎是絕緣的。我了解主人一開始就要我管賬簿完全是出自一番好意。記賬之暇，我也得跟其他店員一樣站在橱櫃後面，手裏拿著尺，伺候顧客的臉色。我總覺得這樣的工作不像男人該做的，我站在那裏感覺很不是滋味，尤其是在年輕女客面前點頭哈腰，更令人渾身不自在。我知道這樣不行，儘可能期勉自己說：很快就會習慣、適應這樣的工作的。在作賬方面，我也常把借方跟貸方的區別搞混，所以也隨時在腦裏做著練習，務期能夠把它記牢。人活在這個世界上，似乎總在爲這種借方與貸方所困擾。所謂「赤字」這個詞兒，也是我到台北以後才眞正認識它的涵義。如果不叫我站在店頭招呼客人，只要管賬就好，那這份工作在我便是無懈可擊了。可是要我站在顧客面前，我頭就痛。一個窮人低聲下氣地跟有錢、有閒的太太周旋、應酬，實非我所擅長。我因爲出身貧窮家庭，所以很能了解窮人的購買心理。可能的話，我願意儘可能便宜賣給他們。然而，現在的生意人却反過來讓窮人買昂貴的東西。所以我儘可能地避開接待顧客的工作。這種儼然自己是天生主人的性格，身爲窮人却有著貴族的傲氣，連我也拿自己的脾氣沒辦法。我這樣實在是自討苦喫。我工作的店裏每個月要舉辦一次的座談會。這個座談會的目的並不在聽主人訓話或聯絡彼此的感情，而主要是讓我們學習一些商業方面的課程。主人用粉筆在黑板上寫著「商業資本」幾個大字，不厭其煩地爲我們說明什麼叫資本主義，可是我愈聽愈滿頭霧水。到底是主人講解得不好呢？還是我自身的學識不夠？至少我對自己缺乏信心是眞的。看看其他的人，從女店員到身爲老股東的經理，無不正襟危坐，屏息諦聽。

「正因爲這樣，所以對顧客一定要謙遜有禮。這絕不是爲了追求利益，而是一種社會思想。可做爲立身處世的基礎。」

我好不容易掌握了這個結論，但始終不明白，討好顧客居然含有這麼博大的思想內容。我雖然因此長了見識，但要我徹底心服口服，當然還是做不到。我認爲理論不必太多，只要能本誠意與人談話就行了。如果光靠諂媚、巴結做爲待客禮儀的話，豈不是跟牛郎沒什麼兩樣？我實在不想在店裏繼續工作下去了。我天天祈禱：但願能在銀行或公司裏找到工作。主人雖然一直勉勵我努力讀書，但我却不知該如何讀起，不過是在記賬餘暇讀讀報紙而已。既然規定上班期間不能看書，還能談什麼努力用功？我無計可施，只能寫信跟父母商量。我說我寧願回到鄉下去幹粗活，這樣或者還能讀一點書。而且母親身體衰弱，既然一心出來工作，就應該找比較有意義的事情做才對。不說我們家沒有資本；縱使有，今後的布料也要轉用配給，自己將來絕不可能當綢緞莊的老闆，既然如此，又何須在這個地方浪費時間呢？爸爸，我也不願意一事無成就這樣回到鄉下，爲了顧全主人的情面，我應該先回到鄉下，等另外找到事情以後再回台北。我寫給父親的家書必須用漢文書寫，費了我好大的功夫。所幸公學校畢業以後，在工地打工之餘，父親晚上還教我讀論語，現在正好派上用場。過去我也偷閒自習過尺牘，試寫過漢文書信，原是爲了鄰居有人會來託我寫信，怕丟臉才特意加強的，想不到在這時候却幫了自己一個大忙。不過父親雖然給我回了信，但信上表示母親對我有這樣的想法而大爲痛心。父親說：有道是「一理通、萬理徹」，只要能通達一項事理，其他的事情大抵也能通達洞徹。所以既然已經開始上班，就應該拿出耐心跟毅力來眞正學一點東西，吸收人生經驗。既然父親這麼說，我還能怎麼樣？只有硬起頭皮，面對現實罷了。也許只要我在這裏能認眞把簿記學好，到了那裏還是可以當管賬。於是我決心好好留在原來的工作崗位上，目的並不是準備將來當經理，只不過純粹是想充實自己。我暫時把體面、希望拋在一邊，專心做起我的店員來。

可是，不幸的是我這時候居然墜入了情網。也許是我既要管賬又要兼做店員，我的近視眼竟愈來愈深了。每天工作的時候我都必須戴眼鏡。加上本來就臉色倉白，平常也不像其他的店員那樣彼此揶揄或嬉鬧、閒聊，所以店裏的夥伴給我取了一個綽號叫「老夫子」。我這個老夫子之所以會談起戀愛，其實是因爲我遇上了小時候住在台北時鄰居的姑娘。我家原住在港都，在我七歲那年，父親聽住在鄉下的朋友勸告，說：與其在城市裏蹭蹬不得出頭，還不如到鄉下另求發展，於是我們舉家由台北遷到鄉下，買了一小塊地，經營起一家碾米廠。但家運始終也並沒有什麼改善。而前面提到我初戀的女子，也就是留在我七歲記憶中的女孩阿蘭。

那是有一年的正月，阿蘭穿了一身華麗的衣服，要去迎接遠嫁的姊姊回娘家。也許因爲盛裝再加上乘坐轎子的關係，原來就大模大樣的阿蘭那天看來更派頭十足。我跟其他的一群小孩子擠在阿蘭家的門口，看她看得癡了。就在這當兒，其中一個小孩故意取笑她：阿蘭要做新娘！只見阿蘭眉頭一蹙，叭——地一聲就朝我們吐了一口口水。所有的孩子立刻落荒而逃，口水不偏不倚正好吐了我一臉。等我發現是怎麼回事，却不好意思發作，只好哭喪著臉回家。回到家裏還一直擔心著父親是不是看到了剛才的情景。梳著兩條蜻蜓尾巴似的長辮子、長得像個搪瓷娃娃般俏皮可愛的阿蘭，發怒起來的樣子竟是那般的倨傲、潑辣，儘管她是個女孩子，都敎我忍不住想狠揍她一頓。可惜就這樣，我跟阿蘭還來不及講上一句話，我們家就搬到鄉下去了。到了鄉下，我還經常會想起阿蘭。以後慢慢長大了，我才逐漸醒悟到其實那時候阿蘭會生那麼大的氣也不是沒有原因的。阿蘭從小特立獨行，她一直認爲她家裏所有的財產、家當都應該屬於她，並曾揚言她絕不要嫁到別的地方去。她跟母親聲明：這個家根本就是她的，該出去的人是她哥哥！當時她母親還在他面前取笑她：「爲德，你瞧瞧！這個樣子誰敢娶她做媳婦？」

阿蘭的母親要我幫腔，可是我也不曉得要怎麼回答才好，只有呆呆站在一旁。阿蘭這個性子，說她要去當新娘，她當然不免會生氣。只是當時自己看她打扮得花朵兒一樣漂亮竟看呆了，才會禍從天降而閃避不及。也正因爲如此，我才會經常想念起阿蘭。在鄉下，像我這樣的少年仔自然不乏有人來提親，可是在沒有遇到像阿蘭這般條件相當的女孩之前，我是不會隨便答應的。

雖然說我這樣想念著阿蘭，可是兩人既已東西乖離，要再續前緣談何容易？這已經不是一個浪漫的時代，在這個金錢掛帥的世界，像阿蘭這樣的女孩說不定早已被某個有錢人家的少爺弄到手了，所以我對她也就死了心。來到台北，我雖然想到過去，卻獨獨把阿蘭給忘了。可是，不曉得是幸抑或不幸，隔壁家的女店員居然有一位長得酷似阿蘭，害我每天早上清掃走廊的時候，都忍不住會想：阿蘭會不會眞就在我們隔壁的雜貨店工作？就在我胡思亂想的當兒，一天早上，我果然看到阿蘭的母親陪著阿蘭到店裏來買東西。我來不及思索，手上還拿著掃帚便莽撞地直走過去問道：妳是阿蘭嗎？是伯母嗎？

我是為德呀。以前住在你們家隔壁那個王進山的兒子為德呀。阿蘭的母親一時間好像弄糊塗了，露出驚訝的表情，想了半晌才想起來，笑著說：啊，是為德嗎？已經長這麼大，幾乎要認不得了。而我卻在這時候才清醒過來，為自己的莽撞感到不好意思。

我看阿蘭跟她的母親並沒有特別驚喜的表情，而且也沒有對過去表示懷念的意思。城裏的人當然不會一味地沈緬於往事裏。我手上還拿著掃帚，一時不知如何是好。

「看您還這麼健朗，眞是太好了。我的爸、媽身體也還好。」

「是嗎？下次到台北玩的時候，也到我們家坐坐嘛。」

「好的，謝謝伯母。」

我由衷懷念的重逢就這樣幾句話簡單地結束了。她們母女倆好像急著要走似地，我也不好再絮絮叨叨追懷往事。只道：對不起，有空請到鄉下玩。媽媽一定很高興見到你們，鄉下的情形要比以前改善多了。

「那敢情好，有空一定去，你也要來玩喔。」

阿蘭像很勉強似地打了個招呼便告別了母親進店裏去了。但或許這就是所謂的緣分吧？從此以後我也就每天早上都可以跟阿蘭打招呼。可是我的心就像發了狂的小種馬一樣，整天都繞在阿蘭身上兜轉。到了仲夏，每個晚上都是燥熱難耐，大家睡不著，便合湊份子錢去買冰淇淋吃，或抽籤、玩鬧。有一次我就很想把幼年時的往事告訴阿蘭。

「阿蘭，妳還記得曾經朝我臉上吐口水的事嗎？」

啊，如果我能把這可愛的回憶告訴阿蘭就好了。我不會有多餘的奢望。只要我能把鬱積胸中的苦悶跟懷想發抒出來，即使就此分手我也絕無怨尤。好比借自她身上的東西還諸於她。源之於她的回憶全部說予她聽，然後獨自一個人靜一靜也未嘗不好。我如今好像身負重擔，亟欲把肩上的重荷卸下來，好舒一口氣。我看到她跟人家談話、說笑，心裏就非常不舒服。我明白自己是在嫉妒。而我一向認爲嫉妒是弱者的代名詞。少年的老夫子、青年的老夫子，我心中不斷地這樣叫喊、輕視著自己。不曉得那些人爲什麼竟對女人毫無感覺？平日裏葷話連篇，却又不談戀愛，究竟這種人是聰明還是傻瓜？我一面舔著冰淇淋，一面默默地在想。我瞧見他們彼此在推手肘暗中乜著我，或許他們是在懷疑我這個老夫子究竟懂不懂得品嘗冰淇淋吧？可是我目前是在爲情所苦，是在爲美麗的女子神焦思困，我可不是柳下惠，我自忖我的煩惱要比他們的笑鬧格調要高多了。

但是有一點很奇怪，比較起被吐口水那件事，我現在毋寧是更在意那天重逢時她那冷淡的態度，因此我沒有勇氣更進一步去跟她談話，我在心裏對自己說，別去自討沒趣。反省自己，只不過遇上了一個妞兒，就把整個人弄得魂不守舍的，把什麼希望、抱負都拋諸九霄雲外，那還有一點男孩子的志氣？我甚至有股向父母下跪、謝罪的衝動。而我那顆執迷於愛情的心早已像無羈的野馬，在夢境中追逐著阿蘭去了。我目睹自己掙扎、煎熬的窘況，對阿蘭眞是旣愛又恨。但愛跟憎同樣都是痛苦的磨折。我唯一反抗的途徑就是讀書。無論是英雄傳記或小說，我只要手頭有就讀。因此被主人警告了好幾次，也因此逐漸地失去信用。主人向經理反映，說我是不認眞的青年，不忠於店務的青年、懶惰的青年，而這些惡風評又逐一在其他店員口中流傳開來。這讓我感到十分不平。在管賬的主要職務上我不曾出半點差錯，我的賬簿旣淸楚又精確。在賬務上我做到讓主人雞蛋裏挑不出骨頭。只是我做完賬也不出店外，而總是一個人關在辦公室裏埋頭讀書。這一段期間我視照顧店面爲畏途。一到夏天，店裏生意愈是興隆，我的痛苦便愈深一層。也許我覺悟到戰爭不是四、五年便可結束，而是必須準備做長期抗戰，甚至連店裏的女店員也經常會提到類似有關時局的話題。雖然不能說完全受我的影響，但是這些女店員常常會到辦公室裏來讀報紙，抓一些新聞的邊去道聽途說却是不爭的事實。民間組織了皇民奉公會，店主們也經常會提出各種的意見、計劃。到後來我實在不能再繼續埋首書堆中了，因爲大家都學我，擠到辦公室來看報紙，結果被經理著實痛罵了一頓。爲了表示無言的抗議，我站在橱窗前的時間自然就拉長了。到了六月末，公佈實施本島人志願從軍的方法。這一下我好像突然被一記春雷打醒了，我想到身爲男子漢應有的作爲。一時情緒激盪，竟莫名其妙地流下淚水。我腦海浮現父母的身影，一時悲不自勝。男孩子哭竟是這般不堪的事嗎？果眞如此，自己又那還有什麼男子氣慨可言？每次見到荷槍行軍的士兵，眞是打從心底羨慕他們。於是我想到要志願當兵。我的父母跟別人不一樣，他們都非常明理、肯爲孩子著想。他們一定能理解我想在精神領域尋求冒險飛躍的心情。不論如何，我是絕無法再耽於現狀了。去當兵，正好等於把我這個人過濾一番。是男人，就一定要上戰場。可是，可是在鄉下的父母是不是以我在這裏當店員爲榮呢？事實上，要在這個社會的叢林尋求突破，就只有去當兵一途。戰死至少要比病死或窒息而死更具有丈夫氣慨。本一貫的精神目標向前邁進。而這種昂揚的士氣更能直接有貢獻於家國，所以我在其中挹注了全部的希望。而最令人興奮的是，我還得以藉此機會去跟阿蘭見面，跟她話別。隨著中元節的熱鬧氣氛愈來愈濃厚，夏天的夜晚也愈來愈悶熱。在驟雨過後的黃昏時分，我想起了鄉村的景色，甚至店內牆脚的盆栽都教我由衷興起思念之情。這一晚，我決定到阿蘭家去拜訪。

店裏打烊以後，已經十點多了。我拒絕了朋輩店員的邀請，說是要到一位熟人家拜訪，我跟在阿蘭後面，直到永樂町市場的時候，我才叫住阿蘭。

「阿蘭，我最近想要辭掉店裏的工作，今天正想到府上向伯母告辭。我們是小時候住在隔壁的鄰居，回家跟媽媽提，媽媽也一定會想念你們。」

「哦，是嗎？……歡迎。」

我訝異地望著低著頭走路默默不發一言的阿蘭。阿蘭淡漠的回答，顯然是她心裏有事，並沒有把我的訪問放在心上。而只是自顧煩惱著自己的事情。

「伯母在家嗎？」

「大概在吧？」

我聽了鬆了一口氣，但阿蘭却像要哭出來似的。抱著傘急急趕路。如果是不歡迎我的話，阿蘭一定會回答說我媽媽不在家才對。我緊緊跟在後面，阿蘭陰沉的臉色令人窒息。我也始終留意著會不會有人發現我們。到了阿蘭家，第一個印象便是那燻黑的四壁，裏面似乎有二、三家人住在一起。看阿蘭回來了，一位看似住在同一屋簷下的婆婆便來告訴阿蘭，說她出嫁的姊姊嬰兒做週歲，姑爺特別來接她爸、媽去吃飯了。阿蘭端來一把椅子要我坐。說了聲：「媽媽很快就會回來」，便逕自進屋裏去了。大概是要把傘跟布包拿進去放。我忍不住問了一聲：「阿蘭，妳今天有什麼事嗎？」不問還好，一問居然聽到她在屋裏面哭了起來。我立刻由椅子上站起來，走到臥房門口，掀開簾子向內窺望。

「阿蘭，有什麼事嗎？我們上班的人可不能哭喔。哭就等於認輸囉。」

我看她哭得悲切，儘可能想安慰她，沒想她愈哭愈傷心，抽抽噎噎地說：我也想辭掉工作不幹了。

「怎麼啦？是誰責怪你啦？」

「………」

「難道連我也不能說嗎？」

阿蘭猛搖頭。

「那是爲什麼呢？」

「………」

「阿蘭，看妳像是一個性情剛毅的女孩，怎麼今天這個樣子？」

我被她哭得焦急起來，心裏想要是誰敢欺負阿蘭，我明天立刻去給她報仇。

「喂，阿蘭怎麼啦？」

同住的阿婆探頭進來窺覷，我這下子更急了。

「也不知道怎麼搞的，她就是猛哭個不停。」

「阿蘭，妳到底受了什麼委屈啦？」

阿婆也走到我的旁邊探詢，阿蘭這才勉強說出來。

「我的傘被人用火燒了。」

「那裏？在那裏我瞧瞧！」

阿婆像發生了什麼大事似地，一脚搶進臥室。拿起掛在桌角的絹傘，張開察看。

「那裏？不是好好的跟早上一樣嗎？」

「有哇！你看這裏有個洞。」

阿蘭將傘一把搶過來，把火燒過的痕跡出示給婆婆看。我不由得也探出上半身，看到阿蘭白皙的手指指著一個人食指大小的灼痕。

「爲什麼人家要對妳的傘下手呢？」

我這樣說，同時也了解到這麼一把傘對阿蘭而言是何等的重要，由她們家的經濟情況來看，阿蘭一個工作了四、五年仍月領十八圓薪水的姑娘家，買一把值十二、三圓的傘又談何容易？買了便宜貨，用不到兩次就壞了，這才下定決心，省吃儉用半年買了把好傘。買了這麼一把傘，自然免不了會拿來在同一個屋簷下住的人跟前亮亮相。不難想像她那欣喜、寶愛的神情，雖然只是燒那麼一個小洞，對她來說却不啻是傷了她的第二生命。我覺得這個惡作劇的人實在太可惡了，一時忍不住義憤填膺，想替她出這口怨氣。

「其實呢，對方也不是故意的。有位女店員告訴我，是店主點煙的時候，不小心把未燃盡的火柴頭掉在我的傘上，燒了這麼一個洞，實在太可惜了。」

「原來是這樣，雖說不是故意的，但主人自己難道不知道嗎？」

「看著怎麼會不曉得呢？」

「好了，阿蘭，這種事就當做是自己倒霉算了。塞翁失馬，焉知非福？能這樣想心裏或許會好過點。」

這時我完全弄明白了阿蘭何以會這麼傷心。是店主人眼中的灼孔，跟女店員眼中的灼孔居然有著天壤之別引發了她的傷感。爲了傘上燒了這麼一個小洞就傷心成這個樣子，恐怕不是那些有錢人能夠想像的事情。即使想到了，可能也認爲也不甘心爲抽一根煙而賠了女店員十二、三圓。

「阿蘭，不要再爲傘的事情生氣了。一把傘也不能代表一個人。到了台北，我尊敬樸素的人更勝過那些衣著華麗的人。事事模倣便表現不出一個人的個性。阿蘭，或許妳也知道，店裏的人都管我叫老夫子。但是，我今年也不過才二十歲。妳今年是十九吧？如果我沒記錯的話。」

阿蘭已經不再哭了，她走出客廳，我也跟著回到原來的椅子上坐下來。

「小時候，妳曾經在我臉上吐口水。這事兒妳還記得嗎？那時候妳的性子眞強啊。」阿蘭說：「咦，有這回事嗎？」她轉頭望著我，很驚訝的樣子，但臉上已經微露笑容。同時還替我倒了茶。

「我好懷念幼年時代的往事。而我現在打算就要去當兵了。所以才專程來向妳們家人道別。雖然正式徵調可能是明年的事情，但我得先回鄉下鍛鍊、鍛鍊體魄。繼續呆在台北，恐怕我的身體都要不中用了，這裏的空氣濁悶，煩人、惱人的事情一籮筐。」

說到這裏，我發現煙燻的屋簷下聚滿了許多正在竊竊私語的人頭。阿蘭的情緒已經夠亂了，我不好再拿自己的情緒來騷擾她，我想倒不如多聽聽阿蘭的話，也好多了解她一點。但阿蘭聽了我的話似乎很感動，她的視線定定地凝注，彷彿是追想過去的神情。隨後她臉上的冰霜逐漸溶解，目光時時停駐在我的臉上。

「我不能再繼續停留現狀，現在正好有一個機會，如果我的意願實現，這下老夫子就搖身變成阿兵哥囉。」

「那太好了。我會寄慰問袋給你。」

「那倒不必，只要不忘給我寫信就成了。」

一時間我的情緒激動起來，彷彿自己眞的變成了阿兵哥，眼睛潤濕，話也說不下去了。

「爲德哥了不起，爲什麼人家叫你老夫子你不會生氣呢？」

「我要眞生氣，不就跟人吵起來了嗎？我要提出辭呈做爲給大家的答覆。那些人全都是不敢提出辭呈的懦夫。如今我能在大家面前提出辭呈，想必也是一大快事。」

「說的也是。」

「阿蘭，我改天再來拜訪好了。已經很晚了，就請妳代我向伯母致意。」

「噢，還早嘛。」

「我還是改天再來吧。」

我由椅子上站起來。看到阿蘭的目光仍停駐在我的臉上，我的雙頰陡然一熱，想到自己滿肚子想說的話還講不到一半，不覺有些戀戀不捨起來。

「爲德哥，你要是眞的去當兵，我一定會寫信給你。」

「我等著，可別黃牛哦。」

告別阿蘭出來，一接觸到外面清涼的夜氣，腦袋似乎便淸醒了許多。我想到即使阿蘭眞的會寫信給我，我依舊是孤單的一個人，一樣會覺得寂寞。同時，心裏對留下阿蘭一個女孩兒看家，集體外出的阿蘭家人也感到有些不滿。我仰望頭上滿天繁星，沿著河岸走回宿舍。這時候我準備拋棄一切、鼓翼翱翔的飛揚情緒已經逐漸冷靜下來，情不自禁地朝著淡水河高歌一曲軍隊進行曲，這才意外地發現，自己的嗓音居然是這般的渾厚、嘹亮。

——本篇原載《台灣文學》，一九四二年出版

閹雞

鍾肇政　譯

一

丈夫阿勇靜靜地坐在屋簷下的竹椅上，一如往常木然地把眼光死盯住正在夕陽下逐漸消失的屋脊，好像傻楞楞地想著什麼心事。

「這人到底知不知道今天是村子裏拜拜的日子呢？」月里已經不再抱怨丈夫了，可是看到那傻呼呼地想著心事似的面孔，難忍的焦灼感便湧上心頭。

「阿勇仔！去廚房裏洗洗碗筷好不好？」

被妻子這麼一吼，他好像微微一怔，但馬上就鬼魂般地起身，也不管淌下的口涎，踩著涉淺灘般的步子走向廚房。不用說，月里並不是有意把丈夫當牛馬，讓他洗洗碗筷什麼的，而是希望能在那茫然木然的面孔上，加上那麼微細的一絲緊張的痕跡。但是，他的臉早已失去了描畫那種線條的力量。當月里第一次察覺到這一點的時候，曾經爲之魂飛魄散，一顆心都差一點破碎了，連忙跑回娘家向父母哭訴，然而雙親祇能說，能做的都做了，還能怎麼樣呢？月里從雙親的口吻裏感受到冷漠的意味，祇得抱著眼前一團漆黑的感覺回到婆家。如今又過了一年歲月，絕望已變得痲木，習慣於跟一個不會給她迫害的鬼魂一起過日子。雖然如此，可是一旦村子裏有了熱鬧的節慶，月里的心便亂成一團了。這是怎麼回事呢？連她自己都莫名其妙，但覺一股勁地在慌亂著急。這一次的祭禮，好像也是被看透了這種心情吧，月里被邀請當遊行的弄車鼓的「車鼓旦」，竟一口答應了。拜拜兩天前下午四點，要在祭禮委員家的庫房排練，月里有點等不及，也有點害怕的感覺。因此，空蕩蕩的屋裏如何收拾，她都茫無頭緒，飯是好不容易地煮了，那些日常瑣細活兒居然使她覺得忙迫萬分。村子裏，這消息已經傳開，人人都在說長道短。這次的弄車鼓，車鼓旦是個眞正的女人哩，眞女人扮車鼓旦，在村子裏還是破題頭一遭啊，人人好奇地爭相走告。就因爲人們說個沒完，月里禁不住地想拉倒算啦，也向負責的人說過，可是月里自己彷彿也被煽動著，讓出到民衆面前跳舞的魅力給吸引住一般，沒辦法打從心底拒絕這項差使。

「伊娘的，是誰洩漏了？」

負責人原來是想在秘密裏準備好給村子裏的歷史豎立紀錄的遊行場面，直到當天晚上才突如其來地亮出來讓人大吃一驚的，想來八成是關係人之一等不及了，向人透露出去的。然而，月里倒也不至於大驚小怪。這些日子以來，來到村子裏的叫做「男女班」的歌仔戲，豈不是堂堂正正地在舞台上上演，讓人們陶醉嗎？而且村子裏還有些男女青年離家出走，跟著那些戲子們跑了！月里好羨慕那仙女般的古典裝扮的女人身姿。她覺得這一生在死以前，希望至少也穿一遍那種衣裳。

說到大正十三年〔一九二四年〕，那正是「臺灣歌劇」的全盛時代。歌仔戲從亂彈到九角仔，不管北管也好或者南管也好，都不再說戲的名稱，而一律稱爲男女班來了。受了客家歌劇對一般的戲劇的影響，戲裏的女角，非由女人扮演，便被認爲是不成話說。即使是亂彈，演到夜裏十一點，到了末尾時，便成了歌仔戲的曲調，使村子裏的人們大爲高興。歌仔戲爲什麼能夠這樣地抓住民衆的心呢？一方面，這也是由於它與向來的戲劇不同，不再用文言體的科白，而是用易懂的臺灣語來說的。月里就是因此受到影響，膽子壯起來了，同時另有一點是過去她依照村子裏的習俗，不能過分打扮的。她有個有病的丈夫，所以被迫過著與寡婦一樣的生活。長久以來的鬱悒，使她渴望看到化妝過的自己，也渴望讓別人看到。

「我不能被一個男子愛，並且也愛他嗎？」

有時，她會突然地被自己的獨語驚醒過來。我不是有老公的女人嗎？想來，她是在這樣的心情下答應了邀請的。然而，村子們背地裏說這位背德女人是發情的母狗，肆加抨擊。他們還是同情阿勇，將攻擊的箭頭射向不守婦道的妻子。這一點，乍看似乎是殘忍的，不過却也是村子裏的道德規律所使然。但是，如果我們可以代替月里來說話，那麼我們便應該說：如果有這種愛管閒事的道德規律，那爲什麼民衆的眼光不肯投向使這對男女落入這個地步的事件呢？這也就是這個故事所以被編造出來的原因吧。大正十三年——說來已是古老的往事了，但人的慾望不會那麼容易地就依循著時代的社會道德而改變的，因此這件事不見得就是那麼古老的吧。

這且不提，不管村子人們怎麼說，月里的那個遊行隊伍的委員還是次第進行他的準備。終於到了拜拜的晚上，SS庄的廟前廣場上松把與鑼鼓陣沸騰起來，從月里家不遠處的排練場地聽來，猶如滔滔巨流，轟然而響。弄車鼓隊和即將匯流進這音響溪流的人群也出動到庭院上了，松把點上了火，竹片響板和起了絃仔的聲音，觀衆在庭院裏圍成圓陣。

那女人就是月里嗎……人們屏著氣息，踮起脚尖，伸長脖子，從前面的人的肩頭上看過去，彷彿每個細微的充滿魅力的步子都要看個一清二楚似的。預演就在群衆面前展開了。月里那仙女般的面孔，在扇子背後時隱時現，舞出女人的嬌羞，那模樣美得夠人銷魂。她大膽地舞起來。男人撲向她，她閃避，一面閃避又一面送秋波。松把光搖曳，觀衆如痴如醉。男的舞者也上勁了，甚至使觀者微生嫉意。觀衆們只因從來也沒有在露天下看到過男女相思相悅的舞，所以個個都好像著了魔似地。就在這熱舞的當兒，一個男子恰如一塊黑影，從人群中離開，走向月里，大吼著「混蛋，妳這婊子」，一連揮動巨掌，猛虎般地摑了月里的臉頰。人們突地怔住了。月里踉蹌著舞步，楚楚可憐地用雙手摀住面孔，人們這才轟的一聲鬧起來。

「是月里的阿兄來啦！」

有人這麼喊。人們亂成一團。拉絃仔的插進雙手掩臉的月里與阿兄之中。松把給弄熄，月里被帶走了。雖然沒有釀成亂鬥，但那個阿兄模樣的人好像有意追究邀妹妹來跳舞的人。不過群衆把這人擱下，聚到廟前來了。廟前擠滿著鑼鼓陣、松把、藝閣，喧嘩聲震耳欲聾。這裏，不再有人記掛著月里的悲劇。祇有一部分目睹過事件經過的人們，腦子裏烙印著美妙的場面，耳畔響著響板與絃仔的餘韻，以空洞的眼睛看守著遊行。

第二天，村人們又傳告著在月里家發生的兄妹間的口角。

「如果你眞願意關心我，那就不要只在拜拜的時候來，應該每月來一次才是。還有，阿爸阿母也請過來。不然的話，你就不必當我是妹妹啦。祇有使我痛苦的時候來說我是你的妹妹，我可不願領情啊。」

被血紅著眼睛的月里這麼一說，男子猛跳起來了，可是他被阻止住，也察覺到沒有人願聽他的話，所以鐵青著臉很快地就離去了。有了這樣的阿兄，便有這樣的小妹，人們這麼批評。祭禮一連繼續了三天，不過月里可沒再在遊行隊伍上出現，甚至也沒有到過戲棚前。沒有人知道她在受了那樣的侮辱之後如何打發了時間，如何地想忘却心口的創傷。人們只知道，有人看到她的老公阿勇來過幾次市場，買了些食物回去。想必她是一直躲在房間裏，直到祭禮告終，足不出戶。幾天後，村人們又傳告了種種其他的消息。傳言說，拜拜期間，月里家進了偷香賊，有人說月里把他撵了，有人說不。不過這一點只是市井間的傳聞，究竟如何，不必多所查究。阿勇出來購物，這一點倒確實是可令人猜到月里的煩惱是深切的。因爲阿勇不是一個人能夠去買東西。雖然比月里年長兩歲，已經二十五了，可是他的靈魂被一個叫做打擊的妖魔抽去了腦髓，連如廁，被命做點什麼，都只能機械性地行動。他差不多已經是個沒用的人。他好像被趕著般地在村子裏的街道上走了幾十公尺，凝滯著眼光急步走，碰上電柱就突地停住，彷彿一隻達到旋轉力顚峰的陀螺，定定地站在那裏。使人覺得力氣盡了以後會仆倒，但他却保持著顫危危的均衡。接著從嘴邊淌下了口涎，拖著長長的絲掛在胸口上，眼光也隨著低垂下來，以爲人要癱瘓了，却又向前仆倒般地邁開了步子。這就是阿勇最有朝氣時的樣子。沒有朝氣時，他就坐在屋簷下的竹椅上淌口水。月里對這樣的阿勇，眞是一點辦法也沒有。如果害上了熱病什麼的，她便可以充滿體貼地來看護他的，然而他簡直就像是在影子裏溶化了的人，她每天每天都好比抱著一塊影子，自然是沒法可施了。就是拿藥給他吃，他也像是一棵根部腐爛的青菜，再怎麼澆水，葉子也不會青綠起來，叫人焦灼無奈。看著他那坐在簷下的竹椅上，凝望著陽光的側臉，有時會悲從中來，眼眶刺熱。阿勇也是人子哩。如果他的雙親還在，能不能看著這樣子？祗有這樣的當兒，月里的心才靜如湖水，覺得這一生可以看開了。原本是一個眉清目秀，頎長個子的青年的，月里想起當初嫁過來時的新婚生活，彷彿做夢也似的。失去了靈魂以後的阿勇，依然殘存著當日的神色，只不過是臉頰瘦削了，下巴也尖了些而已。

然而，爲了使月里的思緒在湖水上靜流，她未免太健康了。如果不是鼻子微微地低了一丁點，她確是胖瘦適度型的美女。由於不化妝，頭髮也草草地束住，因此除了那活潑的健康美特別吸引住人們眼光以外，裝束都是不起眼的。當做新嫁娘的回憶使她陶醉，手脚發麻，橫躺下來時，她會像麥芽糖般地在夢裏溶化。看來，她的眼裏是那樣地湛著傷感。丈夫病前和病後，雙親都來玩過，堂姊夫也一塊來。堂姊夫還把手錶取下來放在桌上神壇邊，稱讚她做姑娘時怎麼好。大家回去後，那隻錶不見了。強烈的陽光照在曝晒的棉被上。那是客人用過的被。不知從那兒來的蜂嗡嗡地響著，在屋裏也聽得一清二楚。月里慌忙地把棉被收進來，寂寞感忽地襲上來，心都碎成片片了。想起來，不幸好像就是從那個日子開始的。因爲在那以後的種種場面，如今都想不起來了。阿勇依然在屋簷下的竹椅坐著，不動一動。

二

阿勇家原本在市場邊的鬧街上，自從父親鄭三桂把藥店讓給林凊漂以後，家道中落，不得不把家搬到較偏僻的目前這個家。這房子以前是租給在市場賣菜的一個姓葉的農夫的，三桂原就小器，加上家運衰落，人就更加地暴躁起來，把那個農人房客趕走了。農人爲了臨時另租房子，吃了好大的苦頭，並且他還埋怨說，因爲是被趕出來的，所以租金方面也被逼付了較往常高的數目。這位葉姓農人還說了一段妙話：

「藥店的三桂老闆不得不搬到我住過的那種屋子住，看他那神氣活現的樣子，眞是因果報應啦，好過癮哩。房租嗎，貴一點又有啥關係，就當做是治壞蛋的費用吧，爽快得很哪。」

可是屋主聽到了這話，便去找葉理論了。我可沒跟你多要租金啦，不高興退租算啦。這房東來到葉家門口大吼一通，又成爲村人傳告的話題。總之，鄭三桂就因瑣事給整個村子散播了新的話題。只因那是因爲他的先人有了先見之明，才使他成爲那麼驕傲的人，過著任性的生活。只要提起本村的福全藥房。幾乎是無人不識的。村子裏除了福全藥房之外，尚有一家曾經當過庄長的黃姓人氏所開設的藥店。由於這黃家，代代都是大地主，所以藥房的經營也由傭人一手經管，人們都說，這傭人比少爺還神氣。相反地，福全藥房一般認爲比較容易進去。另外也有西藥的回春醫院，不過貴得村人們非有急症，便多半靠中藥來醫治。再呢，三桂的先人不但叫人在招牌上寫了「福全藥房」四個大字，還在卸下了窗板的窗邊擱了一隻木雕閹雞。不曉得這是爲了讓不認字的人認出「有柴閹雞的店」呢，或者是爲了避免與黃家的店子夾纏不清，不過不管怎樣，做爲裝飾物來看，這家藥店的宣傳手法倒是十分成功的。村人們通常都不說福全藥房，光叫柴閹雞。在村人們眼中，想來這隻用木頭雕刻的閹雞必是第一次見識的。還有，村人們與其讀字，遠不如看雕刻，印象來得更深刻，當做標記也是很方便的。然而，如果福全藥房的老闆未能察覺到這閹雞的命運，那他用了它應該是瞎打誤撞的吧。後來，村子裏的一些有識階級——例如一位算命先生便曾經就這隻閹雞做了一場評斷說：如果這項宣傳造成了這一份家當，那麼他也應該想到閹雞的命運才是。這是因爲當鄭三桂把這家店子讓給林清漂的時候，不知是爲了追思先人，或者是爲了孝行，也可能是爲了紀念店子的全盛時期吧，只把這隻柴閹雞留下來，到如今仍然擱在阿勇家的牀底下。想像中，偶像崇拜也就是經過類似的方式進化而成的吧。偶然地，這閹雞的招牌不但風靡了全村，還傳遍了鄰近幾個村子，而這家藥店所出售的藥的功效，造成了簡直近乎迷信的情況。也就是這片店子，使得這一家買了田園，納了妾，還蓋了房子。於是村子裏的有識人士便又替他的兒子下了個斷語：本來，閹雞是不會傳種的，因此偌大的財產也不會有繼承人，這一點爲什麼沒有想到呢？那隻閹雞，應該連同店子讓給林家才對的。再不然，拿閹雞來當神祭祭也行。這一班有識之士便用這種論調，將這一家的子孫與閹雞拉在一起，展開了他們的話題。當然啦，這只是村人們之中的有識的哲學之士的說法而已，如果村子裏出現新的所謂「知識階級」的學者，那就會運用另外的論調來分析閹雞的精神上的缺陷，與村人們形成對立的吧。他們也許會說：閹割造成虛榮，虛榮亦即無基礎，但這是有識的哲學之士的解釋，與故事無關，所以大可不必多研究他們的議論。總之，這隻木雕閹雞是這一家發達的根源，它使福全藥房躋身於本村富家之列。裝在方形厚木板上的藥剪，不住地在切藥材，鐵製的半月形研臼，也不停地在研製藥粉。兒子三桂像隻病胡瓜，不是結結實實的漢子，但倒夠狡猾，絕不會傾家蕩產的人物。媳婦勤快，妻子也賢慧。一臉皺紋的老母，人人都說是幸福的老太太，每當村子裏有婚禮時，爲了討吉利，必定請她牽新娘下轎。因爲她年紀已近九十，所以總是被其他的幾位幸福的太太攙扶著，走向花轎。牙齒已全部掉了，一開口說話，整個臉上的皺紋便全動起來，嗓音顫抖，所以幾乎有點滑稽。不過這也是幸福的象徵，所以人們便以滿心的敬畏，務使自己不致聽漏了一個字。當新娘跨過門檻時，她會唸吉利的四句，於是這老婆婆的扁扁的顫音，人們聽來却恰似古典音樂。老婆婆笑時，由於皺紋的牽動，整個臉兒平坦了，使人擔心是不是像橡膠那樣收縮掉，因而孩子們便禁不住地笑起來。當孩子們看到佈滿皺紋的臉上，裂開了一隻紅紅的嘴巴笑起來，便口口聲聲地叫著阿婆，纏住她。大人們發現到老婆婆的雙腿站不穩，便連忙大聲叱罵小孩們。請老婆婆牽新娘，照例有紅包，多半是兩圓，偷偷地塞進老太太的口袋裏。這時，她必定推辭如儀。

「免啦免啦。喔喔，這裏的人，力氣好大啦，我老婆婆眞受不了。」

「不！阿婆！」

老太太耳朵聾了，所以鄰房也可以聽到這種和藹的一問一答。

「這是要祝福阿婆長命百歲啦。」

「是嗎？喔喔，阿婆貪財啦，又要吃，又要拿。」

兒子也開玩笑地說過，媽媽都快九十了，自己的零用還自己賺，這話使孫子、媳婦也都笑了。這位老太太八十八歲時過世，村子裏破天荒地辦了一場熱鬧的喪事。老婆婆死後，村人們與這個家庭的紐帶便由鄭三桂的母親來取代。這樣過了四五年，其後鄭三桂的雙親也隔了兩年相繼過世。這些，當然對鄭三桂本人的財產毫無影響，不過却也因此，鄭家與村人們之間的連結，便算是斷絕了。不管形式上的也好，精神上的也好，鄭家的一切便落到三桂手上，當然啦，三桂也沒有想到這些瑣碎的事，對一家人的運勢會發生影響。不過似乎也可說，三桂這個人是德薄能寡，到了連這麼名譽的事都察覺不到的程度。他有兩個兒子。一個名春成，另一個叫春勇。妻子背微駝，出身好家庭，不過據云不曉得從什麼時候起，差不多沒有跟娘家來往。有人說，每次娘家有人來玩，夜裏就會偷走一些藥材，這個謠言眞是匪夷所思，因而娘家那邊也受不了，漸漸地就落入斷絕來往的狀態裏。三桂這個名字，據先人的說法，是三桂與三貴同音，意思也可看做是雷同的。可是「貴」字未免太明顯地給人「貴」的感覺，所以爲了掩飾，改用桂字，其實所要表達的也正是一個「貴」的意思。先人所想的三貴，也就是財、子、壽。福、祿、壽，也是三貴，先人就是希望兒子身上會有這三件寶，所以才取了這麼個名字。由於三桂身材瘦小，有個諢名叫「猴桂」，意思是瘦得和猴子一模一樣。如果他的腦筋夠明晰，那麼再加上生就的狡猾，說不定可以成爲長於謀略或者富於奸計的人。可惜他太沒有學問了。三桂的青年時代，村子裏也開設了四年制的公學校，但他唸不到一個月就不唸了。後來，也進了漢書房，還是很快地就輟學，在家學習先人的鄉下醫生手法。連這一點，也沒有能夠完全學會老爸的衣缽。如今有兩個兒子，長子公學校六年級，次子四年級。老大阿成很有希望，像校長先生就鼓勵他與其進師範學校，更不如進中學。阿勇雖非伶俐的孩子，却也並不笨。與雙親的狡猾一點不像，都是善良的孩子。然而，也不曉得正如村子裏的有識之士所說的，是因爲閹雞的招牌作祟了或者什麼，最有希望的大兒子竟在快從公學校畢業出來時死掉了。村人們背地裏說，福全藥房走霉運的朕兆來了。

「藥房嘛，都是大秤子進小秤子出，所以稍稍樂善好施一下也是大應大該的，可是他們那麼小家子氣啊，偏偏要向窮苦人家說：恕不賒欠！」

這是說，藥店都是貪求暴利的，所以爲了贖罪，對窮人施捨施捨才對。村人從來也沒看過三桂無精打采的樣子，由於他是個利己主義者，所以固執而倔強，絕不輕易地在人前退縮。

「三桂兄，藥錢等我竹筍出來才付。」

「這可不行哪。你的對手只有我一個人，可是我的對手可是幾十幾百個人哩。如果大家都學你的樣子，我還能做生意嗎？」

這就是三桂的日常生活的一部分。只因他是這樣的一個人，因此福全藥房的夥計們也都呆不久，往常都是等阿成放學回來，才照藥方單抓藥，用紙包得整整齊齊交給顧客。也就是因爲這緣故，所以上一代人死後才不過十幾年光景，傭人都沒了，如今只有一個小夥計和三桂夫婦倆看著店門，廚房裏的工作全交給一個洗衣的女人。於是三桂便想：自己年紀也四十出頭了，與其讓阿勇進中學，倒不如上師範學校，來得快些。師範出來，回到村子裏的公學校，逢到節慶的日子，帽沿加了金邊，肩上更佩金肩飾，腰間還吊著一把劍，神氣死了。到了有恩俸可拿，那時就可以把藥店讓給他了。還有比這更合理的安排嗎？他那輕浮的鄉下女人老婆也認為這是妙著，表示贊成。不料，阿勇從公學校畢業出來，卻進不了師範學校，只好讓他上R市第一公學校的高等科。R市與SS庄相距四公里，阿勇便在R市寄宿。R市與SS庄之間還有個TR庄，本來也可以讓他在TR庄的林清漂家住下寄讀，可是反正寄宿費差不了多少，為了不願擔這份人情，三桂決定讓阿勇在R市住。清漂的二兒子福來也在R市第一公學校高等科就讀，憑這一層關係，兩家便較前親近了些。

「還是不要常到清漂家去打擾人家吧。那個人好自私，小心以後惹麻煩。」

三桂向兒子阿勇這樣告誡。

「讓兩個兒子都上學校，怎麼月里就不給讀書呢？」

三桂很中意清漂的女兒。乖，而且動人。三桂是這麼想，可是如果換了他，他也不會讓女兒上學校吧。女人的命運就像菜種，看你怎麼播怎麼種，便不一樣。儘管質好，如果後面的過程不好，也是枉然。清漂就說過：所以嘛，女孩受教育，過分地去照顧，也不見得有好結果。對這一番話，三桂還著著實實稱許過一番哩。

三

大正四年〔一九一五年〕春間，TR庄與SS庄之間，鋪設了製糖會社的鐵路，SS庄的產業因而大爲發達起來。但是，ＳＳ庄的會社鐵路車站在村子的緩坡下四五百公尺的地方，從村子到那兒，還得靠台車或牛車來搬運，尤其夏天，滿路泥濘，頗不方便。入冬以後，傳聞裏說車站會延長到村尾來，三桂對這一點也深感興趣。他想到如果在車站前有十間左右的房產，那就不必每天坐在藥店店口，像釣魚般地等待顧客上門，舒舒服服地躺著也可以過下去。假使火車開到村子裏的街路上，那麼除了那個地點以外就再也沒有設立車站的地方了。三桂發現到那個地點與自己所有土地還隔得好遠，覺得好遺憾。那附近，大部分還是屬於清漂哩。清漂原本也是ＳＳ庄的人，後來因爲開設貨運行，搬到ＴＲ庄去的。他是三桂的母親娘家的親戚，母親在世時經常有來往。三桂於是有了野心，逢到ＴＲ庄有拜拜什麼的時候，便特地跑到清漂家，打聽打聽房地產及山產的貨運等行情。然而在清漂這邊倒也另有野心。他唸完四年的公學校，爲了準備考臺北的醫學校，希望能夠離開故鄉，可是雙親偏偏不許，如今每次看到醫生全部變成富翁，便懊悔不迭，怨恨雙親。好久以來，他看到三桂的藥店開始走下坡了，便有意弄到手。他覺得他會「國語」〔指日語〕，也懂得漢醫，實在大可不必幹這撈什子的貨運行當。

「三桂兄。」

清漂總是這麼稱呼比他大三歲的三桂。

「你也不必老是守著藥店，該擴張擴張事業啦。」

「你想借資金給我嗎？」

「開玩笑！我自己才不夠啊。有不少事，明明知道可以賺，還是出不了手。」

「是指鐵路吧。」

「也有。」

「那只是傳聞吧。」

三桂聽著遠遠傳來的拜拜的銅鑼聲這麼說。

「也不一定哩。時勢不一樣了，眞的，沒有像SS庄這麼遠的車站啦。」

「這跟你的貨運行有關係嗎？」

「有啊。」

清漂好像不太樂意似地這麼回答著，岔開了話題。他倒是以同情的口吻，巧妙地談到近來西藥房增加了不少家，所以漢藥店必定受到威脅吧。他故意地說起漢藥店的前途不可靠，想讓三桂感到灰心。這時，阿勇雖然已經從高等科畢業出來，但因考不取上級學校，只好在家幫忙藥店的事。在清漂這裏，二兒子也是沒有能考進上級學校的，目前在「庄役場」〔鄉公所〕工作。然而，到R市的學校學來的，只不過是愛趕時髦，藥店的生意依然沒有起色。因此，清漂認爲福全藥房再不會有前途了。藥店生意也要靠走紅，一旦開始走下坡，通常都會滾落到底的。清漂看準了頂讓這爿藥店，正是時候了，不過碰到三桂那冷峻而精明的眼光，便決定還是等人家坦白地提出來吧。三桂這邊深知彼此都在窺伺對方的縫隙才是人生，即令是親戚，也未便輕易地就啓口。如果藥店幹不下去了，改改行也是順理成章的事，但在確定下一個目標以前，放棄藥店等於就是放棄死抱住的木椿，讓波浪把你捲走。當然啦，三桂其實也未嘗沒有想到，如今這爿藥店就只有讓清漂來接手才對。清漂那一身白麻紗圓領的瘦長個子，的確有著漢醫派頭的。並且，清漂在那方面有一手，這也是村子裏人人知道的事。就這樣子，三桂儘管特意跑到TR庄來，也總是談不出一個結果，大家都不肯把肚子裏的話說出來，當然沒法談攏啦——三桂向老妻這麼埋怨。不久，冬去春來，三桂又幹了件無聊事，使他的藥店受到了沉重的打擊。

在SS庄，一年當中最熱鬧的行事是舊曆三月三號。這一天是清明，同時也是S廟的拜拜日。這天晚上，三桂竟在路過時順手摸了一把剛搬到村子裏來的雜貨店老闆謝德的女兒的奶子，引發了村人們群情激憤。五色繽紛的村子裏的姑娘們聚集著看大戲的時候，他趁著黑暗伸出怪手的。自從那女孩搬來以後，村人們都傳告著說她是荔枝般漂亮的姑娘，而三桂竟然不顧自己一大把年紀，看中了她那要爆裂般的乳房。三桂大概是認定人家是搬來不久，不至於聲張的吧，不料那女孩驚叫了一聲，使得三桂遭了一頓毒打狠揍。三桂的老婆目瞪口呆，一句話也說不出來，默默地迎接了老公，不過她倒也逢人便訴說一定是那兒弄錯了，那女孩本來就像隻蝴蝶般的，很可能就是被誣告了。可是誰也不肯聽她的。

清漂聽到了，馬上就趕來看三桂。當然是爲了提防三桂自暴自棄起來，把藥店賣掉。在清漂來說，爲了頂讓三桂的藥店，非等到三桂徹底地受到打擊，因此他並不覺得這件事是多麼不體面的事。阿勇這位沒有見過世面的年輕人，倒是耿耿於懷，看店子時也總是躲在櫃台後面。

「三桂兄，你也不必太記罣著啦。」

清漂站在病榻旁安慰。

「是你運氣不好，一定是著魔了。所以不妨認爲是碰上了夜义，忘了算了。如果你這裏人手不夠，我可以來幫幫忙。」

三桂好像被打慘了，清漂從來也沒有看過他這麼軟弱的嗓音和眼光。

「哎哎，我反正活不了多久啦，只要阿勇的婚事定了，我就……」

三桂的眼裏第一次湧出了淚水，所以清漂也禁不住眼熱起來。

阿勇與月里的婚事被提出來，是在這次的拜拜後幾個月的事。要想把這爿藥店弄到手，等於就是投考醫學專門學校，所以村子裏的事業家們都對它垂涎著。爲了這，清漂想到先把女兒許配給對方，討得了歡心再來進行。但是，當兩家婚事決定了之後，事情便往對清漂有利的方面展開了。三桂的身子恢復了一些，阿勇的婚事也順利進行，他這就有了活力，提議用清漂所有的可能成爲車站近傍的土地來和藥店交換。這對沒有現款的清漂來說，簡直就是一石雙鵰的事。

四

西北雨打翻了桶子般地落，屋簷水管水迸溢，鴨子在庭院裏泅泳，月里忙於枕頭布的刺繡和桌巾的編結，母親也爲她從R市買來了絲線。關於聘金，沒有向媒人提出過分要求，這使月里感到輕鬆。她一面刺繡一面想起的阿勇，的確是個很乖的青年。圓聘後，兩個哥哥對她特別好，這也是令人懷念的事。下雨了，把上衣穿上吧，母親的這話聽來特別沁入心中。在TR庄的林清漂家，店子與住居之中有一塊正四方的庭院，下雨時，從住居出到店子，都得打雨傘。不過通風特別好，夜裏涼爽。庭院上種著栴檀、桂花等。阿勇小時候，和母親一起來看拜拜，住在這裏。從居門看進去，庭院上花朵盛開，在住家門口做女紅的月里，顯得好漂亮。她坐在一把籐椅上，翹起二郎腿專心地做刺繡。三桂巴不得早一天把這個媳婦娶過門，每次來到TR庄，也不經過媒人就直接向清漂說：

「我家人手不足，得早些讓孩子結婚才行呢。」

在清漂這邊，反正女兒已許給了人家，幾時娶過去都是一樣的，不過一旦到了商議日期時，總又消極了，說還沒準備，根本就無意早嫁。土地與店子的事，清漂不免也貪心起來，希望能有比時價高出一倍的價格。SS庄上那塊地，當時每甲二千五百圓應該是最好的價錢了。可是清漂主張想到將來，應該有五千圓。再者，他還以爲如果沒有五千圓，那麼爲了那爿店子，得負一大筆債。但是，三桂這邊也強硬地說，加上店子裏的存貨，非有一萬圓以上便不想放手。這麼一來，阿勇的婚期就沒法決定了。一天，當媒人阿金婆來到清漂家商量時，三桂湊巧地也來到了。老婆婆看到三桂的臉色，覺察形勢不利。儘管是親戚，不過事關婚嫁的問題，應當全權交給媒人才是，家長雙方直接談判，實在不成道理。如果雙方不互相客氣些，必定會傷了感情，這麼重大的事情，要是傷了感情，一定對將來有不良影響的。俗語也說：先小人後君子，起初還是應當透過媒人，把想提的全提出來，以後便應該親親蜜蜜，這也就是這句自古以來的格言所規定的。而這兩個人早已把媒人撇在一旁接觸過了，教媒人失去了立場。老婆婆有些不愉快起來了。但是，兩人談著談著，老婆婆總算諒解了，原來他們之間已弄到非有她出面，便很可能使這樁婚事泡湯的關頭，因此老婆婆禁不住地積極起來了。她把咬碎的檳榔吐掉，拈了另一隻塞進嘴裏，坐直了身子說：

「清漂和三桂兄啊，男人在談房子土地的事，女人好像不太應該插嘴，可是我總算也是負起了把兩家連結在一塊的任務的人，你們就忍耐著讓我也說一句話吧。」

爾虞我詐的兩人爭執到了頂點時，愛插嘴的老婆婆這麼一番說詞，總算兩人衝到喉嚨的話給抑止住。

「這樣不就好了嗎？」

老婆婆比三桂還少一歲，所以她往常都是把三桂當做兄長的，於是她的話有勁起來了。

「將來你的女婿家貧窮了，你的女兒也不會太好受的，還有你這邊，媳婦的娘家沒有錢了，頂讓過來的藥店生意好不起來，最後又得轉讓給別人，這也不是你願意的事吧。」

兩人因爲老婆婆的話刺中他們的矜持，便緘默下來了，而且面孔也和平了許多，於是她探出了上身。

「我沒說錯吧，大家都是自己人哪。」

「不錯啊。」

清漂表示了同意，於是老婆婆忽然有了自信。

「所以嘛，看在我的臉上，就減三千圓吧。」

「哎呀，這可太過分了，阿金。」

三桂驚詫地叫了一聲。清漂縮住了脖子等待阿金的話。

「買賣啊，三桂兄，靠眼前的討價還價賺的是女人生意，靠將來的希望，這才是男人的生意哩。背城借一，知道吧，這是男人的話啊。」

兩個大男人瞠目結舌了。在SS庄，頂頂出名的就是阿金婆的一張嘴。碰上這張嘴，整個村子裏的人都會成爲親戚的。

「怎麼樣？差不多可以成交了吧。」

這，這算什麼話啊，三桂在內心裏嘀咕。

「阿金，妳到底知不知道那一帶土地的時價呢？一甲地，時價不過是兩千五啊。」

「我當然知道。你的目的也不是要買一甲兩千五時價的土地吧。雙方都是投機，不是嗎？明天，如果那裏成了車站，清漂也不會願意一甲四千塊錢就賣掉吧。」

話是刺中了三桂的要害啦，所以他也不想再爭下去。看到兩人都不響，阿金就反覆地說就這麼決定了，一面在那支長煙管上換上了煙草，陶然起來。清漂的女人也出來，萬分羨慕地向阿金笑笑說：

「女人如果都像阿金婆那麼聰明，那就不用再擔心被男人欺負了。」

「這可不一定呢。喏，就這麼說定了。」

老婆婆又叮嚀了一句，揩了揩嘴邊的紅檳榔汁。

三桂與清漂交換了一個眼色，可是此刻三桂是居下風，因此馬上便又岔開了視線。

「該請我喝杯茶了吧。」

阿金婆的話使清漂的女人轉醒過來似地，連忙拿起茶壺，一面說哎哎，聽著這麼好聽的話，都給忘了，失禮失禮，一面爲阿金婆倒茶。庭院裏的梅檀被那隻給雄雞窮追不捨的母雞撞了一把，花瓣紛紛地掉在地面上。

清漂與三桂的這筆買賣，在料想不到的情形下成交了。但是回程三桂覺得牝雞司晨這個詞，一定就是指像阿金這種女人了，而他自己也不知道究竟滿意好呢，還是不滿意，心裏倒似乎有一抹不安。在阿金婆來說，祗因婚事很可能觸礁，所以不得不挺身而出，聘金是少了，不過房子與土地的買賣也會有一筆中人禮，因此大爲高興。這個紅包賺到手以後，可得好好地拜一下土地公才行呢。這是意料之外的賺頭，非得分出一些孝敬孝敬神明，否則下次便不會再有這種甜頭了，阿金這麼祈禱。

入秋後，阿勇迎娶的日子是看定了，可是林家忽然碰上了不幸，結果又給延到明春。在鄉下裏，向來的習俗是婚嫁前如果兩家有什麼變故，便認爲這椿婚姻是不吉利的。這次林鄭兩家的婚姻，由於過程上有了這麼多波折，最後好不容易地才成定案，所以這一點倒是不成問題的，當媒人聽到清漂的長子夭折的消息時，著著實實地大吃了一驚。她從未做過這麼麻煩的媒人，而且像清漂這邊，正要幹起一番大事業的當口，家裏的臺柱忽然斷了一根，這好比是在幸福的背後發現到了魔鬼，自然叫人吃驚。阿金不由地想：佛教認爲一隻貓的死，都對人生有所教悔，眞是一點也沒錯啊。清漂流著淚歎息著，把藥店的店面改建。勤奮的大兒子，一直都當做是一家依靠的，這一來跟三桂的遭遇毫無兩樣了。清漂爲此有些不安起來。憨子才會送親終，這眞是無情的箴言啊。

長子死後，清漂完全變了人，話也說得很少了。這倒使他看來更像個漢醫。名醫總是沒法放手爲自己的骨肉開藥方的，村人們都這麼說。不過在月里看來，父親雖然夠可憐，但却也因了哥哥之死，父女的情份彷彿變淡了。聽著改建工事敲敲打打的聲音，月里終究開始希望能早一天離開這個家了。這也許就是一個女人成長的過程吧。

清漂的藥店決定正月中旬開張，店名仍沿用原來的福全藥房，不過店面則取消了木板窗，全部改用玻璃，以便求個面目一新。阿勇的結婚也定在正月末尾。SS庄與TR庄之間，巴士開通的消息傳開了，車站店舖的傳言也隨之傳遍全村，村子裏忽然高漲起繁榮的氣氛。三桂爲了重振中落的家運，在可能成爲車站的土地上開始了營建連三棟的二樓房屋，每天都有牛車載著建材駛過。乾坤一擲，成敗在此一舉，三桂因爲蓋樓房與娶媳婦，成了村人們談論的對象。那可是村子裏第一棟的二樓建築哩。他會飛黃騰達呢，或者身敗名裂呢，人們議論紛紛。也是趁著這一分氣勢，阿勇得了恩師的幫忙，在役場獲得了一個職位。這麼一來，阿勇就要有個美貌媳婦，並且也可以躋身村子裏的準紳士階級了。他就這樣，馬上要踏出春風得意的人生第一步了。

在清漂這邊，他的TR庄福全藥房與SS庄福全藥房不同，爲了讓它多少有一點文化味，嵌上玻璃，改善店內的光線，使人有完全不同的感覺。這就是說，福全的店號是頂過來了，但閹雞的招牌，他是興趣缺缺的。他對女兒的出嫁並沒有記罣多少，倒是藥店開幕的事占滿了他的整個腦海。有時，偶而也會向女兒告誡一些一個家庭婦女所應遵守的婦德。

女人的命運與菜種一樣。一切都是天命。下雨或不下雨也都如此，清漂好像想起了大兒子般地濕潤著眼睛，對月里叮嚀。

「嫁雞隨雞，嫁狗隨狗，這是大家常常說的話。妳也知道吧。女人的血緣雖然是在娘家這邊，但這一點與女人的命運完全無關。女人的命運是跟婆家相同的。而這一點，完全看一個人的如何努力而定。」

父親的嗓音沁入月里的耳朵裏，明明知道那是當然的，可是淚水還止不住地滾落。女人祇是爲男人製造後代的機器嗎？月里在這可喜的現實當中，却茫然地感到悲哀與不安。她雖然絲毫也沒想到將來在婆家沒得吃也還有娘家可以指望的想法，但總覺得被什麼趕著。

「不用哭了，人生的前途，每個人都會感到不安的。而且阿勇還是個善良的青年哩。」

母親也拭著眼淚挨過來安慰她。

「最要緊的就是阿勇，祇要他堅強，就是苦一點也……」

不過月里倒沒有像母親那樣擔心著婆婆與家庭的複雜。

「阿母。」

月里希望在哥哥的服喪期間過了以後才嫁，但却沒法向母親開口。她總覺得，大兄在時才是她最幸福的時候。

五

由於三桂擁有三棟二樓以及一大塊可能成爲車站用地的土地，所以村人傳告說也許他會乘著村子的興隆之波浪，飛黃騰達起來。也因此，阿勇婚禮的時候，村子裏的紳士們之中送祝儀來的意外地多，使三桂深感有面子。農人們最糟糕了。他們遲鈍，根本不懂人家了不起——紳士們的這麼說。然而農人們倒反過來嘲笑那些紳士們太無節操。也有人聽到農人們說：三桂被毆打時，沒有一個人肯出面幫助他，如今却大家都跑到他家去喝喜酒去了。君子近有利而遠不利，話是如此，不過三桂倒也不會那麼容易地就喜悅沖昏了頭。

到TR庄去迎娶的嗩吶和爆竹，打破晨靄響起來。

「是去娶阿勇的新娘哩。」

園裏的農人們都回過頭來看這一隊三十幾個人的迎親隊伍，有挑禮物的，有嗩吶班，也有媒人乘坐的轎與六人花轎。三桂家前庭搭起了帳篷，準備了二十張喜宴桌子，只等新娘駕到。親戚的小孩們所放的鞭炮，在街路的這個角落煽起了拜拜的氣氛，連一些大人們都笑逐顏開，興高采烈的樣子。

花轎傍晚時分才到，三桂家一下子沸騰起來了。擠過來看新娘的，準備宴席的，還有就是穿上體面衣服的賀客們。

街路邊的門口擁擠著想看新娘通過的婦人們的面孔。村子裏的青年們之中，婚禮時穿過西裝的沒有多少位，所以人人都在注意看他穿著的情形。黑呢西裝，紅皮鞋咻咻地響著。該穿黑皮鞋才是啊；領帶針上的珍珠是眞的還是假的呢；不管怎樣，三桂家的小子有這種排場，眞不容易啊；不，高等科畢業，又在役場工作，應該的吧等等……。照村子裏的習俗，新郎必須由親戚或年長的好友陪同，左手提菜籃，到應該邀請的每家去分發香煙或檳榔才算盡到禮數。新郎紅著臉，陪同的人在一旁慇懃致意。眞感謝您的照顧了，今天晚上，準備了一些粗酒粗菜，請您一定賞光——這麼說著向男人敬煙，女人則敬檳榔。阿勇穿上那雙還沒穿慣的鞋子，脚跟磨痛了，踩著八字脚到許多人家去敬禮。大體上說，阿勇的禮貌不算失敗的，可是那雙鞋子不是訂製的，這一點人人都看出來了。村人們看到阿勇這生硬的新郎，便想起了庄長的兒子結婚時的事，反覆地當做永不厭膩的笑料來談了。那位新郎穿著大禮服，戴上大禮帽，一出現就以那種異樣的姿態驚倒了村人們。那有尾巴的上衣與水桶般的帽子使村人們個個瞪圓了眼睛。不是瘋了吧？村人們啞然，被敬了香煙也說不出話來。這已經不是可笑不可笑的問題啦，村子裏的女人們趕快躲進房間裏笑得前仰後合，有些急性子的人還爲新娘擔心起來。還好有識之士又出來了，告訴大家那是西洋的禮服。禮服還可以忍受，可是那有邊的桶子，實在叫人沒辦法領教。連走路的樣子也不對勁。因此，庄長的一位親戚告訴庄長，他們成了笑料啦，以後不許再放縱兒子啦。阿勇的婚禮總算完成，廚房門口偶而會有桃紅色衣裳的新娘出入，三桂一家眞地是大地回春了。這位新娘子，勤快地幹起她的活來了。

一個月過去，兩個月也過了，阿勇的新娘子被遺忘了，月里也開始雜在村子裏的女人們之中到溪邊去洗衣服。阿勇從役場下班回來就一步也不離開家，招來了同事們的揶揄，不過新夫婦倆倒是幸福的。

「有時也得到爸爸的新居去幫幫忙啊。」

二十歲的新郎與十八歲的新娘，開始意識到世人耳目。中元快到，雨水多起來，傳聞裏的巴士通行的事也大體確定了，因而阿勇家也忙起來。R市的開南客運公司派人來勘查SS庄與TR庄之間的道路情況，村子裏的街路上每天都有汽車的喇叭聲響起，小孩們麕集在車旁看。有關巴士的傳聞成爲具體的事實，但火車站延長的事却一點也不見動靜，使得三桂焦急起來了。以目前的家計來說實在無法透視幾十年以後的事而投資。爲了站前的房子，他背了一筆債，生活已經是捉襟見肘了。三桂原以爲看準了無法預想的社會進化搶了個先手，然而這著先手能不能依循社會進步的路線前進，大成疑問。以村子來說，不能讓車站老是那麼遠，這是常識，但世上的事有些是不能靠常識來判斷的，三桂禁不住地感受到，這次他是眞正跳進社會的波濤之中而四顧茫然了。三棟樓房的落成近了。而三桂却相對地越發不安起來。那一次拜拜之夜被揍後，身體一直不好，肋膜常常發痛，於是他一有空閒便跑到TR庄的藥店，靠自我判斷開個藥方抓藥來吃。看到清漂的店子生意興隆，心痛之餘，有時禁不住地坐在那店裏，享受回憶自己的藥店的樂趣。由於三桂來得勤，有人便說這家藥店可能是與三桂共同經營的吧，因此清漂看到三桂來，總是沒有好顏色。三桂開始咯血。他猜疑心重，祗要身體情形好些，便親自到TR庄的福全藥店去抓藥。有時看到主人托詞不在，店員便老實不客氣地在藥包上寫明藥費數目才交給三桂。三桂氣憤不過，便默默地付了錢，然後用力地合上錢包，匆匆地趕回SS庄。他開始詛咒清漂，甚至也拿媳婦出氣。嫁過來後一個多月的時候回了一趟娘家，以後月里就從來也沒有回去過。那一次是正式的歸寧，她希望這一次是玩的，順便也打算請父親免去公公的藥費。阿勇也高興地表示贊同，並吩咐說，萬一不行，可以偷偷地記下賬，他會去付清。

然而，月里回到娘家一看，情形完全不同了。父親專心於他的新事業，連碰面的時間都沒有，好不容易地才在吃飯時，流著淚向父親請求。她說明做一個媳婦的立場，而公公這一生是從未花過藥費的，爲了安慰病人，希望不要收費。父親默默地在吃他的飯，一言不發。比起沒有電燈的SS庄，TR庄的家看來明亮而有餘裕。

「月里，藥費不是問題啊。我們不願意的是因肺病而衰弱的他會在這裏倒下去。妳的爸爸是想在我們家死的，這種心意才叫人受不了。」

二哥用了「妳的爸爸」這個字眼，使月里覺得格外難過。看到他那激憤的面孔，她再也不想說話了。福來一方面是因爲店號剛好跟他的名字有緣，另一面生意確實太好了，因此如今月里的公公憑過去的一段淵源就要來糾纏，故而深感不快。同時他還覺得，最近他與一位名望家的千金談起了婚事，能夠與月里的婆家斷絕來往，這家藥店才算眞正成了他們林家的東西，而摒絕了像三桂這種人的執拗的出入，便可保持面子。這就是牌局裏的「淸一色」了。

「阿兄，那你是不管我啦？」

「妳一開口就管啦，不管啦，其實如今在妳來說，婆家的繁榮比娘家更重要啊。所以嘛，家裏也有家裏的做法——」

「福來！」

父親好像聽不下去了，斥了二哥一聲，不過還是不發一言。

「阿爸……」

「嗯，你們兩個都沒錯。不過，現在必須考慮的是不能兩家都垮了。還有就是福全藥房是剛在TR庄創業，再跟三桂有瓜葛，對藥房是不是有利呢？我倒是想，再過一段期間，藥房基礎穩固了，那時便可以幫助他們了。目前，我以爲還要多考慮考慮才好。」

「明白了。」

這話的意思就是說，月里的公公是被討厭的人，而且正在走下坡，應該避免被連累。爲了月里，還是先與三桂斷絕，到了某一個階段再來給她幫助，換句話說，就是等三桂死後，鄭家落到阿勇手裏以後，再來爲鄭家的復興而相助。綜合母親的話，父親的意思大概就是這樣。這等於是說：等成了富翁再來行善。月里無心在娘家住下來了，決定傍晚時分回去。母親流著淚挽留她，但這祇是感傷而已，月里踩著夕陽的影子，匆匆趕回SS庄。這條路曾經坐在轎上走過的，月里瀏覽著山丘上的草木想：回去後如何向公公交代呢？一路上想了三個小時，她決定撒一個謊。

爸爸老是吃自己藥房的藥，所以才好不起來。算命先生說，五十五歲是不吉的年份，非大損便可能折壽。月里的苦肉之計，倒也使三桂的心平下來。雖然是荒唐的事，不過想起來却也是合乎道理的。

林鄭兩家從此疏遠了。阿勇看到父親受苦，打算親自到TR庄去抓藥，可是被妻子阻止住。三桂總算也聽了一家人的勸告，第一次接受西醫的診療。然而，他的病況不佳，加上滿心憂憤，終於在三棟新樓房未落成時就一命嗚呼了。

六

三桂的死是可憐的，連親戚們都很冷淡，甚至也有人說他死得正是時候，車站的事已經不可想望了，所以善後都沒做就逃一般地死掉。然而，祇有三桂的妻子深諳丈夫的癖性，因而心疼不已。信了算命仙的話，願意接受西醫的醫治，都顯示了他的趨於軟弱。還好像預感到死似的。出殯時，弔喪客還不到阿勇婚禮時賀客的三分之一。不過這倒一點也不算奇怪。這村子裏有一位當了十三年區長的陳先生，晚年連一個壯丁團（普設於鄉鎮的一種團體，類似民防團）都沒有去看他，這是人人都知道的故事。進茅屋去弔唁死人，沒有人認為是一件體面的事。一旦家門沒落，一切公職都失去，從庄長到派出所的巡查一個個更迭，終於再也沒有人想起他的過去的功績了，這時陳先生便祇是個貧窮農人而已。三桂的店子垮了，又沒趕上時代的潮流，那麼比陳先生更壞的現象在等著他，是自然不過的事。如果車站沒有能延長到預想中的地點，那麼三棟樓房的房租收入，連付債款的利息都不夠。充其量祇能把樓下充做商店的山產物庫房，樓上租給人住罷了。一切都顯現出料想之外的事實，最後三桂一家人祇得搬到趕出房客要回來的這幢在村東後街曾經充做養豬養雞的房屋。阿勇的母親讓媳婦幫著，小心翼翼地飼養那隻像是三桂的遺物般的母豬。這是說，如今他們一家人必須靠豬仔來過活了。並不是人人都看透了阿勇，認定要討債就趁現在的想法，然而家裏的財產已經少得不是母子倆所能應付的地步，這使他們深感意外。阿勇好像看破了似地，聽任東西被查封。最後剩下的唯一的財物，就是這一幢農屋了。人一旦開始在斜坡上滾落，再也沒法止住。倒下又爬起來，這是人生之常。阿勇使出了所有在學校學來的學問來解釋，但還是敵不過母親的淚水。一家的首腦以淚洗面，這個家必趨於暗淡。於是阿勇的家運，落到恰如風一吹便會消失的一縷煙。

月里沒有生下小孩，每天每天都勤奮地幫著婆婆養豬。養母豬讓牠生小豬，成了他們唯一的生產手段。在這種情形下，阿勇到役場去上班，也不得不凡事萎縮，幾乎成了群鶴中的一隻雞。而且這隻雞還是羽毛脫落了的慘兮兮的雞。日常的衣著不用說，連村子裏的有閒階級常常來的那種大夥分攤費用買東西吃的活動也沒法參加。這麼一來，他就落到準紳士階段的水準以下，即令請來了恩師也沒法可施了。從役場下班回來，他便得和妻子一塊到田園裏去採給豬吃的蕃薯藤。面頰瘦削了，變黑了，也憔悴了。到了四月份，天氣激變，一會熱起來，一會又得慌忙地拿出夾衣來穿，阿勇的母親開始受不了這種天氣。某日，終於中風倒下來了。母親衰弱的身體，受了病魔的侵襲。一樣一樣地換藥，還是沒有能治好母親的病。奇異的是在ＳＳ庄與ＴＲ庄之間巴士通行的一天，阿勇的母親過世了。在阿勇來說，那是悲苦的一天。阿勇在這寂寞的鄭家葬禮上，首次體會到了落魄的悲哀，人從此一變。他失去了青年人的熱情，連到役場上班都感到心怯了。在僅剩下夫婦倆的閒散的家裏，他連翻開雜誌的意趣都沒有了。母豬生下了小豬，月里一個人沒法料理，他便決心辭職，與其在那裏像繼子般地萎縮著，倒不如在家幫老婆的忙。不過關於這點，他倒是對妻子抱愧的。他下定決心拚命地幹活。因爲一個鄉下女人，有穿洋服的丈夫是夠體面的事。一般都認爲祗有那一類人，才配在村子裏的街路上痛快地挺起胸膛走路。然而，即使阿勇不辭去役場的職務，昂首闊步的權利早已失去了，因此月里也就不想阻止他。儘管這樣，阿勇遞上了辭呈後，回到家還是躲在寢室裏號啕而哭。

「好傻，眞不像個男子漢大丈夫。早知道這樣，爲什麼要辭掉呢。一個男人，二十一歲了，如果是個了不起的人，已經當上了學校的訓導啦。」

妻子這番話好像針一般地刺向阿勇，使他頭都抬不起來。他想起自己沒有能進師範學校，又失去了一切財產，憂煩極了。爲什麼我不能像別的農家子弟那樣和平過日子呢？每次嗅到妻的雙手有豬食味，心胸便起一陣絞痛。豬們開始在豬圈裏催午食般地響著鼻子，月里便從房間出去了。聽到妻的脚步聲漸漸地從廚房遠去，阿勇便從牀裏爬起來，這裏那裏地收拾起屋裏來了。不知不覺間，村人們把鄭家一家人遺忘了。阿勇淪落爲一個平平常常的貧窮青年。也許人都是易於習慣於境遇的吧，月里也增添了農家女的堅強。

尤其女人一旦看開了，似乎都會強起來的，孱弱的阿勇，給人們的印象是四時都跟在月里身後走著。

每個村庄都會有一些喜歡惡作劇的青年，SS庄也不例外。這些年輕人們每有空閒便背地裏蜚長流短地說阿勇的老婆一定會跑掉的。

「眞是牛屎上插了一朶鮮花。看來阿勇會做一隻烏龜，幫老婆看門的。」

這樣的話終於也傳進阿勇的耳朶裏。眞可恨，眞想把他們殺了，可是這些話並不是一個人說的，是幾個人聚在一塊冷嘲熱罵的，因此阿勇儘管憤怒，也拿他們沒辦法。那種欺負弱者的心理確實叫人憤恨，可是阿勇倒是信得過妻子的。懷恨在心却又沒有抗爭的方法與力氣，沒有比這種情形更叫人難受的了。於是村子裏的這一類諷言冷語成了阿勇精神上的另一個負擔。

「月里，我們把這房子賣了，到TR庄或R市去吧。」

阿勇被逼得受不了，這麼說。

「TR庄比這裏還討厭呢。而且爸爸和哥哥都不可靠，TR庄根本就沒有一件可依靠的啊。R市也一樣，沒有指望，只有比在這裏更糟。」

月里有時也想過出去都市比在鄉下好些，但萬一找不到生活的方法，那就更可怕了。

「你在意那些小流氓的話嗎？」

「不是的，祇是覺得這個村子，膩了。」

兩人都緘默下來了。阿勇好像累了。月里看得出丈夫的身子瘦薄了許多。阿勇不適合在強烈的陽光下工作，這幾個月來太過勞累了。得了瘧疾後，他聽月里的勸告看了醫生。發高熱的時候，阿勇也不住地埋怨這村子叫人討厭。他已衰弱得從園裏回來必須躺下來休息，否則飯也吃不下去。一連又發了熱，醫生說是慢性瘧疾。媽的，竟害上了要多花錢的病——他顫抖著手拿藥吃，一面這麼咒罵。

「誰叫你上園裏不帶傘或簑衣。」

妻這麼說。急性瘧疾雖然激烈，但好得也快。慢性的要好受些，但每三天或五天便來一次，臉色也很快就變黃。阿勇因這場病，身子更不行了。另一點是好些了馬上就得上園裏，便不免常淋驟雨，病也就拖下來了。阿勇的面孔黃得像色紙。大熱天裏還要蓋上棉被，抱著火籠抖個不停。熱來了，便喊阿爸阿母喊個沒完。

七

自從阿勇得了瘧疾以後，多半在家裏無所事事地過日子。當人手不足的時候，看到村子裏的街道上有人懶洋洋地走著，那是很叫人焦灼的事。月里由於沒法光靠養豬過活，祇好到金銀紙製造廠去做工。這種情形使得阿勇不好意思再開口向月里要零用錢，便勉強驅策著疲困的身子到田園，回程順路砍了些月桃，以一枝一錢的代價賣給魚販、肉販，或村子裏的商店，以充做綁東西的繩子。背二十枝月桃，就叫阿勇吃力得什麼似的。他的身體一天天地衰弱了。淪落爲採月桃的阿勇，走在街道上，看來那麼苦兮兮的，惹得村子裏的婦女們大爲同情月里。到了盛產水果的五月某日，阿勇到俗稱山仔脫的地方割給豬吃的野芋藤，割好後，一如往常地穿過香蕉園，來到雜木林找月桃，不料碰上了在園裏做工的阿漫，受到一場冷嘲熱諷。阿漫也是血氣正旺的單身漢，每次碰上總會開開玩笑。可是這一天，阿勇覺得阿漫的話不是玩笑的，因而感到侮辱。

「阿勇，你不必自己一個人這麼辛辛苦苦地養老婆啊。咱們兩個來養，你就舒服多了。反正你的身子……」

這種淫穢的話，使得阿勇忽地火冒三丈，背過手就從腰後的刀架抽出了刀，猛地砍向阿漫。阿漫閃過了這一擊，四寸粗的香蕉樹被一刀兩段了。阿漫沒命地逃開。阿勇渾身的血都倒流了，身子顫抖，一時天旋地轉起來，就在那裏栽倒下去。他好像以爲自己殺了人，當他聽到香蕉葉在風裏拍拍地響著，這才發現到自己坐在地上，滿頭大汗。被砍倒的香蕉樹滲出了樹液，太陽在頭上猛烤著。大地搖晃的感覺那麼強烈，他再次橫倒了。不知不覺間便在香蕉蔭下睡著了，一陣冰涼掠過了背脊，他猛地又醒過來。雨點在打著香蕉葉，這使他著慌了。是驟雨！瘧疾最怕的就是雨啊。阿勇爬一般地在田野間的小徑上趕回去。熱烘烘的身子淋了雨是很涼快的，可是腳步踉蹌著，自己的生命彷彿從腳邊溶化著，他一次又一次地顛躓，肩上的豬食也紛紛掉落。回到家時，月里還沒有從工廠回來。阿勇像一個從水裏爬上來的投水者，渾身透濕，嘴唇發紫，顫抖不已。阿勇不知道月里是什麼時候回來的。她在燈影下縫補阿勇的衣服，好像哭著。他只模糊記得她餵了他幾次茶。一團漆黑裏，兩腳好像還在濺著水花。

「幾點啦？月里，怎麼還不睡呢？」

如果是十二點，那麼阿勇是昏迷了差不多十個小時了。

這一天起阿勇就臥牀不起，村子裏的人們也有段日子沒有人看到阿勇。連在工廠一塊工作的婦女們也問月里是不是死掉了吧。秋收開始，人手又不足了，村人這才來到阿勇家，希望能請他幫幫忙。他們發現到阿勇悄然坐在屋簷下的竹椅上，淌下的口涎在胸口牽著絲，楞楞地看著院子。

「阿勇！」

他祇是微微地側過一下臉，不發一言，仍凝盯著什麼。

「想請你幫幫忙的，病還沒好嗎？」

月里到工廠去了，來訪的人看不慣在桌上跳的雞，鼓著手掌趕開了。阿勇就這樣再沒人管，整日裏都那樣坐著。

「阿勇死了，月里才會幸福的。」村人又開始說話。有人說：話是不錯，可是娘家那邊，如今恐怕也不好意思把已經成了鄭家唯一支撐的月里要回去吧。也有些愛管閒事的人憂慮地表示：一開始就不順遂的，所以一切都不行啦，而且月里也埋怨著娘家，聽說阿勇剛得病的時候，月里就回娘家求助，却被二哥拒絕了。也有一次，有人說阿勇的病是可以治好的，那是有某種邪魔作祟，月里便到處去要了藥來給阿勇吃。阿勇雖然稍稍恢復了元氣，但人就像是一隻陀螺，凝滯著眼光跑步般地步了幾十公尺，碰上了電柱，恰像陀螺到達了旋轉力的巔峰，定定地站住。以為他會倒下去，却又忽然拔腿跑起來。

這就是阿勇恢復元氣時的情形。月里還是跟阿勇住在一塊。這種影子般的男人，有時也會使月里不知如何是好，但當她看開的時候，却又覺得這也是對雙親的報復，不免有些快樂起來。看，這就是TR庄福全藥房的千金，雙親爲了想成爲名望家，把女兒給犧牲了。有一次，月里還想跟阿勇來個合照，將照片寄給父母看看。人們不管這些，一股勁地傳言說月里的雙親是要等阿勇死後，才把女兒接回去。月里對這樣的說法嗤之以鼻。

「我就是死了也不離開鄭家啦。孤兒成爲幸福的方法，是知道自己的本分哩。」

女兒的這種言辭當然不會不傳聞到父母那兒。也因此月里已斷絕了與娘家的一切連繫。可是過了一年，阿勇還是老樣子，情形好時便會出到市場，照月里的吩咐買些青菜回來。這樣子，與其說是夫婦，倒毋寧更像拖著一個有血緣的影子一般的男人走路，使得自己的身子都彷彿輕得經不起一陣風吹來了。阿勇成了一隻被雨水打光了羽毛的慘兮兮的雞，而月里似乎下意識地恐懼著被人們討厭。也因爲如此，她較前更注意服飾。有時看著鏡子，會忽然好想化妝起來。我不是女人嗎？爲什麼不可以化妝呢？從來沒有人說過不行的啊，月里在心中自問自答。她還是沒有能衝破村子裏的習俗。影子般的阿勇坐在屋簷下，從不管月里。兩人就像一對母子，是有連繫但想法則是南轅北轍。月里是容易使喚的女工，也是相當美貌的女人，有時顯得稍輕率，但也不會被蜚長流短。阿勇幾乎砍死阿漫的事，不知如何傳揚開的，阿漫成了村子裏被討厭的人物。蚯蚓也有三分心志，人們這麼讚揚阿勇。也有人認爲阿勇雖然坐著不動一動，但那是惡犬般地守護著月里呢。事實上，阿勇是不會有這種力氣的。而村子裏的風習仍是正派的，以後再也沒有人敢學阿漫的樣子。也因爲這樣，月里就像個男人那樣，隨便那裏都去做工。很快地，她說話的口氣也像男人了。這一來，男人也就大膽起來，跟她開開玩笑。正如畫家不應該和模特兒說話那樣，月里也必須有工作的女人的尊嚴與矜持。被金銀紙工廠的年輕人們慫恿著，答應扮演車鼓旦，也是由於她不再把男人放在眼裏，內心也有點放肆起來的緣故。另一層就是希望讓自己的美姿展現在衆目之前的心情，使她大膽起來的。什麼是送秋波呢？她希望能把它具體化。

也就是因爲如此，她從那天晚上以後個性一變，並且社會上人們對她的觀感也不同了。保持男性與女性之間的尊嚴與矜持的幔幕給撕破了，她開始有了個外號叫村子裏的夜鶯。村子裏家家戶戶的父母們都嚴格地吩咐女兒們避免去接觸她，月里也屢次地成爲人們的家庭糾紛的原因。某個月夜，月里被一位太太的娘家的人抓進派出所裏，她已經自暴自棄，生活放肆了，化妝與胭脂成了她的命根，不管人們討厭不討厭，她隨時都不忘點上一抹紅唇。然而，月里也第一次發現到村子裏的青年們是一點勇氣也沒有的，他們的自私自利使她深感憤然。月里成爲村子裏婦女們衆矢之的。儘管如此，逢到收割期，月里偶而也會被請去幫工。她能雜在男人們之間幹活，工資却又便宜，有些農家倒是覺得很划算。例如李懷家便是。在月里來說，既然到處充滿白眼，能有個李家可以做工，也是很高興的。李家沒有女兒，也沒有未婚青年。三個兒子都已娶了媳婦。其中兩個哥哥是笨頭笨腦的農人，每天上田園裏做活，老三瘸了兩腿，去春才與名叫「大頭仔」的女人結婚，已有個男孩，受著一家人寵愛。雖然雙親都畸形，生下的嬰孩却白白胖胖，可愛極了。這大頭仔頭部特大，手脚又小，連每天梳頭髮都要婆婆幫忙。瘸脚仔阿凜討厭大頭仔，但父親李懷總是叱他。

「阿凜！你總說阿珠討厭，如果阿珠也說你討厭，那你又該怎樣？」

「阿爸，我原不必結婚的。」

「娘的！還不知足呢。」

於是阿珠和阿凜才結婚的。奇怪的是過了一年，孫子也生下來了。不但李懷喜出望外，阿珠娘家的父母親也送來了比往常多的賀禮。不過阿凜還是對妻子不滿。我至少是公學校畢業的，脚雖不好，但成績是優等的。尤其畫畫，村子裏人人稱讚他。就因此有強烈的自尊心。反觀阿珠，名字好美，外觀却是大頭仔，人人都這麼叫她。阿凜是沒有人叫他瘸脚仔的。阿凜會寫信，每到過年的時候，街坊鄰居便要來請他寫對聯，因此有什麼事，人們便會送雞或者什麼的，「有了好鳳梨啦」這麼說著送水果來的也有。阿凜會用木炭畫肖像，附近老人也有來請他畫肖像的。阿凜人挺好，大家都喜歡他。雖然人人喜歡他，但就是沒有人爲他介紹一房正常人的媳婦，因此阿凜懷恨世間的無情。阿凜的刺繡也棒極了，附近的女孩們便由母親陪同，來請教他。不過每當阿凜拿出鉛筆要寫生時，這些姑娘們便笑著走開。瘸脚仔的畫好像還是不受歡迎。也因此，阿凜更渴望著能畫美麗的女孩，便常畫些楊貴妃啦、王昭君啦。自然，這不能使他滿足。他好想能畫畫現代的女性美。這個家庭就是由於這個樣子，沒有一個人擔心月里。這使月里非常高興，每次被請來李家，便勤奮地做工，使李懷夫婦倆大爲滿意。月里對李懷太太總是嬸嬸長嬸嬸短地叫得怪親熱的。李懷太太便也常常安慰她，認爲人們對她實在太苛酷了些。

八

早稻開始收割了。月里仍覺得來李懷家幫工較有意思。田裏，割稻師傅手忙脚亂地幹著活，熱鬧極了，烏秋也飛到牛背上來嬉戲。月里從曬穀到廚房裏的活兒，無一不做，且做得好起勁。

「月里，妳好勤快啊。」

連阿凜的房間，她也收拾了，因此阿凜好感謝。他正在客房兼書齋的房間中心的牀前的桌上寫著什麼。

「人家都說我懶呢。只有你稱讚我。」

月里也朗朗地回答。牆上滿滿地貼著阿凜畫的畫。月里一幅幅地看著，心想不是有天才，絕對畫不出這麼美的畫。她欽佩得五體投地。

「能畫得這麼好，一定很安慰吧。眞叫人羨慕。」

「才沒有安慰哩。好像跟老頭對看著，沒意思。」

說來也是的，畫裏的人不是老頭便是古代女人。阿凜還祇有二十八歲，可是額角上已刻著好幾道深深的皺紋。

「咦，爲什麼？」

月里那清脆的嗓音，使得阿凜的心有些怦然起來，便說出畫這些東西是多麼無聊，不能到別的地方去學畫又是多麼遺憾，還表示一張張地畫著，等於就在等死。這話使月里大吃一驚。這樣的人，居然有這麼大的志氣，那種智能令她吃驚。她以爲阿凜的煩惱祇是生來殘廢，沒想到他有對人生的不可思議的慰藉，月里不禁覺得深得吾意。月里想了這些就出到庭院裏，大頭仔正在那兒趕偷吃穀子的雞。不知怎地，阿凜的一席話好像在腦子裏隱現著，竟覺得希望多聽一些。他內心的吐露等於也是觸到自己的內心。想起來，自己豈不也是殘廢的嗎？阿凜的煩惱，正好也等於是自己的煩惱。阿凜的話使她奇異地感動起來，似乎自己也變成了一個殘廢的人啦。並且認爲自己也是殘廢，那就更能用阿凜的話來表達自己的心情，心緒也就奇異舒泰起來。對啦，我也是個殘廢。月里茫然地這麼認定。然而，儘管她這麼認定，可是一旦看到大頭仔，便起了一種反抗心，感到一股嫌厭之情。她覺得大頭仔整個人都是畸形殘廢的，而她與阿凜則是人變形而成的另一種人，儘管是殘廢，却擁有了不起的東西。好比說，大頭仔是投錯了胎的，而她們則恰如變形的竹筍根，有著藝術味與深刻味。在強烈的陽光下，穀子就像黃金一般，一粒粒地閃著光。看著看著，月里覺得自己眞地是殘廢，心平氣和了。殘廢的阿凜有了不起的技能，而另一個殘廢的我，有著完好的手脚與整齊的五官。聽著阿凜的傾訴，月里彷彿覺得自己的人生受到了啓蒙，也覺得阿凜就是她所遇見的男人之中最了不起的一個。在大白天裏，她一面拉起嗓門趕雞一面這麼想。這就成了兩人幽會的動機了。穀倉後或庫房裏，兩人盡情地交談著殘廢與人生。

「我也和你一樣的。」她說。

「爲啥?」

「我想你應該是最了解的。阿凜兄，你畫我吧。我希望看到在你的眼裏所看到的我。」

「好，我畫，我畫。」

月里成了阿凜的模特兒。看了這情形，大頭仔雖然說不出，但心裏燃起了苦苦的嫉妒。不過父親倒是認爲這可以壓抑阿凜的向學心，反倒對月里的親切感謝。阿凜的畫不再是木炭的，而是用水彩，當清淨的月里在畫面上出現時，月里高興得幾乎流淚，禁不住握住了阿凜的手。

「阿凜兄，像嗎?這就是我的臉嗎?」

「像，只是我沒有能畫得更好。我不知妳怎樣看妳自己，不過我看到的妳比這畫更美。」

「這看起來像殘廢嗎?」

「不，妳不是殘廢。」

「爲什麼?爲什麼呢?」

月里的臉上罩上了一朶暗雲。爲什麼不是殘廢呢？說是殘廢，才更使我舒服啦。她說：

「不行。我覺得看起來像個殘廢，才能表達出我的心情。」

「勉強說，這眼裏的光就是殘廢。想從環境跳出來的這種眼光，也許在旁人看來是殘廢的吧。」

阿凜綻開了臉，看了看月里。

「同志！」

阿凜叫了一聲。月里一驚，回頭看了一眼。穀埕上，阿凜的母親與大頭仔還在曬穀。

「我也跟你一樣哩。」

月里細聲地笑了笑，把畫拿起來看了看。到了入秋以後，人們這才知道了月里與阿凜相愛。那也是因爲阿凜偶而會雙手撐著木屐樣的東西，拖著不聽指使的脚爬一般地前往月里的家，人們這才發現到的。自從畫了月里的肖像以後，阿凜人變得不落實起來了，大頭仔有一次偷偷地跟蹤他，終於明白了事實的原委。起初，加上阿勇三個人一起吃東西，後來便只有阿凜和月里兩人了。大頭仔看到後，急忙回來，想在房間裏上吊，却被婆婆看到了。大頭仔邊哭著向婆婆說出了一切。這事很快地就傳遍了整個村子，有一天大頭仔娘家的父母與兄弟們來包圍月里的家，差一點沒把月里拖出來。

「妳這臭婊子，月里，出來吧。把妳這夜鶯的肉撕開，才能給人教訓教訓。」

然而，月里那決意的蒼白的臉，使他們畏縮了。

「臭婊子，妳另外還有男人吧，幹嗎還要搶人家的丈夫？」

「搶？」

月里頭髮鬆亂了，牙齒咬得緊緊地說：

「沒下卵的，殺了吧。一個女人也殺不了嗎？」

看熱鬧的圍過來了。大頭仔的家人被有識人士阻止住，雙方祗互相叫罵了一陣便散了。只有看熱鬧的，意猶未足似地疏疏落落地走開。月里和阿凜沒法再相會了，可是兩個人的熱情反而更被煽動起來。

「我願意永遠背著你走。」

大頭仔跟蹤阿凜，所聽到的月里對怨歎脚不好的阿凜所說的安慰話由大頭仔公佈出來，而這話到了秋深之際被付諸實行。兩人在村西不遠處的碧潭雙雙投身而死。李懷咒罵了月里。看到月里的屍首還背著阿凜，更是怒不可遏，去找阿勇賠，可是阿勇楞楞地，什麼也不懂。結果葬禮費用都由李懷負擔，月里的靈位請一個乞丐婆送去給阿勇家。阿勇一點也沒有悲傷的樣子，左翻右尋地在空蕩蕩的屋裏找了半天，好不容易地才看到的是牀裏的那隻木雕閹雞。阿勇好像也知道了今天起只有這隻雞陪伴他似地，抱著它傻傻地想著什麼，並一任口涎淌下。村人們傳告說，鄭家躲著一個活的影子和亡靈，他們走過阿勇家前面時，沒有人再敢往屋內窺望一眼，有些迷信的人還要喃喃地唸佛呢。

——本篇作於一九四二年六月十七日，原載《臺灣文學》第二卷第三號，一九四二年七月出版

迷兒

鍾肇政　譯

今天，那對盲人夫婦又來到這小巷子裏。男的，拉著絃仔，女的背著小孩抱著月琴。那小孩的重量，好像傳到琴絃上，綳綳琴聲，聽來似乎帶著一抹慵懶。賣土豆湯的小吃攤老闆大目仔，每逢盲人夫婦來到，彷彿胸口都要跳起來了，恨不得幫著盲太太把背上的小孩卸下來般地，急忙招呼他們。

「你們來啦，今天好像遲了些嘛。剛剛就有個客人，想聽聽你們的歌，等了足足有半個鐘頭那麼久呢。」

「這樣啊。眞不巧，是在大橋頭多呆了一會的。」

那盲人好像多麼受歡迎似地，露著得意口吻，一步步小心地用拐杖探著，移步到亭仔脚上的攤子邊。大目仔一如往常，浮起腰身叫了一聲老妻，招呼這對賣唱的夫婦坐在椅子上，讓他們不至於妨礙客人。大目仔的妻子阿却，還熱心地幫盲太太把小孩子從背上解下來。這一方面是由於小吃攤老闆夫婦喜歡聽聽歌，不過一方面也是由於這對賣唱的，很能引來一些吃客的緣故。這些日子以來，土豆少了，杏仁也不容易買到，因此鍋子裏祗好熬些蕃薯湯來賣。二十幾年來，就是靠這隻鍋子支撐了一家生計的，所以鍋裏的東西變了，是不是還能招來食客，有一點使人擔心，然而自從仗打起來以後，房東再也不能趕走房客，這就比什麼都使做房客的穩下心了。還有，鍋子裏的東西變了，却也不見得就賣不出去，因此生活倒還有希望。也是因爲這緣故，所以每到傍晚時分，這一對賣唱的來到，總是一件樂事。歌使他們感到慰藉，食客又肯光顧，眞個是一舉兩得，老闆夫婦當然就樂開了。

但是，有個傍晚，老闆夫婦遠遠看到賣唱的來了，竟慌慌忙忙趕到外頭，吼叫般地喊：今天免了，請你們到別的地方去唱吧。這就使得盲人夫婦大爲納罕了，楞了半天還不知如何是好。

「是我家老么，從昨天起就沒有回來啦。」

盲人夫婦這才明白過來，便又開始拉著月琴，轉過身子離去。

大目仔的么兒黑面仔，打從昨天傍晚走失，到現在還沒有回來，老闆夫婦和女兒女婿等一家人都憂愁滿面。

「跑到那兒去了呢？」

崁仔店的頭家娘也裝著一副擔心的面孔來問。

「通常都是聽完了瞎子的歌以後，來纏著要錢，可是昨天好像賣唱的還沒來過，就不見了。」

大目仔的大女兒阿花仔向頭家娘說明。

「到派出所去報案了沒？」

「還沒。」

「應該早一點去才好，說不定被那個派出所收留了。」

根據阿花仔的說法，雖然還沒有正式報案，但是她男人已經到市裏每一個派出所瞧過了。這是因爲覺得這樣，比去報案，又是塡表啦，又是筆錄啦，還簡便些。聽到「報案」兩個字，他們先就煩了。可是，到如今還沒有回來，左鄰右舍又勸著，大目仔自己這才前往派出所，辦妥了手續。妻子也總算放了心似地走向廚房，準備給昨天起就熄火的火灶生火。後來，警察來問了些話，親戚和朋友也來慰問。一向就畏縮寡言的大目仔，又煩又憂心，乾脆不再開口了。他有個頗爲男性化的名字叫阿樹，但是因爲獨眼，看著人家的時候，也不知是看著還是睨視著，或者是生氣著，不容易分淸楚，所以才被取了大目仔這個諢名。並且，又因爲人頂頑固剛愎，過去儘管有過些機會，結果還是改不成行，靠一隻鍋子，挨過了這許多歲月。最近，大女兒阿花仔結婚了，大兒子也上了國民學校四年級。祇有老么黑面仔，不曉得是生就的傻子呢，或者怎樣，都六歲了，還不會說幾句話，一天到晚不是皮球般地蹦來跳去，便是躺在地上，一臉的泥污，所以鄰居們便叫他黑面仔。然而，父母親倒常常說是自從這孩子生下來以後，生活好過多了，因而特別寵愛。這孩子誕生後第二年「日支事變」打起來了，大目仔的生意的確比以前好了很多。不過大女兒十七歲時——也就是前年春間，房東來勸大目仔讓她從事「醜業」，被大目仔狠吼了一聲，從此房東不敢再提這件事了。從此大目仔與房東經常反目。倒是大女兒還算爭氣，當上了青年團的班長，使大目仔很是得意。這大女兒十八歲的春間招進了贅夫，很快地就生下孿生兒子。大目仔大喜過望，逢人便誇口說：我一下子就成了兩個孫子的阿公呢。可是光靠一個小吃攤，一家生計馬上就捉襟見肘了。黑面仔的迷失，也換來了鄰居們的疑惑眼光。警察方面更因爲小孩不見後，過了二十四小時才報案，有了些嫌疑。殺白痴小孩的故事被編成戲，正在轟動，因爲鄰居們對警方搜查的情形感到莫大的興趣。房東還向鄰近的人們數說這一家人可疑的地方，成了火上加油之勢。但是，大目仔一家人倒沉閉著嘴巴，一股勁地瑟縮在屋裏。於是嫌疑也就來得更加深重了。大目仔本身不用說，連贅婿也被暗地裏調查。結果明白了這位贅婿，直到六年前還是個行爲不太檢點的人物，這就使得這一家受到更嚴密的監視了。這種情形也被鄰居們察知了，人們走過小攤子前面的時候，總要露出猜疑的眼光瞧瞧，彷彿是在探詢著：一家人都在嗎？或者，贅婿是不是畏罪潛逃了？房東更逮住機會了，每有女客來串門子，便說：瞧，一個窮光蛋，還自以爲了不起，說什麼醜業啦，賤業啦，把女兒當寶貝似的，現在可好了，衣服破了，雙手抱著小孩沒精打采地呆著，那樣子不是和乞食女人一樣嗎？

大目仔一家人就租住這幢巷子裏的古老屋子三樓上的一個房間，在樓下擺著小攤子。二樓是讓養女去賺不體面錢的房東自住，面向巷子的樓下，住著炭仔店夫婦。雖然說是炭仔店，却是最起碼的小糖果雜貨舖子，雇客不外是巷子裏的小孩和主婦們。炭仔店夫婦因爲讓獨子上中學，所以大家都管他們叫做小氣鬼。好比他們也賣牙粉的，自己却除了兒子以外，從來也不用牙粉，光用牙刷來刷牙。就在這炭仔店一角，大目仔擺著像是攤子，也像是小點心店，更可以說是糖果店喫茶部一般的小店仔。他開這爿小店仔，當然是得過炭仔店夫婦同意的。這樓下的房租是十四圓，黑面仔家負擔四圓。黑面仔一家，白天就在這小店仔前的亭仔脚玩，到了晚上，就像麻雀回窠裏一樣地上到三樓睡覺。三樓共有三個房間，其中之一是屋主的閒間仔，另外一間就是黑面仔一家租的。閒間仔也就是房東家來了客人的時候，如果二樓不夠用，便由老太太上來睡的房間。最後的一間是廳，因爲跟廚房連在一塊，所以並不寬大，房東沒有把它租出去，是想讓它成爲共用的廳。黑面仔一家的房租是四圓，跟樓下的合起來便是八圓了。到了夏天，大目仔總是在這共用的廳裏攤上草蓆睡。十多年歲月便是這個樣子挨過去的。

然而，自從大女兒結婚以後，黑面仔父母和孩子便到廳裏來睡了，把房間讓給女兒夫婦。屋主當然不甘願白睡，於是他們的房租又加了三圓，這樣一來，廳總算也正式租給了他們。

房東自從建議大目仔讓女兒從事「醜業」被拒以後，對大目仔一家懷恨在心。

「樓下的獨眼仔是個大憨呆呢。」

每次，那位從事醜業的同業老婦人來到，屋主便慨歎著數說房客的不是。

「過得舒服些好呢，還是過著乞食仔一般的生活好呢？人家好心告訴他，還不識相地臉紅脖子粗起來，眞是的。」

「給豬唸經啊。」

「可不是。當了乞食仔，也不靠女兒賺髒錢來吃飯，幹！阿秀婆，妳聽聽，這算什麼話嘛。可是，如今自己的屋子，自己不能做主啦，眞是傷腦筋。如果是從前，馬上把他們趕走的。聽說最近有了一個新法律，不能隨便趕走房客是不是？」

「是啊。不過，也要看你怎麼趕吧。」

兩人於是開始這樣那樣地商議趕走房客的方法，但還是沒有能想出一個妙法。這位房東，就這樣和大目仔在同一個屋裏過著睚眥必報的日子。然而，時局繼續演進，太平洋戰爭打起來以後，女孩參加「特志看護婦」，男孩當「志願兵」，國家與國民生活益趨密切，大目仔便也覺得有恃無恐了。三句不離「房東又怎樣？國家會保護我們呢」，要是房東出口趕他，他便唾沫四濺地主張過正當生活的人，終獲勝利一類的話。這一回，忽然碰上老公走失的倒霉事態，這就使他變得有氣無力起來了。

「還沒回來嗎？」

房東故意地裝著關切的臉，一天裏總要下來幾次問問，弄得大目仔煩上加煩，末了是側開臉，再也不理睬。

其實呢，嫌疑啦，房東啦，根本不是大目仔所在意的。他祇是一股勁地在想著老公阿誠皮球一般活蹦活跳的身影。這個時候，該在地上舒服地躺著才是。或者，該到了來纏著要點心的時刻了。這就是他腦子裏的一切。大目仔可眞是疼這個老么的。自從阿誠誕生以後，家計好轉，因此阿誠也就是家裏的福星。白痴也好，傻蛋也好，祇要能福蔭家裏，便是最可貴的。大目仔是從鄉下來台北闖的。在鄉下，有些有錢人就是因爲買的牛好，這隻牛進屋以後，家運忽然興旺起來了。因此，牛老了以後，還給牠蓋所漂亮的牛舍、給嫩草吃，服侍得像個老太爺似的。同樣道理，養了個憨呆兒子，大目仔也不覺得可悲。但是，世上的人就那麼多事，總是愛管人家閒事。憨呆兒子又怎樣？牛都會福蔭人家呢。何況阿誠不啞不聾……大目仔這麼想著，越發地無精打采了。

祇有那對炭仔店夫婦倆是相信大目仔的。阿誠確實不是聰明的孩子，不過迅速地抓了東西就跑的模樣像極了猴子，所以頭家娘有時也會和這孩子開開玩笑，偶而有餅乾碎片，總是留下來給他。那阿誠跑的時候，高高地墊起脚尖，皮球彈起來一般地把身子左右晃盪著跑。如果忽地從後抓住他的肩膀，搶下他手上的東西，他就把脚尖墊得更高，蜿蜒著全身大哭大鬧。他確實不是惹人厭的小孩。

「阿誠仔，出去外邊玩吧。」

和姊姊一塊在剝煮熟的花生的母親，常常這麼吆喝，嗓音總是透到鄰居。母親知道客人不喜歡阿誠去纏坐在攤子後面的父親，所以這樣叱罵。阿誠因爲常常把東西塞進嘴巴裏，所以手指頭和嘴邊是白的，其他手啦、臉啦，一片泥污，好像長滿了黴似地漆黑一團。被母親罵了幾口，嘟起嘴來，可是大人們還是不理，這就在地上躺下去了，把脚擱在矮竹櫈上，顚倒著頭，端詳倒過來的行人面孔和屋宇，自得其樂。

「這孩子眞怪，躺下來總是顚倒著頭。」

被鄰居阿姆這麼一說，大目仔便又直起嗓門罵阿誠了。阿誠聽到了，越發地好玩起來，連屁股也挪到竹櫈仔上，整個世界也就更顚倒了。阿誠的姊姊阿花，小時候是不是也和阿誠一樣，躺在地上長大起來的，如今已記不起來了，不過至少上太平國民學校四年級的阿兄，直到上國民學校以前，也是被叫做黑面仔的。這位姊姊，就像梅樹枝碰到春風一般，胸脯鼓起來了，臉上、眼光裏，不知不覺地就添上了少女的艷亮。房東就是看準了這一點的，却不料惹來大目仔狠狠的一聲吼叫，結果是女兒早早地就招了贅夫了。

這女兒所生下的孿生子，不知不覺間也會蹣跚走路了。是像土豆上長了一頭紅髮樣的小孩。讓兄弟倆竝排著站，就像把兩顆豆豆放在盤子上，可愛極了。祇因面孔太相像，所以無法分清誰是誰。倒是弟弟這邊，因為乳水不足，幾乎靠罐頭煉乳養大的，所以營養差了些，比哥哥遲了好久才能站，因此一看就可以看出是弟弟。兄弟倆笑起來，都好像有點尷尬的樣子，非細心瞧瞧嘴邊，便無法看出他們的喜怒哀樂。這大概是大人們的困窘，感染了小孩子們吧，因而他們的笑也就益發地使人感到可憫可愛了。當他們發嗔的時候，靜靜地站著，嘟起嘴唇，吊起眼尾，狠狠地睨視人家。鄰家阿姆被他們這樣一瞧，便要笑起來，向他們母親說：妳的孩子們生氣了呢。

「唷，好神氣啊。阿姆可是疼你們的，怎麼可以這樣睨著人家呢？」

受了生活的逼迫，去年還是艷亮的少女，如今却成了歐巴桑啦，日子也過得多麼困窘似的。

倒是上中學的崁仔店小開，喜歡畫這孿生子，一隻土豆上畫了眉毛、嘴巴，讓做母親的，笑得闔不攏嘴。

「眞像哩。」

中學生說：可眞生下了一對有趣的小寶貝呢。他常常這麼說著，拿出了圖畫紙，畫孿生子的臉。做母親的看到了，便笑著說：畫好了，可要送給我做紀念啊。孿生子的父親是縫衣舖的師傅，一早出門，非要到深夜起十二時才能回家。儘管這麼苦苦地幹活，一家四口還是不容易過下去，更不用說對岳父能有什麼幫助了。有時，阿花零用短少了，便把給父親的款子減少了些。大目仔當然不高興。

「我養你們一家四口，一點便宜也沒占呢。」

從此，父女之間的感情便有一點裂隙了。儘管如此，他們一家四口却又沒有力量另覓居所獨立過活，因此大目仔一家人不免偶而會有陰影掠過。可是孫子究竟是可愛的，於是有時大目仔便要數落女兒幾句。

「妳還是查某嫺仔命喔。」

當這個大女兒剛生下地的時候，由於家裏貧窮，爲了免除女嬰被鬼魔帶走，大目仔便給她取了名字叫阿花。阿花也就是做查某嫺的名字。窮人爲了避邪祓厄取較平常的名字是常有的事，却不料這孩子還是命定不會幸福。大目仔已過了人生的五分之四，結果家庭情形還是如此，他更落落寡歡了，嘴也不肯輕易開了。特別是么兒走失後，更成了老人，有了老境的穎悟。

「都是命啊。」

萬一阿誠就此不回來，那麼這個家會怎樣，大目仔是很明白的。在屍首出現以前，不但一家人將蒙不白之冤，生活也會陷入絕境。那時，最可憐的該是小孫子了。三天來，大目仔總是呆坐在攤子後的櫈子上，看守著孿生孫子在嬉耍。

沒料到第四天早上，派出所來傳他了。第六感使大目仔忽然恢復了元氣。

「一定還活著。」他想。

果然，過了約莫一個小時，大目仔彎腰曲背地把阿誠背著，滿臉浮著笑回來了。阿花看見，扯起喉嚨向崁仔店的頭家娘說：

「阿誠仔回來啦！」

大目仔說，阿誠走失後成了個迷兒，跟一群乞丐的小孩們跑到萬華的「愛愛寮」去了。

「原來是在愛愛寮。」

房東說黑面仔流落到愛愛寮，是件料想不到的笑料，還認爲這是大目仔的好運。大目仔的家恢復了陽光普照，鍋子開始冒白煙了。大目仔也期待似地把眼光投向盲人夫婦經常出現的巷口。大街上，陽光跳躍著，使人想到中元快到了。

——本篇原載《台灣文學》三卷三號，一九四三年七月三十一日出版。並曾選入《台灣小說選》（日據時期唯一的日文小說選集），一九四三年十一月，大木書房出版

生息於斯的「滾地郎」——張文環

張建隆

日據時期的臺灣新文學運動，由萌芽、開展、成熟到高潮，在短短十多年間（約從一九二三年至一九三七年），展現了驚人的活力，無論是中文（白話文）或是日文的文學成就，都十分可觀；但是，卻像曇花一現般，到了一九三七年中日戰爭前夕，隨著「漢文欄」的廢止，旋即地沉寂了下去。

在戰爭的陰影下，當時的臺灣文壇似乎有如尾崎秀樹所論：「臺灣人作家的意識歷程是由抵抗而向絕望，再向屈服傾斜下去的。」然而，就在這個傾斜的頹勢中，出現了極富鄉土寫實色彩的《臺灣文學》。《臺灣文學》不僅提供了創作園地以延續臺灣新文學運動的命脈，更以堅持臺灣人文化的民族立場，與甚囂塵上的皇民化運動相抗衡。從他們提倡臺灣歌謠、標榜鄉土寫實，以及在戰鼓笳聲中毅然推出敏感的《賴和先生追悼特輯》，可以看出他們的勇敢和志氣。

如今，我們很難想像，在那個沉重的戰爭時期，《臺灣文學》以微薄之力要與整個時局相抗衡的艱辛。但卻可以肯定，如果沒有《臺灣文學》，日據時期臺灣新文學的成就必將遜色不少。

事實上，《臺灣文學》的靈魂人物張文環，正是以其傑出的文學成就，以及外圓內剛的智慧和毅力，與日本當局相周旋，爲臺灣文學爭取了極其珍貴的生存空間。

然而，很諷刺地，這位被日人譽爲比美田山花袋及正宗白鳥的「臺灣的菊池寬」，在回到祖國懷抱之後，却從此封筆，甚且背負著臺灣人陰慘的影子「像小丑般地活著」，直到三十年後，才以寫遺囑的心情寫出長篇力作〈地に這うもの〉（生息於斯的人）。更令人痛惜的是，他的「遺囑」只寫了三分之一就撒手西歸，與世長辭了。

在異國統治下奮力開出燦爛花朵，回到了祖國懷抱後却奄奄一息，這不只是張文環個人的悲哀，也是整個臺灣文化和臺灣人的悲哀吧。

張文環，一九〇九年生於嘉義梅山的大坪村。父親張察，經營竹紙業，母親張沈氏巄。張文環童年時似乎曾入「書房」受私塾教育，到了十三歲（大正十年，一九二一年）才入小梅公學校就讀，不過他的成績十分優異，除了第六年獲二等賞外，前五年皆獲一等賞。

張文環就讀公學校時的臺灣島內，正是「政治抗日」的蓬勃發展時期：一九二一年

「文化協會」創立，一九二三年《臺灣民報》創刊、「治警事件」，一九二五年「二林事件」，一九二七年「文化協會」分裂、「黑色青年聯盟事件」。偏處在嘉義山村的張文環，是否受到這一連串事件的衝擊，我們不得而知；不過他也許已認同了當時許多抱著遠大志望而踏出鄉關的臺灣青年的想法吧！爲了突破日人技術訓練式教育的限制，爲了接受高度教育以響應本島的政治、文化的啓蒙運動，非得直接到日本內地去求學深造不可。一九二七年，張文環自小梅公學校畢業，隨即負笈日本，進入岡山中學就讀。這一年，他已是十九歲的青年。

當時的日本，已晉入「大正民主時代」的後期，百家爭鳴，社會主義運動高揚。向來以爭取民族自決爲依歸的臺灣留日學生界，也逐漸感染了「殖民地解放」的左傾思想。一九二六年，許乃昌等設立「臺灣新文化學會」，翌年（一九二七年）更藉「社會科學研究部」奪取了「臺灣青年會」的領導權。到了一九二八年，從青年會獨立出來的「社會科學研究會」改稱爲「臺灣學術研究會」，並接受甫成立的「日本共產黨臺灣民族支部東京特別支部」的領導。但是，當時日本政情因受國際局勢影響而轉趨保守，右派勢力逐漸擡頭，兩次大檢舉（一九二八年的「三・一五事件」和一九二九年的「四・一六事件」）徹底摧垮了日共的整個組織。連帶地，臺灣留日學生界的社會主義革命陣營也遭受到致命的打擊，從此一蹶不起，部分成員乃將革命熱潮轉向左翼文化運動。於是，到了一九三二年有隸屬於「日本P文化聯盟」系統下的「臺灣人文化サークル」(culture circle)的結成。張文環即是在這個時候登上了歷史的舞臺，此時的張文環已是東洋大學文科的學生。

擦不掉的臺灣商標

根據吳坤煌和巫永福的追憶，當時張文環係偕同胞弟住宿在未婚妻定兼波子（後改名張芙美）的娘家（東京市本鄉區西竹町）。由於地利之便，時常與東京留學界的文藝愛好者交往，並結交當時留日的臺灣前輩畫家，文藝氣息十分濃厚。

「文化サークル」成立於一九三二年的三月二十五日，主要成員有：林兌、吳坤煌、王白淵、葉秋木、張麗旭和張文環等人。同年八月十三日發行機關報《ニュース》（吳坤煌主編）創刊號七十部。不久，因葉秋木參加震災紀念日示威遊行而被日警檢舉，張文環和林兌、吳坤煌、張麗旭諸人亦遭逮捕，雖然只拘留了幾個星期，但「文化サークル」因此被發覺而瓦解。當時，張文環被拘留在元富士拘留所，看守直呼他「臺灣」而不稱其姓氏，出獄後張文環半開玩笑地向吳坤煌說：「我們這個『臺灣商標』是永遠地貼在我們的額上，擦也擦不掉了。」

事後，於同年（一九三二年）十一月間，「サークル」成員再度聚會，商討對策。由

於見解的不同，遂分成「強硬」和「溫和」兩派，前者以魏上春、柯賢福和吳鴻秋爲主，主張繼續隸屬於「日本P文化聯盟」（Coup），後者以張文環和吳坤煌爲主，主張化暗爲明，成立合法組織（「臺灣藝術研究會」），並舉辦音樂、戲劇活動以籌募資金。經由多次的磋商討論，最後才達成協議，而有「臺灣藝術研究會」的創立。值得一記的是，其時張文環正巧從家鄉接到一筆金錢，因在本鄉區西竹町開了一間喫茶店「トリオ」，雖後來因收支不能平衡而關門，但日後張氏竟與餐飲業結下不解之緣。

「臺灣藝術研究會」成立於一九三三年三月二十日，同時並發表會則和宣言。宣言中強調要以文藝運動來提高臺灣同胞的精神生活：「創造眞正臺灣人所需要的新文藝……創造適合臺灣人的文化新生活……從文藝來創造眞正的『華麗之島』」。這就是臺灣文學史上有名的《福爾摩沙》發刊宣言。

《福爾摩沙》（フォルモサ）創刊於同年（一九三三年）的七月十五日，因平野書房的襄助出刊了五百部，實際編務由掛名部長的蘇維熊和部員的張文環等負責，其地址並設在張文環的寓所。由於資金的困難，第二號和第三號拖到翌年（一九三四年）的元月和六月才發刊，最後因合流於「臺灣文藝聯盟」（一九三五年），遂告無形而廢刊。

《福爾摩沙》雖然只發刊三期，但因首開文藝獨立之風氣，對日後臺灣文學運動產生了相當大的影響，兼顧作品的民族性和藝術性，這也是張文環日後創作的一貫宗旨。

《福爾摩沙》創刊後，張文環即潛心於讀書創作。這一年（一九三三年）他離開了東洋大學（中途退學？），以自修的方式，到上野圖書館閱覽羣書，並且創作不輟。他的第一篇發表的小說〈落蕾〉（編按：即本集中的〈早凋的蓓蕾〉）刊登在《福爾摩沙》創刊號，不久（一九三五年），又以〈父親的顏面〉入選《中央公論》，初次展露了「極有大家之風」的才華。

一九三五年「臺灣文藝聯盟東京支部」成立後，張文環曾多次參與東京支部所舉辦的各項座談會，並且不時地發表新作刊登於《臺灣文藝》，計有〈自己的壞話〉、〈哭泣的女人〉、〈父親的要求〉、〈部落的元老〉等。一九三七年與未婚妻定兼波子結婚，是年並發表〈豬的生產〉於《臺灣新文學》。翌年（一九三八年），偕同日籍妻子返臺。

殖民地的悲哀與苦悶

張文環返臺時，島內的空氣正遭逢著前所未有的壓力。「七七事變」後，隨著日人侵華戰爭的擴大，臺灣跟著實施戰時體制，思想統治日見加強。不僅是政治運動者紛紛轉入地下潛至大陸，即連文藝作家都被迫把筆暫時擱下。當時最活躍的楊逵日後沉重地寫道：「自從臺灣新文學被壓碎（一九三七年）歸隱於首陽農園以來，有長久的時間我不再執筆。」事實上查看林梵所編的〈日據時期臺灣小說年表〉，一九三八年欄的創作幾成一片空白。

返臺後的張文環，先是進入謝火爐的「臺灣電影公司」（臺灣映畫株式會社）任職，並兼任《風月報》的日文編輯。在這時期，張文環結識了王井泉和陳羣，前者成爲後來《臺灣文學》的幕後功臣；後者則成爲他的夫人，爲他添下二男三女。

由於王井泉個人精於演劇和音樂，又熱心文化運動，他所經營的「山水亭」餐館，逐漸成爲以張文環等爲中心的文藝沙龍，臺北的作家、畫家、音樂家、教授、民俗家和記者等常在此聚會，談論文化問題。然而，當時臺灣文壇的氣氛是十分沉悶的，稍後雖有《文藝臺灣》的刊行（創刊於一九四〇年元月），但因過度傾向主編西川滿個人爲中心的趣味性，不但無法表達臺灣人的想法，反而頗有御用的氣味。張文環雖然身爲《文藝臺灣》的同仁，但對當時的情況深感不滿和心痛，因以發出這樣的感歎：「在這種要做日本人既不可能，要做漢民族也難的政治環境下，還有什麼文化呢？縱使有的話，那就是殖民地的悲哀與苦悶的文化。」在這種心情的催迫下，張文環決定要辦一本文藝雜誌。

幾經奔波，在得到陳逸松的金錢資助和王井泉的慨然答允負責出版實務後，《臺灣文學》這份戰時唯一的臺灣人文學雜誌，終於在一九四一年六月創刊出版。爲了專心編務，張文環辭去了電影公司的職務，並且結合日、臺作家，組織了「啓文社」。

《臺灣文學》甫經推出，即獲得熱烈的反應，創刊號一千本於一週內售罄，同時「臺陽展」會員更提供作品義賣捐作雜誌發行資金。然而，在戰時統制下要經營一本代表臺灣人立場的刊物，其中的艱辛和困難是難以言喻的。對外要應付當局的無理壓力，對內要化解同仁的誤會，此外還有資金週轉的難題，這些大都由張文環憑著個人的毅力和智慧承擔下來。張文環自認爲性格像羊仔一般文弱，不善與人爭；但是，他以「八紘一宇」的藉口擊退日本憲兵對他不肯改日本姓名的責難，甚且在新聞統制委員會，當著保安課長及情報課長面前，以「內臺差別」替臺灣人報紙講話。

《臺灣文學》季刊總共發行十期（不包括被查禁的一期），從創刊到一九四三年底，在「納入戰鬥配置」名義下被迫廢刊止，共維持了兩年半。在此兩年半間，《臺灣文學》不僅動員了所有臺灣作家，與西川滿等的《文藝臺灣》分庭抗禮，爲臺灣人揚眉吐氣，它的文學創作成果更是豐碩。許多日據時期臺灣新文學的重要作品，如張文環的〈閹鷄〉、〈夜猿〉，呂赫若的〈財子壽〉，王昶雄的〈奔流〉，龍瑛宗的〈蓮霧的庭院〉以及吳新榮的〈亡妻記〉等，都出自該刊。張文環的〈夜猿〉還在一九四三年獲頒「皇民奉公會第一回文化賞」。

此外，張文環等人爲對抗皇民奉公會公演舞臺劇，另組「厚生演劇研究會」，於一九四三年九月在「永樂座」劇院演出呂泉生編曲、林博秋改編的〈閹鷄〉。其結果獲得空前的成功，尤其是變通的臺灣歌謠插曲更引起全場的合唱呼應，大大地壓制了皇民奉公會的氣焰。《臺灣文學》同仁不屈服的志氣，由此可見。

《臺灣文學》廢刊後，張文環頓受失業之苦，加上戰事日益嚴重，遂於翌年（一九四四年）舉家遷居臺中霧峯，與林獻堂結爲鄰居。他先是任職霧峯區公所主事，稍後又因林獻堂的賞識和鼓勵，一九四五年七月被推爲大屯郡大里庄庄長。一個月後，日本宣佈無條件投降，臺灣脫離日本的統治。

生息於斯的人

當時，張文環和全島臺民一樣熱烈地迎接新時代的來臨。他在〈難忘當年事〉文中的一段話，是當時心情的最佳寫照：「光復時我曾對你（指王井泉）說過，我們輕鬆了，多士濟濟，而且再也沒有民族問題來打擾我們。我在學生時代就希望在山邊經營果園。我的書房掛著『樂雨山莊』四字，這是我的願望也是我的理想。」但是，張文環和全島同胞所迎接的，不是新時代，而是一場噩夢。

一九四六年三月，張文環當選臺中縣第一屆縣參議員。翌年二月，爆發了「二二八事件」。在這場浩劫中，張文環也被迫逃進山裏避難。

浩劫餘生後，張文環將所有藏書資料等焚之一炬，幾乎全然退出文壇，絕少涉足任何文藝活動，甚且乾脆封筆不再從事創作。從〈張文環先生略譜〉中，可以略悉戰後三十多年間，張文環不斷改變職業，大有席不暇暖之感，忽而文獻委員會編纂，忽而保險公司經理，忽而企業公司經理，忽而銀行專員，忽而紡織公司經理，直到一九六八年擔任日月潭觀光大飯店總經理後，生活才稍稍安定下來。張文環職業的不能穩定，固然與時代變遷及一家八口的負擔有關，但也和他不易妥協的性格有關吧。從他毅然辭退掛名副總經理職位和羅萬俥逝世後即自彰化銀行被迫退休這兩件事例，可以看出他的骨氣。

張文環的封筆，恐怕也是緣由於這種骨氣，而並非單純的「語文不便」的理由吧。雖然他曾明白地對人言：「光復後，我因爲有種種理由，不但不寫小說，連國文國語我也不會。」但早在一九五七年他就能運用漢字將〈藝旦之家〉改編成電影劇本〈歎烟花〉；還有一九六五年在《臺灣文藝》所發表的〈難忘當年事〉，豈不是文情並茂?張文環並不是不會寫中文，而是不願意寫啊!爲什麼呢?也許他不願向這個小人容易得志的時代低頭，也許他無法認同比日人更御用化、更箍制臺灣文化的文藝政策吧。

一九七二年起，張文環於經營日月潭飯店之餘，每天清晨三時半起牀寫作二小時，無日間斷，歷時二年，完成長篇小說〈生息於斯的人〉（一九七五年九月由日本現代文化社出版，入選當年「全日本優良圖書一百種」，一九七六年廖清秀翻譯成中文〈滾地郎〉由臺北鴻儒堂出版）。一九七七年，他繼續起稿撰寫以日據中民族運動高揚時期的知識分子爲主題的〈從山上望見的街燈〉。另外他還計劃撰寫有關戰後國民黨統治下臺灣人境遇的第三部長篇。這三部曲的長河小說，就是張文環向林龍標所稱的「遺囑」：「透過這份遺囑，他（張文環）要把他的心情全部吐露。」可是，在他剛剛動筆撰寫〈從山上望見的街燈〉時，竟於一九七八年二月十二日因心臟病而逝世。

在朋友的心目中，張文環是一位熱情、健談、幽默、隨和的人；在親人的心目中，他是慈祥的父親、體貼的丈夫。菸酒不沾，不染惡習，甚至有些心細膽小，在這樣文弱的性格中，竟涵養著某種執著不屈老虎般的骨氣，用以應對殖民統治者，用以自處於公義無法伸張的時代。他的骨氣，是源自對鄉土的熱愛，對臺灣人尊嚴的堅持。他的文學創作所要表現的，也在於此，誠如葉石濤所論：「透過生活皮相的描寫，張文環先生的筆觸銳利地刻劃出臺灣民衆的性靈。我們在他的小說裏可以聽見三百多年來在異族的統治下被壓抑的臺灣民衆的呻吟和憤怒。」實則，他的創作、他的一生，無非是要告訴世人：即使是在沒有做人條件、被欺凌、被踐踏的生活中，也存在著人性的尊嚴。這才是他留給後人最寶貴的文化遺產。

【主要參考資料】

1.《張文環先生追思錄》（非賣品），一九七八年出版。
2.張文環，〈雜誌《臺灣文學》の誕生〉，臺灣新文學叢刊，卷八。

3.池田敏雄，〈張文環《臺灣文學》の誕生後記〉，同右。
4.張文環，〈難忘當年事〉，《臺灣文藝》二卷九期。
5.張恒豪，〈張文環的思想與精神〉，《臺灣文藝》八一期。
6.〈閹鷄〉，鍾肇政、葉石濤主編，《光復前臺灣文學全集》卷八，遠景出版社，一九七九年出版。

張建隆　一九五〇年生，臺北淡水鎮人。淡江大學歷史系畢業，文化大學歷史研究所碩士。曾任教職，現經商及寫作。

張文環小說評論引得

張恒豪　編

篇名	作者	刊(報)名	卷期(出版社)	出版日期
1.決戰下之台灣文學	尾崎秀樹	文藝台灣	三卷五號	一九四二年二月
2.台灣的鄉土文學	葉石濤	文星		一九六五年八月七日
3.張文環先生逝世	張良澤	自立晚報副刊		一九七八年二月廿日
4.張文環文學的特質	葉石濤	台灣鄉土作家論集	遠景出版社	一九七九年三月
5.論張文環的〈在地上爬的人〉	葉石濤	台灣鄉土作家論集	遠景出版社	一九七九年三月

6.張文環作品解說	羊子喬	光復前台灣文學全集卷八—閹鷄	遠景出版社	一九七九年七月
7.張文環的〈滾地郎〉	彭瑞金	泥土的香味	東大圖書公司	一九八〇年四月
8.文藝台灣與台灣文學	龍瑛宗	台灣近現代史研究	第三號	一九八〇年
9.日本統治期台灣文學管見	塚本照和著，張良澤譯	台灣文藝	六十九、七十期	一九八〇年十月、十二月
10.馳騁台灣文壇的—張文環	黃武忠	日據時代台灣新文學作家小傳	時報文化出版公司	一九八〇年八月
11.張文環的思想與精神	張恒豪	台灣文藝	八一期	一九八三年三月
12.關於張文環的《台灣文學》的誕生	池田敏雄著，葉石濤譯	小說筆記	前衛出版社	一九八三年九月

13.張文環兄及其周邊事	池田敏雄著，張良澤譯	台灣文藝	七十三期	一九八一年七月一日
14.張文環	施淑	中國現代短篇小說選析	長安出版社	一九八四年二月十五日
15.張文環的〈父之顏〉	黃得時	自立晚報副刊		一九八六年十二月廿二日
16.生息於斯的「滾地郎」——張文環	張建隆	台灣近代名人誌第一冊	自立晚報社	一九八七年一月
17.《台灣文學史綱》(張文環部分)	葉石濤	台灣文學史綱	春暉出版社	一九八七年二月
18.《台灣現代文學簡述》(張文環部分)	包恒新	台灣現代文學簡述	上海社會科學院出版社	一九八八年三月
19.《台灣小說發展史》(張文環部分)	古繼堂	台灣小說發展史	文史哲出版社	一九八九年七月

20.四〇年代的台灣日文文學	葉石濤	台灣文學的悲情	派色文化出版社	一九九〇年一月
21.《文藝台灣》中的台灣作家	葉石濤	台灣文學的悲情	派色文化出版社	一九九〇年一月
22.《文藝台灣》與《台灣文學》	葉石濤	走向台灣文學	自立晚報社	一九九〇年三月

張文環生平寫作年表

張恒豪　整理

一九〇九年　1歲　生於嘉義梅山大坪村。

一九二一年　13歲　就讀小梅公學校。

一九二七年　19歲　赴日，進入岡山中學。

一九三一年　23歲　進入東洋大學文學部。

一九三二年　24歲　三月，與林兌、吳坤煌等組「文化サークル」。

九月，事發被捕入獄。

一九三三年　25歲　三月，與吳坤煌、蘇維熊等成立「臺灣藝術研究會」。

四月，離開東洋大學。

七月，發行《フォルモサ》（即《福爾摩沙》）創刊號，發表小說〈早凋的蓓蕾〉。

一九三四年　26歲　元月，《フォルモサ》第二號出刊，發表小說〈貞操〉。

六月，《フォルモサ》第三號出刊。

一九三五年　27歲　小說〈父親的顏面〉入選《中央公論》小說徵文第四名。

二月，參加「臺灣文藝聯盟東京支部」第一回茶會。

發表小說〈自己的壞話〉、〈哭泣的女人〉、〈父親的要求〉於《臺灣文藝》；〈重荷〉於《臺灣新文學》。

一九三六年　28歲　發表小說〈部落的元老〉及隨筆〈被迫用上的題目〉於《臺灣文藝》。

一九三七年　29歲　與定兼波子（張芙美）結婚。

發表小說〈豬的生產〉於《臺灣新文學》。

一九三八年　30歲　偕妻返臺，定居臺北，任職「臺灣映畫株式會社」經理代理，兼任《風月報》日文編輯（年底離職）。

發表評論〈文章與生活〉、散文〈先覺者的悲哀〉、小說〈兩個新娘〉於《風月報》。

一九四〇年　32歲　發表長篇小說〈山茶花〉連載於《臺灣新民報》；評論〈臺灣文學的將來〉、散文〈我的自畫像〉、小說〈辣薤罐〉、散文〈吾友張星建氏側寫〉於《臺灣藝術》；小說〈憂鬱的詩人〉、散文〈檳榔籠〉於《文藝臺灣》。

一九四一年　33歲　辭去「臺灣映畫株式會社」職務，與王井泉、陳逸松、中山侑、黃得時等組「啓文社」籌辦《臺灣文學》。

六月《臺灣文學》創刊。

發表小說〈藝旦之家〉、〈論語與鷄〉於《臺灣文學》；小說〈部落的慘劇〉於《臺灣時報》；散文〈酒是稚氣還是邪氣〉於《文藝臺灣》；評論〈臺灣文化的自我批判〉於《新文化》；散文〈媽祖〉於《民俗臺灣》。

是年九月偕同「啓文社」同仁至臺中、臺南等地訪問各地文化界人士。

一九四二年　34歲　發表小說〈夜猿〉、〈頓悟〉、〈閹鷄〉、〈地方生活〉等作於《臺灣文學》；散文〈無救的人們〉、〈地相學〉於《民俗臺灣》。

一九四三年　35歲　是年十月與西川滿、濱田隼雄、龍瑛宗等赴日參加第一回「大東亞文學者大會」。
發表小說〈迷兒〉、散文〈羅漢堂雜記〉、評介〈臺灣民謠〉等作於《臺灣文學》，散文〈狗本來有角〉、評論〈老娼撲滅論〉於《民俗臺灣》。
元月，參加《文藝臺灣》小說徵文評審。
二月，獲頒皇民奉公會第一回文化賞。
四月，《臺灣文學》頒佈第一回臺灣文學社賞給呂赫若並刊出「賴和先生追悼特輯」。
九月，組「厚生演劇研究會」，借永樂座演出〈閹鷄〉等劇。
十一月，《臺灣文學》奉命廢刊。

一九四四年　36歲　舉家遷居臺中霧峯，任職霧峯區公所主事。
發表小說〈泥土的芳香〉、〈雲之中〉、隨筆〈臨戰決意〉、散文〈增產戰線〉於《臺灣文藝》。
長子孝宗出生。

一九四五年　37歲　七月，任臺中州大屯郡大里庄庄長。
八月，兼任農會會長。

一九四六年　38歲　三月，當選臺中縣第一屆縣參議員。
發表散文〈寄語臺灣青年〉、〈從農村看省參議會〉、評論〈臺拓的土地問題〉於《新生報》。

一九四七年　39歲　二月至三月間因二二八事件逃入山中避難。
六月代理能高區署長。

一九四八年　40歲　任職「臺灣省通志館」編纂。

一九四九年　41歲　任職「臺灣省文獻委員會」編纂兼總務組長。

一九五一年　43歲　因羅萬俥提攜被聘爲「臺灣人壽保險公司嘉義分公司」經理。
一九五五年　47歲　任職臺中「建和企業公司」經理。
一九五六年　48歲　任職「天一染織公司」總經理，「神州影業公司」顧問。
一九五七年　49歲　任職「彰化銀行北區分行」專員。
改編〈藝旦之家〉爲電影〈歎煙花〉劇本。
一九六五年　57歲　自彰化銀行被迫退休。
以中文發表〈難忘當年事〉於《臺灣文藝》。
二月起任職「日月潭觀光大飯店」會計主任。
一九六八年　60歲　任職「榮隆紡織公司」總經理，「南山保險公司」主任。
年底返任「日月潭觀光大飯店」總經理。
一九七二年　64歲　以日文撰寫〈地に這うもの〉。
一九七五年　67歲　《地に這うもの》在日本出版。
一九七六年　68歲　廖清秀譯《滾地郎》在臺北出版。
一九七七年　69歲　開始起稿撰寫〈從山上望見的街燈〉。
一九七八年　70歲　二月十二日清晨五時，因心臟病於睡夢中逝世；二月十六日安葬於臺中市郊四張犂公墓。

國家圖書館出版品預行編目資料

張文環集 / 張文環作. -- 初版. -- 台北市：
前衛, 1991[民80]
278面；15×21公分. --
(台灣作家全集. 短篇小說卷, 日據時代：10)

ISBN 978-957-9512-09-1(精裝)

857.63　　　　79000831

張文環集

台灣作家全集・短篇小說卷／日據時代(10)

作　　者　張文環
編　　者　張恆豪
出 版 者　前衛出版社
10468 台北市中山區農安街153號4F之3
Tel: 02-25865708　Fax: 02-25863758
郵撥帳號：05625551
E-mail: a4791@ms15.hinet.net
http://www.avanguard.com.tw
出版總監　林文欽
法律顧問　南國春秋法律事務所 林峰正律師
出版日期　1991年02月初版第 1 刷
2010年01月初版第 6 刷
總 經 銷　紅螞蟻圖書有限公司
台北市內湖舊宗路二段121巷28.32號4樓
Tel: 02-27953656　Fax: 02-27954100

Printed in Taiwan　ISBN 978-957-9512-09-1
定　　價　新台幣270元

3 名家的導讀

首冊有總召集人鍾肇政撰述總序，精扼鈎畫出台灣新文學發展的歷程、脈絡與精神；各集由編選人寫序導讀，簡要介紹作家生平及作品特色，提供讀者一把與作家心靈對話的鑰匙。

4 深度的賞析

每集正文之後，附有研析性質的作家論或作品論，及作家生平、寫作年表、評論引得，能提供詳細的參考。

5 精美的裝幀

全套50鉅册，25開精裝加封套及書盒護框，美觀典雅。